四川职业技术学院文库·百年校庆丛书

清代文言小说中的女侠形象研究

Qingdai Wenyan Xiaoshuo Zhong De Nüxia Xingxiang Yanjiu

罗莹 著

西南交通大学出版社
·成都·

图书在版编目（C I P）数据

清代文言小说中的女侠形象研究 / 罗莹著. —成都：
西南交通大学出版社，2017.11
（四川职业技术学院文库. 百年校庆丛书）
ISBN 978-7-5643-5834-1

Ⅰ. ①清… Ⅱ. ①罗… Ⅲ. ①文言小说－小说研究－
中国－清代 Ⅳ. ①I207.41

中国版本图书馆 CIP 数据核字（2017）第 256950 号

四川职业技术学院文库・百年校庆丛书

清代文言小说中的女侠形象研究

罗 莹 著

责任编辑	罗小红
封面设计	曹天擎
出版发行	西南交通大学出版社 （四川省成都市二环路北一段 111 号 西南交通大学创新大厦 21 楼）
发行部电话	028-87600564　028-87600533
邮政编码	610031
网址	http://www.xnjdcbs.com
印刷	四川煤田地质制图印刷厂
成品尺寸	170 mm × 240 mm
印张	12
字数	208 千
版次	2017 年 11 月第 1 版
印次	2017 年 11 月第 1 次
书号	ISBN 978-7-5643-5834-1
定价	58.00 元

序

青年学者罗莹所著的《清代文言小说中的女侠形象研究》一书即将出版，这是一部全面、系统研究清代文言小说中女侠形象的学术专著。我对此表示热烈的祝贺。

罗莹自 2007 年选题撰写硕士论文起，在我同门恩师沈伯俊教授的指导之下，开始了清代文言小说中女侠形象的研究，撰成毕业论文《清代文言武侠小说中的女侠形象研究》，在答辩会上颇受好评。之后 10 年时间，罗莹继续关注这一课题，充实和深化自己的研究，陆续公开发表论文 10 余篇，也终于完成了这部凝聚着十年心血的专著。

自 20 世纪 80 年代以来，侠文学研究取得了长足发展，学术论文、研究著作数不胜数，可谓是将侠文学研究推向了高潮。然而，在侠文学研究领域，发展仍然是不平衡的，一些领域不受重视甚至被忽视，比如关于清代文言武侠小说的研究就一直非常薄弱。对于清代文言武侠小说，学者们大致有两派观点：一是否定派，部分学者认为清代文言武侠小说多因袭、模仿唐传奇，成就不高，故在研究中几乎不涉及，比如崔奉元、陈平原先生等；二是肯定派，大多数学者认为清代文言武侠小说是继唐传奇之后的又一繁盛时期，如王海林、罗立群、曹正文先生等，这类研究者多从宏观的角度对清文言小说给予高度评价，也有一些个案例证，涉及的面较窄，较深入的具体研究很少，基本处于一种雷声大雨点小的现状。罗莹的《清代文言小说中的女侠形象研究》一书，便是针对研究领域这一薄弱环节，选取了清文言小说中的女侠群像这一研究课题，从审美的角度进行研究，论证了她们对前代文言小说（主要是唐传奇）中女侠形象的继承与超越关系以及对后世武侠小说的影响，具有较高的学术价值，进一步推进了清代文言武侠小说的研究。仔细品读本书，我认为有这样几个突出的优点：

第一，文献爬梳颇见功底。作者不遗余力地对纷繁散乱的清代文言小说进行了梳理，列出女侠篇目近 100 篇，涉及清代文人 30 位左右，面非常之广。作者将女侠篇目全部列出，使读者一目了然，便于全面掌握这些篇目的状况。比之唐传奇女侠篇目十余篇，仅从数量看，清代文言小说中的女侠形象就是文学史上不可忽视的一群，具有重要的研究价值。本书还将这些女侠形象分为七大类，结合具体作品分析了每类女侠的特征及其文化意义，真正意义上展示并论述了清代文言小说中的女侠系列是唐传奇女侠形象的发扬光大者，是文苑中值得研究的一朵奇葩。

第二，注重历时性研究。本书梳理了文言小说系列各时期女侠形象的审美特点及成因，勾勒了女侠形象的演变历程。将清文言小说中的女侠群像放置于女侠形象这一演变发展的动态过程中进行论述，明确提出清文言小说中的女侠形象在武侠小说史上具有重要的文学意义，一方面兼收并蓄，传承文化，集前代女侠形象之大成，另一方面又大胆地改造与创新，体现了超越前代的审美价值，从而确定了此期女侠形象之文学地位。这种历时性研究，使本书的研究定位更加准确，观点也更具有说服力。

第三，多维度研究视角。本书多维度地分析了清文言小说中女侠群像的审美特征，这是本书的主体部分，也是最有价值的部分。作者采用比较研究法，从五个方面分析了清文言小说中女侠形象独特的审美价值以及在武侠小说史上不可取代的文学地位。一是女侠类型丰富，行侠主题多元化。作者指出“复仇”“仗义”“报恩”类型的女侠多承继前代而发展；而“较武”“惩淫”“护镖”等新兴女侠类型的出现，则大大丰富了女侠的形象类型，拓展了女侠的行侠主题；关于“情侠”类型分析，作者认为王韬贡献最大，其笔下武、侠、情三位一体的女性情侠形象塑造，对 20 世纪之后侠情小说的兴盛具有筚路蓝缕之功，见解独到。二是女侠武功高强，行侠手段多样化。作者将女侠行侠手段分为“幻想”型和“写实”型。“幻想”型武术多承继前人而发展，但写作技法上却有较大超越：如较剑打斗场面的正面描写较为出色，利用名剑衬托女侠的慧眼与神奇，注重修炼过程的描写等。作者认为清文言小说中女侠“写实”型武功描写最为出色，可分为拳脚型、力量型、器械型、暗器型、内功与点穴术等，大大突破了前代女侠以幻想型武功为主的传统格局，使女侠的行侠手段更加丰富多彩，体现了清代的尚实风气。三是妇容妇工，女侠女性特征明显化。清代文人注重女侠形貌、情感、女红、女才四方面的描写，使女侠的“女性”特征真正得到了坐实，克服了前代女侠性别特征不明显的缺点。四是忠孝贞烈，女侠精神内涵伦理化。从文化内涵看，清代文人多赋予女侠儒家的正统观念，使女侠能更多地寄托作者的主观理想；女侠鲜明的伦理化倾向，体现了清代重理学的时代特色。五是闯荡江湖，女侠江湖环境明晰化。清文言小说中女侠关于江湖环境的描写主要有山林僻野、江河水域、酒店客栈、寺院庙宇等，使文言武侠小说“环境”这一要素大大增强，使唐传奇中环境描写非常弱化的缺点亦得到了弥补与修正，具有一定的价值意义。此外，清代文人还注重一些特殊女侠类型的塑造，如鬼狐之侠、残疾之侠、丐侠等。

第四，观点新颖，引人思考。本书对清女侠悲剧结局的分析，突破了前人关于女侠的认识，有益于读者更全面地认识古代的女侠形象。本书在最后得出结论："清文人在文言武侠小说中也开始注重悲剧的审美价值。女侠也不总是以胜利者的姿态出现，她们也有失败，她们也有遗憾，她们也有可能不能顺利脱身，由'神'的本质回归'人'的本质。"（第八章）可以启发读者进一步思考清女侠的"人"的本质问题。本书尤以"清代女侠形象的艺术缺陷"分析颇见深度，其关于思想内容、艺术效果之不足的论述，体现了作者对研究对象的准确把握，也为客观研究清代文言武侠小说提供了借鉴意义。

总的说来，《清代文言小说中的女侠形象研究》是一部学风严谨、视野多维的著作。

罗莹对学术的追求是真诚的，这是一部凝聚着她辛勤与努力的著作。全书观点明确，论述清楚，层次清晰，结构谨严，尽管一些地方论述不够深入、略显粗疏，也有一些地方还值得争议与研究，但本书仍具有启人心智、抛砖引玉的作用。难能可贵的是作者敢于尝试，敢于对研究领域的薄弱环节进行勇敢的探究，并取得这一研究成果，为清代文言武侠小说的研究作出了自己应有的一份贡献。

罗莹是我的同门小师妹，承蒙她的信任，承担写《序》之责任。我为她取得的成果感到由衷的高兴，并真诚祝愿她能再接再厉，将这一项目继续深入研究下去，在今后的学术研究中取得更加丰硕的成果！

蒋玉斌

2017 年 9 月 29 日

于师大 52 幢 5 单元 602 室

目　录

影响篇

绪　论

清代，武侠小说十分盛行，形成了我国古代武侠小说的繁盛局面。这一时期，武侠小说不仅作品数量众多，而且类型丰富，形式多样，成为中国小说史上引人注目的一种小说类型。从数量看，胡文彬先生主编的《中国武侠小说辞典》中简介古代武侠小说316篇（部），仅清代（止于1911年）就占190篇（部）；列出《未著录中国武侠小说书目》共115条，清代占80条以上[①]。宁宗一先生主编《中国武侠小说鉴赏辞典》鉴赏古代武侠小说297篇（部），清代占151篇（部）；列出《未著录作品目录》共146条，清代占91条[②]。可见清代武侠小说至少200多篇（部）。从小说类型看，不仅有传统的"忠义盗侠"小说，还出现了"武侠公案"小说、"武侠言情"小说、"武侠剑仙"小说等新兴类型。从小说形式看，有文言的，也有白话的，有短篇的，也有长篇的。清代武侠小说的兴盛为我国现当代武侠小说的繁荣昌盛奠定了坚实的基础。清代武侠小说中，有不少叙写女侠的篇目，其中以女侠为主人公或形象较鲜明者，据初步统计，至少有100篇（部）。其中，文言武侠小说至少有90篇，为我们展现了形形色色、生动鲜明的女侠形象。这些女侠形象，在数量和质量上都大大超越了前代，具有较高的文学价值。

本书试就清代文言小说中的女侠形象（后文为了行文的方便，简称为"清女侠"[③]）作一定的梳理和研究。"以武行侠"为本书选定女侠篇目的主要标准，简言之，就是女侠篇目的主要来源为"清代文言武侠小说"。书中的女侠偏重于"武侠"，一般情况下是"武"与"侠"两个条件并举。"武"即武功，女侠的外在行为方式；"侠"即侠义，女侠的内在精神实质。不会武功但凭借武力解决问

① 胡文彬：《中国武侠小说辞典》，花山文艺出版社，1992年。

② 宁宗一：《中国武侠小说鉴赏辞典》，国际文化出版公司，1992年。

③ "清女侠"是"清代文言小说中女侠形象"的简称。同样，后文的"汉魏六朝女侠""唐五代女侠""宋元明女侠"都是指各时期文言小说中的女侠形象。为了论述的方便，行文中多用简称，特此说明。

题的女侠，如商三官、庚娘的武力复仇等，也纳入本书研究范畴；但对于一些侠而不武的女侠，如义侠、节侠等，则不在本书研究范围。

在中国小说史上，女侠形象第一次大放异彩的时代是唐代，此时期女侠类型较丰富，形象鲜明，具有较高的艺术价值。宋元明时期多仿唐之作，艺术水准下降，女侠形象日趋衰落。清代，女侠形象又再度兴盛起来，文人们掀起了改编唐女侠和创造新女侠的高潮。这一时期，白话武侠小说取得了很高的成就，塑造了一系列人们喜闻乐见的女侠形象。如勇于追求爱情、执著专一的花碧莲（《绿牡丹》），武功高强、莽撞可爱的鲍金花（《绿牡丹》），仗义助人、矢志复仇的侠女十三妹（《儿女英雄传》），貌美如花、率真烂漫、痛惩奸恶的陈丽卿（《荡寇志》），女扮男装、锄奸惩恶、卫国安邦的雄楚云（《三门街》），胆识超群、才貌双全的水冰心（《侠义风月传》）等，都给读者留下了深刻印象，也深受研究者的青睐。诚然，白话武侠小说影响很大，但文言武侠小说也毫不逊色，无论是笔记体还是传奇体的各种文言小说集子中都包含了相当数量的武侠小说，其中写女侠的为数不少。王士祯的《池北偶谈》、蒲松龄的《聊斋志异》、沈起凤的《谐铎》、长白浩歌子的《萤窗异草》、宣鼎的《夜雨秋灯录》、曾衍东的《小豆棚》、吴炽昌的《客窗闲话》、钮琇的《觚剩》、朱梅叔的《埋忧集》、王韬的《遁窟谰言》《淞隐漫录》《淞滨琐话》、徐珂的《清稗类钞》等集子中都有叙写女侠的篇目，为我们塑造了类型众多、生动鲜明的女侠形象。如王士祯《池北偶谈·女侠》中神秘艳丽、仗义杀红绡盗贼的高髻女尼，蒲松龄《聊斋志异·侠女》中隐姓埋名、武功高强的复仇女侠，沈起凤《谐铎·恶饯》中跛而善使铁杖的老祖母，吴陈琰《旷园杂志·琵琶瞽女》中双眼失明、凌波飞行的琵琶女，朱梅叔《埋忧集·空空儿》中盗珠警戒贪官的妙手空空儿，长白浩歌子《萤窗异草·童之杰》中授童之杰奇术的剑仙中年妇，须方岳《聊摄丛谈·窦小姑》中武功高强、护镖为业的镖师女窦小姑，吴炽昌《客窗闲话续集·难女》中深藏不露、任性负气的逃难女，王韬《淞隐漫录·女侠》中不畏强暴、勇于追求爱情的女侠程楞仙，秋星《女侠翠云娘传》中爱恨分明、富有民族气节的女侠翠云娘，徐珂《清稗类钞·邓剑娥掷俄将于地》中力大无穷、掷俄将于地的女侠邓剑娥等，无不给读者留下深刻印象。她们武艺超群，胆识过人，大有巾帼不让须眉的豪侠之气；她们行侠仗义，恩怨分明，干着和男人们一样惊天动地的事情。她们走出深闺，行走江湖，大胆叛逆，敢作敢为，迥异于传统小说中那些多愁善感、逆来顺受的怨妇弱女形象，她们将自唐以来不够壮大的女侠队伍从数量上大大充实，质量也大大提高，成为我国古代文学人物形象长廊中一道独特的风景线，具有较高的艺术魅力和审美价值。

诚然，就我国文言小说支系而言，唐女侠在女侠形象史上具有开源之功，文学意义重大。但就作品数量看，却不过10多篇[①]，所以无论怎样也谈不上兴盛与繁荣。继唐传奇之后，宋元明时期文言小说中的女侠形象多仿唐而作，成就不高；而真正将唐女侠发扬光大的时代是清代。这一时期文言武侠小说数量剧增，形形色色的女侠形象大量出现，且女侠的行侠主题、行侠手段、女性特征、精神内涵、江湖环境等方面的展现也更加丰富与完善，具有超越前代的艺术魅力与审美价值。清代文言小说中的女侠形象大大丰富和发展了我国古代武侠小说中的女侠形象，对后世武侠小说产生了一定的影响。尽管清代文言小说中女侠形象数量众多，质量较高，但研究者却尚乏，下面就清代文言小说中女侠形象的研究现状略作梳理。

清代，文人们对文言小说中一些女侠形象的评论就已散点式存在。首先，清代文人通常在自创小说之后附加评论。如蒲松龄著《聊斋志异》时对笔下的人物多有评论。《商三官》篇中商三官女扮男装，为父复仇，文末蒲松龄赞曰："家有女豫让而不知，则兄之为丈夫者可知矣。然三官之为人，即萧萧易水，亦将羞而不流；况碌碌与世浮沉者耶!"[②]《庚娘》篇中对处乱不惊、机智复仇的庚娘，蒲松龄在篇末也赞曰："至如谈笑不惊，手刃仇雠，千古烈丈夫中，岂多匹俦哉!"[③]沈起凤在《青衣捕盗》篇末，对女侠聂书儿寄人篱下的境况，大加感叹："吾向读《冯煖传》，而叹当日无薛债之役，客无能一语，至今几成铁案。英雄寄人篱下，毕生无可插脚，恐为厮养辈下眼觑耳！书儿遇盗，其厚幸乎……。"[④]吴芗厈的《智女》塑造了一位与贼帅机智周旋，最后刺杀贼帅后并扮成贼帅模样得以顺利脱离险境的楚女，篇末作者曰："以甘言悦贼帅，使不备，反而刺之；

① 罗立群《中国武侠小说史》列十篇目:《聂隐娘》《红线传》《谢小娥传》《虬髯客传》《车中女子》《崔慎思》《潘将军》《贾人妻》《荆十三娘》《张季弘逢新妇》。胡文彬主编《中国武侠小说辞典》简介10篇，与罗同。宁宗一主编《中国武侠小说鉴赏辞典》简介11篇:《车中女子》《尼妙寂》《红线》《虬髯客传》《妾报父冤事》《荆十三娘义侠传》《聂隐娘》《贾人妻》《崔慎思》《潘将军》《樊夫人》。其中《尼妙寂》故事情节雷同于《谢小娥传》，后文以《谢小娥传》为分析对象。

② [清]蒲松龄:《铸雪斋抄本聊斋志异》，上海古籍出版社，1979年版，第157-158页。

③ [清]蒲松龄:《铸雪斋抄本聊斋志异》，上海古籍出版社，1979年版，第164页。

④ [清]沈起凤:《谐铎》，人民文学出版社，1999年，第161页。

此古之节烈妇女为之者不乏人。所可异者，颠倒阴阳，悠然而逝，出人意外，使不及追，且能全他人之节，何胆智之精细而雄烈耶!”[①]《萤窗异草》中《姜千里》《童之杰》等篇末也有评论。其次，除文人自评外，其他文人在辑录、整理他人作品时，亦多加评论。如张潮辑《虞初新志》，其中选姚伯祥《名捕传》，篇末张评曰：“名捕捕贼，尚不足奇。妙在名捕之妇有此手段，真可敬也。”[②]对文中名捕妻退盗时表现出的超凡武功大为惊叹！又如对《聊斋志异》中的人物，王阮亭、何守奇、但明伦等多有评论。对《侠女》篇中行事机密、为父复仇、充满神秘感的女侠，王阮亭曾评曰：“神龙见首不见尾，此侠女其犹龙乎!” 女侠武功高强，何守奇曰：“此剑侠也，司马女何从得此异术！”[③]对勇于为父复仇的商三官，王阮亭评价云：“庞娥，谢小娥，得此鼎足矣。”[④]对《妾击贼》中隐而不显、安分守礼的女侠，但明伦评曰：“循分自安，女其善为养晦者叹！然使终身不遇贼，虽怀绝技，其谁知之！以此知风尘中埋没英雄不少。”[⑤]对《武技》篇中武功高强的少林尼，王阮亭言“此尼亦殊踪迹诡异不可测”。[⑥]邹弢的《浇愁集》文末也多采用多人论赞的评议方式，缀附秦云（号西脊山人）、俞达（吟香子、慕真山人）、朱康寿（朱曼叔）、梦仙馆主人、漱红馆主、非非子等人的评论。如《吴女诛仇》篇末西脊山人曰：“精诚所至，金石为开。愤事所激，天下何事不可为哉?吴女以忠孝之气，竟破贼虏，得父尸，抑何烈也!”吟香子曰：“吴女，其巾帼中第一奇人耶!其忠孝也，木兰继起；其旷逸也，孟光后身。斯真不可多得!”[⑦]这些评论或自评，或他评，尽管比较零星、散乱，但清代文人对这些女侠形象的侠义精神、行侠手段等给予了较高的评价，可视为清代文言武侠小说中女侠形象的早期研究。

从 19 世纪末梁启超发起的“小说界革命”为开始，武侠小说日益受起学者的关注。20 世纪 20 年代至 70 年代，鲁迅、郑振铎、沈雁冰、郑逸梅、张恨水、徐国桢、赵景深、侯岱麟、刘世德、刘若愚等不少小说专家都涉及武侠小说的研究，并取得一定成就。其中鲁迅的《中国小说史略》是我国第一部小说史专

---

① [清]吴炽昌著，陈果标点：《客窗闲话》，重庆出版社，1999 年，第 136 页。
② [清]张潮辑：《虞初新志》（卷十七），上海开明书店，民国 21 年（1932 年），第 273 页。
③ 张友鹤辑校：《聊斋志异会校会注会评本》（一），上海古籍出版社，1978 年，第 216 页。
④ 张友鹤辑校：《聊斋志异会校会注会评本》（一），上海古籍出版社，1978 年，第 375 页。
⑤ 张友鹤辑校：《聊斋志异会校会注会评本》（二），上海古籍出版社，1978 年，第 508 页。
⑥ 张友鹤辑校：《聊斋志异会校会注会评本》（二），上海古籍出版社，1978 年，第 596 页。
⑦ [清]邹弢著，王海洋点校：《浇愁集》，黄山书社，2009 年，第 25 页。

著，第二十七章专章论述《清之侠义小说及公案》，把清代侠义小说单列成章，与清之讽刺小说、人情小说、才学小说、狭邪小说、谴责小说并立，正式纳入中国小说体系，具有开创之功。60 年代刘若愚先生的《中国之侠》被称为“海内外第一部对中国历史上、文学上的侠约二千四百年的发展情况作综合研究的专著”[①]，影响很大。郑振铎、沈雁冰、郑逸梅等研究者也有一些武侠小说的研究论文。但纵观这几十年的武侠小说研究，其中几乎不涉及清代文言武侠小说及其中女侠形象的研究。鲁迅先生专章论述侠义小说，但主要针对的是清代影响较大的白话长篇，如文康《儿女英雄传》、石玉昆《三侠五义》、俞樾《七侠五义》等；虽然鲁迅先生也专章论述清代文言短篇小说，但对其中的文言武侠几乎不提；刘若愚先生论及清代侠义小说时，也只论述白话长篇，而不言文言武侠。

进入 20 世纪 80 年代后，侠小说及侠文化的研究呈现出繁荣的局面，出现了一大批质量较高的研究专著和论文。专著如崔奉元《中国古典短篇侠义小说研究》、王海林《中国武侠小说史略》、罗立群《中国武侠小说史》、陈平原《千古文人侠客梦——武侠小说类型研究》、曹亦冰《侠义小说史话》、曹正文《中国侠文化史》、韩云波《中国侠文化》、王立《武侠文化通论》等。各种武侠小说鉴赏辞典也相继出现，如宁宗一主编《中国武侠小说鉴赏辞典》，胡文彬主编《中国武侠小说辞典》，温子建主编《武侠小说鉴赏大典》等。研究论文更是不计其数，将侠文学和侠文化的研究推向了高潮。在新时期侠文学和侠文化的研究热潮中，真正涉及清代文言武侠小说研究的却不多；对清代文言武侠小说中的女侠形象作研究的更是微乎其微，即使偶有涉足者，也仅限于某篇作品中单个形象的分析；对清文言武侠小说中的女侠群像作整体关照和较深层次的分析几乎没有。研究状况大致如下：

第一，相关专著对清代文言武侠小说的定位及其中女侠形象的提及。

80 年代之前关于侠的专著《中国之侠》不言清代文言武侠小说。进入 80 年代后，较早的专著《中国古典短篇侠义小说研究》（作者：崔奉元）也不把清代文言武侠小说列入研究范围。作者明确指出：“时代上则以唐宋明三代为主，而清代小说不入研究范围之内。清代侠义小说以长篇为重要，其数量亦多；短

① 周清霖：《侠与侠义精神——代译者前言》，载刘若愚《中国之侠》，周清霖、唐发铙译本，上海三联书店，1991 年，第 1 页。

篇者，多模仿前代作品，并不见创新之处。兹为避免重复而省赘起见，将之淘汰。”[①]之后陈平原先生的《千古文人侠客梦》也承此说，认为：“入清以后倒是有不少著名文人乐于描写侠客，如李渔、蒲松龄、王士祯、沈起凤、袁枚等。只可惜‘生不逢时’，明清白话小说对侠客形象的表现，远非简短的文言小说所能企及。故文言小说系统的侠客形象，实以中晚唐时最有魅力，后虽余波千年，却没多少新的创造。”[②]以上著者对清代文言武侠小说定位不高，一般认为：从横向比较，清代文言武侠小说不及清代白话武侠小说；从纵向比较，清代文言武侠小说又多模仿唐代，并无多少创造，故在他们的论著中常常略之，甚至只字不提。笔者认为这实为一种误解，是受传统思维定势影响的结果。细细考究清代文言武侠小说，模仿之作确实不少，但创新之作也相当多；即使模仿之作也有不少超越之处。清代文言武侠小说总体成就虽不及清代白话武侠小说，但也并不亚于唐代武侠小说，故笔者的观点与上述学者不尽相同。

从王海林开始的各种武侠小说史及侠文化史，则对清代文言武侠小说给予了较高的定位和评价，几乎都专列章节介绍，对一些女侠形象也多有提及。

王海林《中国武侠小说史略》第五章第三节专门介绍《清代中后期笔记小说中的武侠篇——短篇武侠小说》。他肯定了清代文言武侠小说的文学地位：“清代中叶，笔记小说已臻极盛，武侠题材的笔记小说也相应得到可观的发展，具有代表性的佳作数量也不算少。到了晚清，笔记小说的持续性发展规模更为巨大，武侠题材的作品占有很大的比例，成为晚清武侠小说浪潮的组成部分。”[③]该专著对载有文言武侠小说的集子作了一定的梳理，简要总结了清代文言武侠小说的特色，并对一些名家名作进行了简要分析。其中涉及女侠的篇目如蒲松龄《侠女》、王士祯《女侠》、沈起凤《恶饯》、徐珂《僧碎某氏女胸前镜》等。其言蒲松龄的《侠女》，“写侠女隐身市井伺机复仇，是唐宋传奇常见的题材，据说是影射吕四娘的事迹”[④]。他对王士祯《女侠》篇塑造女侠的章法结构大

① 崔奉元：《中国古典短篇侠义小说研究》，联经出版事业公司，1986 年，第 46 页。
② 陈平原：《千古文人侠客梦》，人民文学出版社，1992 年，第 25 页。
③ 王海林：《中国武侠小说史略》，北岳文艺出版社，1988 年，第 121 页。
④ 于平：《侠女与吕四娘孰先孰后》（载《蒲松龄研究》，创刊三十期纪念专号）一文经考证认为：从年代看，蒲松龄于康熙五十四年（1715）去世，而雍正被刺发生于雍正十四年（1736），那么蒲松龄的侠女故事不可能在传说中刺杀雍正的吕四娘故事之后，即侠女不可能影射吕四娘，相反吕四娘却可能是侠女的翻版。

加推崇："先写新城令崔懋途中所记，侧面写女侠风采"；"次记莱阳王生言，倒叙女侠除暴安民"；"最后写自己亲访未得，以及市人传闻"[①]。对沈起凤的《恶饯》、徐珂《僧碎某氏女胸前镜》中女侠的技击、内功等武功描写略有提及。

罗立群《中国武侠小说史》进一步肯定了清代文言武侠小说的文学地位："武侠题材的文言小说，在唐代是一个高潮，到了清代，又达到了空前的繁荣。……文言短篇武侠小说创作的极盛，成为整个清代武侠小说创作的重要组成部分。"[②]作者明确提出清代文言武侠小说达到了空前的繁荣，对一些名家名作也进行了简析。其举例所用的五篇文言武侠小说，其中四篇是写女侠的，即蒲松龄《侠女》、沈起凤《恶饯》、吴芗厈《难女》、王韬《侠女子》。对蒲松龄笔下的侠女作者作了较详细的分析和较高的评价，认为该女是一位既美又奇、既温柔善良又坚韧不拔的复仇女侠，具有非常独立的个性，"她不受家庭的约束，不为男人支配，不顾封建贞节，在武侠小说史上，是一位前无古人、后无来者的女性自主、自立者"[③]；作者还言及侠女形象在武侠小说界的影响："侠女形象对武侠小说是有贡献的，集众多复仇女侠形象而成的十三妹身上就有侠女的影子，在当代武侠小说中也可看到侠女的某些色泽。"[④]

曹正文《中国侠文化史》第三章第五节《清代文言武侠短篇》，指出"历史上常常有惊人的重复。晚唐时期，一些文人纷纷动笔写侠客，到了清朝，又出现了这一文坛盛况"[⑤]，亦充分肯定了清代文言武侠小说是继唐之后的又一繁盛时期。曹对蒲松龄《侠女》、沈起凤《恶饯》、吴陈琰《瞽女琵琶记》、王士祯《女侠》等篇中的女侠略有提及，给予高度评价："《侠女》一篇，则写侠女除暴安民，快意恩仇，其侠并有独立人格，书中武功描写虽不及文康写十三妹，但侠女之刚毅果决的个性却比十三妹更有独立性"；"《瞽女琵琶记》，写一手抱琵琶，双目失明的女侠身怀绝技，来去如飞，令读者有惊叹之色"[⑥]，"这为新武侠中出现一些残疾武林高手开了新路，新武侠小说中多

---

① 王海林：《中国武侠小说史略》，北岳文艺出版社，1988 年，第 124-125 页。
② 罗立群：《中国武侠小说史》，辽宁人民出版社，1990 年，第 183-184 页。
③ 罗立群：《中国武侠小说史》，辽宁人民出版社，1990 年，第 186 页。
④ 罗立群：《中国武侠小说史》，辽宁人民出版社，1990 年，第 186 页。
⑤ 曹正文：《中国侠文化史》，上海文艺出版社，1994 年，第 77 页。
⑥ 曹正文：《中国侠文化史》，上海文艺出版社，1994 年，第 78 页。

盲眼、断臂、驼背、跛脚的一流高手”[①]。

综上所述，80 年代以后大多数专家学者对清代文言武侠小说的定位是较高的，只是具体研究甚少；在实例举证中涉及一些篇目，对一些女侠形象也略有提及，但涉及面相当有限。总体而言，这些女侠形象只是研究者在行文中作为例证顺便提及，提及的篇目不多，且均为个案简析，零星散乱，不成体系；对女侠们独特的文化内涵、审美特征缺少深入探究。

另外，一些武侠小说鉴赏辞典对清代文言武侠小说的篇目也有梳理与收集。如宁宗一主编的《中国武侠小说鉴赏辞典》简介清代女侠题材作品 30 多篇；胡文彬主编的《中国武侠小说辞典》简介清代女侠题材作品近 40 篇。二辞典所列篇目大部分相同，不同的部分正好形成互补之势。各篇都有内容简介或简析，虽很简略，不够深入，但对本书的撰写起到了一定的启示与指引作用。

第二，相关论文对清代文言小说中女侠形象的研究。

从单篇论文看，对清代文言小说中女侠形象的研究也非常薄弱，多为个案研究，主要集中于对《聊斋志异》中一些女侠形象的分析。如王立《论中国古代文学中侠女复仇主题》[②]、王茂福《〈聊斋志异〉侠女形象论略》[③]、潘晓生《侠生 侠女 侠民——论〈聊斋志异〉中侠的形象》[④]、王立《〈聊斋志异〉侠女复仇对于传统文学主题的新突破》[⑤]、于平《侠女与吕四娘孰先孰后》[⑥]、丁峰山《以性惩恶济困的奇侠——〈聊斋志异·霍女〉小议》[⑦]等，这些论文对《聊斋志异》中的女侠形象作了一定的分析和研究。其中王茂福《〈聊斋志异〉侠女形象论略》一文，立意较新，分析了一组“以性行侠”的女侠形象，如侠女、红玉、霍女等。王立《论中国古代文学中侠女复仇主题》将《聊斋志异》中的复仇女侠分为侠女型、商三官型、梅女型。《〈聊斋志异〉侠女复仇对于传统文学主题的新突破》一文着重从三方面分析了《聊斋志异》中的女侠形象：一是不杀子，充满了人性味与世俗性；二是更注重展示正义复仇者的超凡能力；三是注重用历史人物与复仇女侠相比照。该文较全面地分析了《聊斋志异》中复

① 曹正文：《中国侠文化史》，上海文艺出版社，1994 年，第 80-81 页。
② 该文载《中州学刊》，1991 年第 2 期。
③ 该文载《宁夏大学学报》，1993 年第 4 期。
④ 该文载《蒲松龄研究》，1997 年第 3 期。
⑤ 该文载《河池师专学报》，2001 年第 1 辑。
⑥ 该文载《蒲松龄研究》，创刊三十期纪念专号。
⑦ 该文载《榆林高等专科学校学报》，2002 年第 3 期。

仇女侠对传统复仇主题的继承与超越，充分肯定了《聊斋志异》中复仇女侠的文学意义。

此外，涉及清代文言小说中女侠形象的研究论文还有，如曹亦冰《中国古代武侠小说中的女性》[①]、王立《中国古代通俗文学中侠女盗妹择夫的性别文化阐释》[②]等。这些论文，作者在实例举证中偶尔涉及清代文言小说中的女侠形象。

从以上论文可知，对清女侠的研究主要集中于《聊斋志异》中系列女侠的研究；而关于清代文言小说中其他大量叙写女侠的篇目却很少有人研究，甚至无人问津。如曾衍东、沈起凤、长白浩歌子、宣鼎、吴芗厈、王韬、徐珂等人不乏优秀的文言武侠小说，其中也不乏生动鲜明的女侠形象，但对她们的研究几乎没有。

综上所述，整个学术界目前对清代文言武侠小说定位较高，但研究却远远不够，对其中女侠形象的研究更是薄弱。清人的评点零星琐碎；各类武侠小说研究专著对个别女侠形象只是顺便提及；单篇论文主要集中于对《聊斋志异》中的女侠研究，涉及面太窄；对清代文言武侠小说中女侠形象作整体关照与研究的学术专著尚无。因此，笔者近十年来试图以清代文言武侠小说中女侠群像为研究对象，从梳理作品出发，考察她们的审美价值、文化内涵及其艺术缺陷等，以期论证她们是唐女侠的发扬光大者，在文学史上具有比较重要的意义。目前笔者已公开发表了《刍议清代文言武侠小说中的女侠形象》(《西北民族大学学报》2009年第5期)、《论清代文言武侠小说中女侠形象“武”的表现》(《作家杂志》2009年第12期)、《古代文言武侠小说中女侠形象的演变历程》(《四川职业技术学院学报》2009年第4期、《论清代文言武侠小说中女侠形象的伦理色彩》(《山花》2010年第6期)、《刀光剑影中的绚丽风景——论清代文言武侠小说中女侠形象的性别回归》(《语文学刊》2011年第6期)、《清代武侠小说中女侠形象兴盛的原因简析》(《四川职业技术学院学报》2011年第4期)、《伦理王国中的女性情侠形象掠影》,(《文学界》2011年第6期)、《浅析清代复仇女侠对唐代复仇女侠的改写》,(《青年文学家》2011年第10期)、《清代文言武侠小说中女侠形象类型简论》(《现代妇女》2010年第10期)等十余篇文

---

① 该文载《中国典籍与文化》，1994年第3期。

② 该文载《中国文化研究》，2000年夏之卷，总第28期。

章。尽管笔者对清代文言小说中女侠群像做了一些研究，但总体还是比较粗浅，不成体系，故本书拟在之前研究的基础上，进一步对清代文言武侠小说中女侠群像做整体关照，从她们的行侠主题、行侠手段、女性特质、文化内涵、江湖环境等方面考察其审美价值与艺术缺陷，分析她们对清代之前文言小说中女侠形象的继承与与超越关系，及其在中国文学史上的意义。由于本人才疏学浅，研究比较粗疏，本书旨在抛砖引玉，以引起更多研究者对清代文言武侠小说的重视。

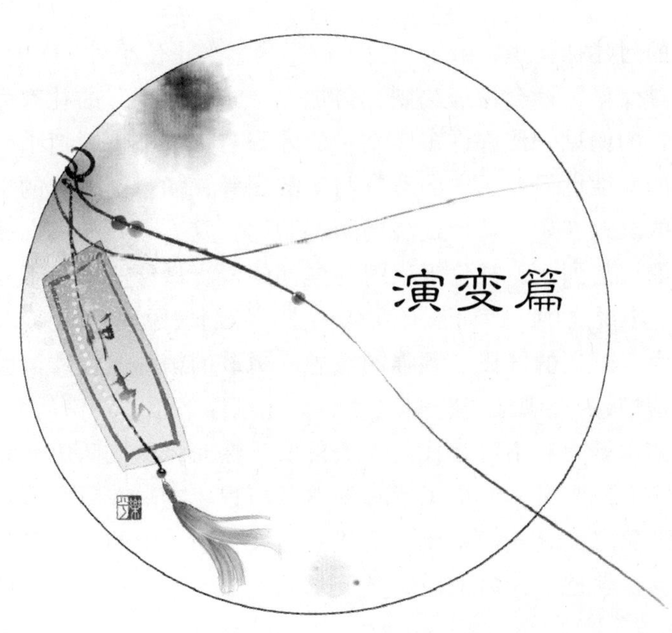

演变篇

第一章
清代之前文言小说中女侠形象的演变历程

在漫长的封建社会里，由于“女正位乎内，男正位乎外”(《易传》)的角色定位与“男尊女卑”社会伦理法则，再加之“三从四德”的礼教束缚和“女子无才便是德”的偏见，使许许多多女子的才华与个性被束缚扼杀，从而使整个古代文学中的女性世界充满柔弱悲歌与辛酸屈辱，如寂寞悲吟的空闺思妇，不能主宰命运的哀怨弃妇，畸形变态的阴恶妒妇，受人唾弃的淫女荡妇，被压在贞节牌坊下的贞洁烈女，被伦理束缚与禁锢的贤妻良母……无不充斥在古典诗词文和戏曲、小说之中。然而独有女侠一支，她们摆脱重重禁锢，驰骋于江湖，以飒爽的英姿、豪迈的气概、顽强的意志、勇敢的精神演绎着可歌可泣的动人故事与侠义情怀,为充满柔弱悲屈之气的女性世界平添了一份活力与阳刚之气，具有独特的艺术魅力和不可替代的审美价值。然而，这支队伍从日渐形成到发展壮大，再到成熟繁荣，经历了漫长的发展历程。本书在研究清代文言武侠小说中的女侠形象之前，先简单梳理清代之前文言小说中的女侠形象，勾勒女侠形象的发展演变轨迹，为后文研究奠定基础。

第一节　唐之前：女侠偶见踪影，初具雏形

人类崇侠的意识最早可以追溯到远古时期的神话传说，如“女娲补天”“后羿射日”“精卫填海”“夸父逐日”“鲧禹治水”等，无不体现了在恶劣的自然条件下我们先祖敢于抗争、舍身为民的大爱精神。这些具有幻想性、创造性的神话英雄，为侠文学的产生提供了精神土壤。而关于女侠的最早原型母题要追溯到早期的“女娲”创世女神、“精卫”复仇女性等形象。

在中国的神话体系里，“女娲”首先是人类伟大的缔造者：

俗话说天地开辟，未有人民，女娲抟黄土作人，剧务，力不暇供，乃引绳絙于泥中，举以为人。故富贵者，黄土人也；贫贱凡庸者，絙人也。(《太平御览·风俗通》)

话说天地开辟之初，大地上并没有人类，是女娲抟黄土造人。她又忙又累，力不暇供。于是她就拿着绳子投入泥浆，然后举起绳子一甩，泥点洒落一地，变成了一个个人。后人说，富贵的人是女娲亲手抟黄土造的，而贫贱的人只是女娲绳上洒落的泥浆变成的。在这里，女娲是创世之神，是人类的母亲，体现了慈爱、智慧、勤劳的母性光辉。

然而，作为人类的母亲，她不仅是人类伟大的缔造者，同时还是人类勇敢的保护者与拯救者：

往古之时，四极废，九州裂，天不兼覆，地不周载，火爁炎而不灭，水浩洋而不息，猛兽食颛民，鸷鸟攫老弱，于是女娲炼五色石以补苍天，断鳌足以立四极，杀黑龙以济冀州，积芦灰以止淫水。苍天补，四极正，淫水涸，冀州平，狡虫死，颛民生。(《淮南子·览冥训》)

在这则神话里，自然环境极其恶劣，人类几乎遭遇毁灭性的灾难：天崩地裂，烈火蔓延，洪水泛滥，猛兽横行。女娲在这险恶环境中英勇奋战，她炼五色石以补苍天，断鳌足以立四极，杀黑龙、积芦灰、止洪水，拯救她的子民——人类于水深火热之中。在这里，女娲卓越的本领与非凡的气概，显示她为了拯救人类的伟大力量和与天地奋战的雄伟气魄，她这种以天下苍生为重、英勇救世的大无畏精神，闪耀着“侠”的光辉，为后世武侠小说女侠形象塑造的精神先导。

女娲的创世与救世，反映了母系氏族社会中妇女的地位和力量，也体现了我国母系氏族时期人类对生养子民、保护子民的伟大的母神崇拜。而这种母神崇拜不仅仅体现为女娲，之后还有西王母、羲和、常羲、嫘祖、简狄、姜嫄等，她们或创世，或教人类蚕桑，或为日月之神，或生育伟大儿子，各自都有相应的传说，都体现出非凡的气概，为人类子孙所歌颂。正如翦伯赞先生所说：“人类最初崇拜的祖先，是女祖先，这已经是考古学和民俗学所证实了的。中国母系氏族时代的人群，也是供奉女祖先。他们都是‘受兹介福，于其王母’，而不是于其王父。据传说伏牺氏之族所崇拜的母神是华青，神农氏之族的母神是安登，有熊氏之族的母神是附宝，少棉氏之族的母神是女节，陶唐氏之族的母神是庆都，有虞氏之族的母神是握登，夏后氏之族的母神是修已，商族的母神是简狄，周族的母神是姜源。这些古典的女神之走上氏族的祭坛，就正说明当时女子之崇高社会权威。”[①]可见，这种女性崇拜、母神崇拜在母系氏族社会具有普遍性，具有非常广泛的群众基础，这为后世武侠小说中女侠形象的塑造提供了精神土壤。

再看《山海经·北山经》中“精卫填海”的故事，精卫所体现出的又是一种与女娲不同的精神：

发鸠之山，其上多柘木。有鸟焉，其状如乌，文首，白喙，赤足，名曰“精卫”，其鸣自詨。是炎帝之少女，名曰女娃。女娃游于东海，溺而不返，故为精卫。常衔西山之木石，以堙于东海。

传说炎帝女儿女娃在东海游玩时溺水而死，为了报复东海，化为精卫之鸟，常衔西山之木石以填东海。神话里由女娃之魂演变而成的精卫鸟儿外表弱小，面对强大的东海却不甘屈服，充满顽强不屈的复仇精神，这反映了远古人民征服水患的强烈愿望和以弱克强的坚毅精神，女娃这种复仇的坚强意志从某种程度上也给后世武侠小说以启迪。

随着社会的演进，人类由母系氏族社会进入父系氏族社会后，男人的主宰地位日渐凸显，男权逐渐兴起，“女正位乎内，男正位乎外”（《易传》）的角色定位和“男尊女卑”的伦理定位逐渐形成。到了春秋战国与秦汉时期，男侠基本是文学作品中“侠客世界”的主体。

春秋战国时期，任侠思潮兴起，在当时“士”阶层中，出现了“以私剑养”的侠。《韩非子·五蠹》评曰：“儒以文乱法，侠以武犯禁”，说他们“其带剑者，聚徒属，立节操，以显其名，而犯五官之禁”。[②]这里韩非赋予了侠两大特征：“武”与“犯禁”。“武”即好武扬名，擅长暗杀；“犯禁”即目无法纪，触犯律令。韩非虽然站在统治者的立场将侠列为“五蠹”之一，但他在另一篇《六反》中又说侠“行剑攻杀，暴傲之民也，而世尊之曰廉勇之士。活贼匿奸，当死之民也，而世尊之曰任誉之士”，又真实地记录了民间对“侠”的赞誉与肯定，侠的廉洁勇敢、勇于担当、绝不出卖朋友的特征开始凸显。这一时期的任侠思潮和民间对侠的肯定为侠文学的产生提供了广泛的群众基础。司马迁《史记》中的《游侠列传》和《刺客列传》为侠立传，开侠文学之先河，赋予侠更具体的内涵：“今游侠，其行虽不轨于正义，然其言必信，其行必果，已诺必诚，不爱

① 翦伯赞：《先秦史》，北京大学出版社，1999年，第115页。
② 王焕镳选注：《韩非子选》，上海人民出版社，1974年，第10页。

其躯，赴士之厄困；既已存亡死生矣，而不矜其能，羞伐其德，盖亦有足多者焉。”[①]所谓“不轨于正义”，仍指侠不顾法纪，与韩非所说的“以武犯禁”大意相同；但司马迁更强调的是侠重信然诺、重义轻身、仗义疏财、急他人之厄困、施恩不图报等特点。如朱家救季布后，避而不见不图回报；郭解平息洛阳民事纠纷后，悄然离去；侯嬴为主解忧，并刎颈相谢，以报魏无忌知遇之恩；荆轲刺杀秦王，慷慨赴难，舍命以报燕太子丹知己之恩；聂政行刺韩相剖腹而死，以谢朋友之意；另外曹沬劫桓公以事庄公、专诸刺王僚以报公子、豫让刺襄子以酬智伯、高渐离不畏强暴勇刺秦王等，无不生动体现了司马迁所宣扬的“侠义”精神，侠的内涵进一步具体化、明确化。

春秋战国与秦汉时期，男侠充斥着整个侠客世界，可谓生动鲜明；女侠可谓凤毛麟角，但有记载的重信然诺、重义轻身的女性亦有之。如西汉刘向《列女传》中“节义传”中塑造了系列“义女”。如“鲁义姑姊”，在战乱中，宁可舍弃自己的孩子而全力救护兄长的孩子；“京师节女”，勇于舍弃自己的性命，而力避仇人伤及父亲和丈夫，她们仁慈善良，舍己救他，正所谓“重仁义、轻死生，行之高者也”[②]。“齐义继母”，宁愿自己儿子受死也要前妻之子存活，因为她曾答应临死的丈夫要善待前妻之子。她说：“今既受人之托，许人以诺，岂可以忘人之托而不信其诺也。杀兄活弟，是以私爱废公义也。背言忘信，是欺死者也。”[③]所谓“信而好义，洁而有让”[④]，也体现出司马迁所说的“言必信”“行必果”的道义风范。“鲁孝义保”，是鲁国王室公子称的保姆，在鲁国伯御篡权的内乱中，公子称年龄尚幼，在伯御的追杀之列，保姆果断用自己的儿子穿上公子衣服，代替公子称受死，让公子穿上儿子的衣服秘密逃走，为鲁王室保全“六尺之孤”[⑤]，才有了后来的鲁孝公。十一年后，伯御被周天子杀，公子称被立为君。一个小小保姆为了王室，忍痛舍子，大有晋国程婴保存赵氏孤儿的风范，具有顾全大义而勇于牺牲的精神，令人肃然起敬。“魏节乳母”，即魏公子的乳母，在魏国被秦兵攻破之时，乳母独身掩护魏公子逃走，道逢已经变节的故臣。故臣威逼利诱，乳母义正言辞，曰“夫见利而反上者，逆也。畏死而弃义者，乱也。今持逆乱而以求利，吾不为也。……妾不能生而令公子

① [西汉]司马迁：《史记》，中华书局，1959 年，第 3181 页。
② [西汉]刘向编撰，张涛译注：《列女传译注》，山东大学出版社，1990 年，第 200 页。
③ [西汉]刘向编撰，张涛译注：《列女传译注》，山东大学出版社，1990 年，第 184 页。
④ [西汉]刘向编撰，张涛译注：《列女传译注》，山东大学出版社，1990 年，第 184 页。
⑤ [西汉]刘向编撰，张涛译注：《列女传译注》，山东大学出版社，1990 年，第 165 页。

擒也”[①]。乳母不愿交出公子，逃入深泽。后变节故臣告密，“秦军追见，争射之，乳母以身为公子蔽，矢着身者数十，与公子俱死。”[②]魏节乳母坚守道义，忠心护主，可谓义薄云天，豪气非常。从武侠的角度看，这些义女虽还不算真正的女侠，但她们重义轻身、勇于牺牲的精神，却具有了女侠重要的精神内核，为后世武侠小说中女侠形象的塑造奠定了基础。

从武侠的角度看，这一时期较为有名的涉及女侠的作品是汉代赵晔《吴越春秋》中的“越女试剑”篇，塑造了一位精剑术的女性形象。《吴越春秋》看似史书，实间入大量民间传说并加以想象附会，已具有较强的小说意味，其中越女就是一名虚构的形象。“越女试剑”篇塑造了一位精剑术的处女，她是我国侠文学史上第一位女剑侠形象。

《吴越春秋·勾践阴谋外传》中有一段记载：

其时，越王又问相国范蠡曰：“孤有报复之谋，水战则乘舟，陆行则乘舆。舆舟之利，顿于兵弩。今子为寡人谋事，莫不谬者乎？”范蠡对曰：“臣闻古之圣君，莫不习战用兵。然行阵、队伍、军鼓之事，吉凶决在其工。今闻越有处女，出于南林（在山阴县南），国人称善。愿王请之，立可见。”越王乃使使聘之，问以剑戟之术。处女将北见于王，道逢一翁，自称曰“袁公”，问于处女：“吾闻子善剑，愿一见之。”女曰：“妾不敢多所隐，惟公试之。”于是袁公即杖箖箊（箖箊，竹名）竹，竹枝上颉桥（意为向上劲挑），未堕地（“未”应作“末”，竹梢折而跌落），女即捷末（“捷”应作“接”，接住竹梢）。袁公则飞上树，变为白猿，遂别去。见越王。越王问曰：“夫剑之道如之何？”女曰：“妾生深林之中，长于无人之野，无道不习，不达诸侯，窃好击之道，诵之不休。妾非受于人也，而忽自有之。”越王曰：“其道如何？”女曰：“其道甚微而易，其意甚幽而深。道有门户，亦有阴阳。开门闭户，阴衰阳兴。凡手战之道，内实精神，外示安仪。见之似好妇，夺之似惧虎。布形候气，与神俱往。杳之若日，偏如滕（“滕”应作“腾”）兔，追形逐影，光若佛仿，呼吸往来，不及法禁，纵横逆顺，直复不闻。斯道者，一人当百，百人当万。王欲试之，其验即见。”越王即加女号，号曰“越女”。乃命五板之堕长（“堕”应作“队”）高（“高”是人名，应是高队长）

① [西汉]刘向编撰，张涛译注：《列女传译注》，山东大学出版社，1990 年，第 191 页。
② [西汉]刘向编撰，张涛译注：《列女传译注》，山东大学出版社，1990 年，第 191 页。

习之教军士，当世莫能胜越女之剑。[①]

故事叙述越王向范蠡询问手战之术，范蠡举荐越女，于是王乃请女。后面主要通过“试剑”和“论剑”来突出越女的剑术高超。首先，越王派出袁公试剑。女在前来的途中，遇袁公，袁公来势汹汹，以竹相攻，女以手接其末，反应迅捷。比试仅一招，袁公即知越女剑术高超，飞身上树，化作白猿，辞别而去。关于“试剑”情节，欧阳修等编《艺文类聚》记载稍有不同：“公即挽林内之竹，似桔槁，未折坠地。女接取其末。袁公飞上树，化为白猿。”[②]《剑侠传·老人化猿》的记载则更为精彩一些：“袁公即挽林杪之竹似桔槔，末折地，女接其末。公操其本而刺女。女因举杖击之。公即上树，化为白猿。”[③]突出的都是猿公的敏捷，女剑术的高超，只是描写愈发精彩。接着，越王与女“论剑”，女自称生于深山老林，长于无人之野，尤喜击剑之道，且无师自通。论及剑道，女认为一个剑客外表看上去应该很安详，犹如温柔的女子，一旦受到攻击，就应该像受到威胁的老虎一样，反应迅捷而勇猛，所向披靡。越王马上赐女号“越女”，要她教习军队，剑术天下无敌。后来越王复仇，军队大破吴国，越女算是功臣之一。该故事处于古代小说的雏形期，研究者们一般不把它视作真正的武侠小说；但不可否认的是，该故事为我们塑造了一位剑术高超的极富有传奇性的女侠形象。越女无师自通、精通剑道、路遇白猿老人试剑、剑术天下无敌等传奇性情节和浪漫笔法，多为后世武侠小说所借鉴。如唐传奇中的女剑仙多源于此，李白也吟出了“学剑越处女，超腾若流星”[④]（《东海有勇妇》）的诗句；后来，“越女剑法”成为武侠小说中的传世剑法，如当代武侠小说大师金庸先生有一部中篇武侠小说《越女剑》，就是根据“越女试剑”的故事演绎而成的，其中主人公越女阿青所用“神剑”，实为一竹棒，但其使用出神入化，无人能学，“八十名越国剑士没学到阿青的一招剑法，但他们已亲眼见到了神剑的影子。每个人都知道了，世间确有这样神奇的剑法。八十个人将一丝一忽勉强捉摸到的剑法影子传授给了旁人，单是这一丝一忽的神剑影子，越国武士的剑法便已无敌于天下。”[⑤]金庸《射雕英雄传》“江南七怪”中女侠韩小莹称是“神剑影子”的传人，使用的是越女剑法。刘若愚先生认为越女“开了唐代的有超人本领的

① [汉]赵晔：《吴越春秋》，商务印书馆排印本，1935—1937年，第194-196页。

② [汉]赵晔：《吴越春秋》，商务印书馆排印本，1935—1937年，第194、195页。

③《剑侠传》，中华书局，1985年，第1页。

④ 郁贤皓选注：《李白选集》，上海古籍出版社，2013年，第241页。

⑤《越女剑》，http://baike.baidu.com/link?url=EysLuM9uzlaK4VO3Q0b1I9X3RjX8oROw3e_yKv7OIcejqxONlIJD2e_fnqx0ym69MrpWRxGTvF_6W5AwjmdIcH5OzA-eggEXG7H_2tryhBXECm5ZRbpfKiP_Qftu5NL0.

女侠客故事的先河”[①]。曹正文先生认为其“第一次在小说中论及剑术”[②]。综合二人见解，我们可视越女为我国女侠形象史上的“剑侠之祖”了。

魏晋六朝时期，志怪志人小说大兴，如干宝的《搜神记》、王嘉的《拾遗记》、刘义庆的《世说新语》、陶潜的《搜神后记》等，一些文言武侠小说散见其中。其中叙写女侠较有名的篇目是干宝的《搜神记·李寄斩蛇》和陶潜的《搜神后记·比邱尼》。《李寄斩蛇》塑造了一位善良、勇敢、为民除害的女侠形象。

李寄斩蛇

东越闽中，有庸岭，高数十里，其西北隰中，有大蛇，长七八丈，大十余围，土俗常惧。东治都尉及属城长吏，多有死者。祭以牛羊，故不得祸。或与人梦，或下谕巫祝，欲得啖童女年十二三者。都尉令长并共患之，然气厉不息，共请求人家生婢子，兼有罪家女养之，至八月朝，祭送蛇穴口，蛇出吞啮之。累年如此，已用九女。尔时预复募索，未得其女。将乐县李诞家有六女，无男。其小女名寄，应募欲行。父母不听。寄曰：“父母无相，惟生六女，无有一男。虽有如无。女无缇萦济父母之功，既不能供养，徒费衣食，生无所益，不如早死；卖寄之身，可得少钱，以供父母，岂不善耶!”父母慈怜，终不听去。寄自潜行，不可禁止。寄乃告请好剑及咋蛇犬，至八月朝，便诣庙中坐。怀剑，将犬。先将数石米餈，用蜜麨灌之，以置穴口，蛇便出，头大如囷，目如二尺镜，闻餈香气，先啖食之。寄便放犬，犬就啮咋。寄从后斫得数创。疮痛急，蛇因踊出，至庭而死。寄入视穴，得其九女髑髅，悉举出，咤言曰：“汝曹怯弱，为蛇所食，甚可哀愍。”于是寄乃缓步而归。越王闻之，聘寄女为后，指其父为将乐令，母及姊皆有赏赐。自是东治无复妖邪之物。其歌谣至今存焉。[③]

该篇塑造了一位机智、勇敢且具有献身精神的女侠形象。李寄是一位民间女子，尽管斩蛇用的是剑，但似乎并不精通剑术。小说重点突出了她的两个特

① [美]刘若愚撰，周清霖、唐发铙译：《中国之侠》，上海三联书店，1991年，第88页。
② 曹正文：《中国侠文化史》，上海文艺出版社，1994年，第30页。
③ [晋]干宝编著：《文史笔记精华：搜神记》，北京燕山出版社，2009年，第382页。

点：第一，突出了她的侠义精神。东越庸岭出现吃人大蛇，长七八丈，大十余围，当地人惧蛇害，便向大蛇献童女，已先后有九女童葬身蛇口。李寄共有六姐妹，排行最小。面对乡人受害，她不顾家人的反对而主动应募，并独自潜行，前往除害。这充分体现了李寄为民除害、勇于献身的主动精神，故曹正文先生评价李寄为“第一个敢于为民除害的女侠”[①]。第二，突出了李寄的机智与慎密。她精心安排，先用香饵蜜糍放置洞口，引蛇出洞；再放咬蛇犬咬蛇，把蛇的注意力引向犬；在犬蛇搏斗之际，趁蛇不备，自己于蛇后刺杀数剑，蛇最终负痛跃出，至庭中而死。这种周密的安排既让自己的安全系数增高，又大大增加了斩蛇的胜算，充分体现了女侠沉着、冷静、机智、勇敢的特点。

《比邱尼》极富有志怪色彩，塑造了一位以家国大事为己任的神秘女尼。

比　邱　尼

> 晋大司马桓温，字元子。末年，忽有一比邱尼，失其名，来自远方，投温为檀越。尼才行不恒，温甚敬待，居之门内。尼每浴，必至移时。温疑而窥之。见尼裸身挥刀，破腹出脏，断截身首，支分脔切。温怪骇而还。及至尼出浴室，身形如常。温以实问，尼答日：“若逐凌君上，形当如之。”时温方谋问鼎，闻之怅然。故以戒惧，终守臣节。尼后辞去，不知所在。[②]

晋代大司马桓温意欲起兵造反，犹豫未决。家中突然来了一位比邱尼，言谈举止很不一般，深得桓温敬重。尼每次洗浴很久，桓温偷窥之，只见尼赤身裸体，用刀子划破肚子，拉出肠子，又将头砍下，并把身子砍成数截，桓温惊骇奔走。等尼出浴室却又完好无损。桓温惊问，尼说你若欺君犯上，则如此下场。桓温立刻打消叛乱念头。尼辞去，不知所终。该尼利用幻术警示桓温，巧妙地化解了桓温的叛乱念头，使国家安定，人民免受战乱之祸，是一位忠君爱国、维护和平的女侠形象。文中对比邱尼的开肠破肚、断首分肢的神秘法术描写令人读之胆颤，在女侠形象史上开“以术行侠”之先河。

汉魏六朝是我国古代小说的雏形期，在这些“粗陈梗概”[③]的故事中，偶

① 曹正文：《中国侠文化史》，上海文艺出版社，1994年，第39页。
② [晋]干宝、陶潜撰，曹光甫、王银林校点：《搜神记 搜神后记》，上海古籍出版社，2012年，第170页。
③ 鲁迅：《中国小说史略》，上海古籍出版社，2004年，第58页。

尔可见女侠的踪影，这比之史书系列蔚为大观的男侠形象，真的是凤毛麟角，弥足珍贵。当然这些女侠形象还不够完善，如越女剑术高超，但文中表现其侠义精神颇为不足；李寄富有勇于献身的侠士风采，但小说中对其剑术描写似乎并不精彩，故她们只能算是粗具女侠之雏形。这些女侠形象尽管仅具雏形，但在女侠形象史上却首开先河，意义重大。从行侠目的看，越女论剑，教习军队，为君王服务，首开依附性女侠之先河；李寄智勇，斩蛇除害，为民服务，为自由独立型的民间女侠第一人；比邱尼忠君爱国，警示桓温，为最早的女尼仙侠形象。从行侠的手段看，越女为“剑侠之祖”，比邱尼则开“以术行侠”之源。这些为后来武侠小说中女侠形象的发展与壮大开辟了先路。

第二节　唐五代：女侠群像登场，大放异彩

唐传奇是我国文苑中的一枝奇葩。鲁迅先生曾说：

> 小说亦如诗，至唐代而一变，虽尚不离于搜奇记逸，然叙述宛转，文辞华艳，与六朝之粗陈梗概者较，演进之迹甚明，而尤显者乃在是时则始有意为小说。[①]

唐传奇的出现标志着我国古代文言小说的成熟。其中大量豪侠小说的出现，又标志着我国文言武侠小说进入了成熟阶段。胡应麟《少室山房笔丛》亦云：“变异之谈，盛于六朝，然多是传录舛讹，未必尽幻设语，至唐人乃作意好奇，假小说以寄笔端。”[②]这一时期，武侠小说数量较多，其中较有影响力的作品大约有 30 多篇。小说质量也大大提高，侠客形象鲜明生动，类型较丰富；故事情节起伏变化，曲折生动，结构完整；语言流畅而富于文采。无论是思想还是艺术水准都达到了较高的水平。这一时期，通常被认为是我国古典武侠小说的第一个兴盛时期。

唐代以女侠为主人公的武侠小说主要有：裴铏《聂隐娘》《樊夫人》(出自《唐传奇》)，袁郊《红线传》(出自《甘泽谣》)，李公佐《谢小娥传》，杜光庭《虬髯客传》，皇甫氏《车中女子》《崔慎思》(出自《原化记》)，康骈《潘将军》《张季弘逢新妇》(出自《剧谈录》)，薛用弱《贾人妻》(出自《集异记》)，李复言

① 鲁迅：《中国小说史略》，上海古籍出版社，2004 年，第 58 页。
② 鲁迅：《中国小说史略》，上海古籍出版社，2004 年，第 58 页。

《尼妙寂》(出自《续幽怪录》)，李肇《妾报父冤事》(出自《国史补》)，孙光宪《荆十三娘》(出自《北梦琐言》)等。在我国小说史上，这些作品首次成批量地为我们塑造了光彩夺目、形象鲜明的女侠形象。她们艺高胆大、热情奔放、行侠仗义、洒脱不羁，成为我国小说史上第一批真正的女侠，具有永久的艺术魅力和重要的文学意义。

一、女侠类型较丰富，开启后世诸类女侠之源

首先，唐女侠数量较多，类型丰富，开启了我国后世武侠小说诸类女侠之源，在文学史上具有重大意义。唐女侠形象按照行侠的主题大致可分为五类：

(一)“复仇”女侠

侠客恩怨分明，有仇必报，知恩图报。唐女侠中首先值得关注的就是复仇女侠。大致可分为两类：

第一类为武力复仇者，如崔慎思妾、贾人妻和某妾(皇甫氏《崔慎思》、薛用弱《贾人妻》、李肇《妾报父冤事》)。该类女侠多是武功高强的剑侠，由于奇冤刻骨，以嫁人为妻作为身份的庇护，如良家妇女一样持家育子，以此隐于市井，等待复仇时机的成熟，一旦伺机复仇成功，便杀子弃夫，断念而去。这类复仇女侠体现了女侠不达目的不罢休的坚强意志和勇敢决绝的精神；但为了断念而杀子，又具有残酷的血腥味，缺乏人性。这里以薛用弱《贾人妻》为例，来领略唐代复仇女侠的特征与风采。

贾人妻

唐余千县尉王立调选，佣居大宁里。文书有误，为主司驳放。资财荡尽，仆马丧失，穷悴颇甚，每丐食于佛祠。徒行晚归，偶与美妇人同路。或前或后依随。因诚意与言，气甚相得。立因邀至其居，情款甚洽。

翌日，谓立曰：“公之生涯，何其困哉！妾居崇仁里，资用稍备。倘能从居乎？”立既悦其人，又幸其给，即曰：“仆之厄塞，阽于沟渎，如此勤勤，所不敢望焉，子又何以营生？”对曰：“妾素贾人之妻也。

夫亡十年，旗亭之内，尚有旧业。朝肆暮家，日赢钱三百，则可支矣。公授官之期尚未，出游之资且无，脱不见鄙，但同处以须冬集可矣。”立遂就焉。

阅其家，丰俭得所。至于扃锁之具，悉以付立。每出，则必先营办立之一日馔焉。及归，则又携米肉钱帛以付立。日未尝缺。立悯其勤劳，因令佣买仆隶。妇托以他事拒之，立不之强也。周岁，产一子，唯日中再归为乳耳。

凡与立居二载。忽一日夜归，意态惶惶，谓立曰：“妾有冤仇，痛缠肌骨，为日深矣。伺便复仇，今乃得志。便须离京，公其努力。此居处，五百缗自置，契书在屏风中。室内资储，一以相奉。婴儿不能将去，亦公之子也，公其念之。”言讫，收泪而别。立不可留止，则视其所携皮囊，乃人首耳。立甚惊愕。其人笑曰：“无多疑虑，事不相萦。”遂挈囊逾垣而去，身如飞鸟。立开门出送，则已不及矣。方徘徊于庭，遽闻却至。立迎门接俟，则曰：“更乳婴儿，以豁离恨。”就抚子。俄而复去，挥手而已。立回灯褰帐，小儿身首已离矣。立惶骇，达旦不寐。则以财帛买仆乘，游抵近邑，以伺其事。久之，竟无所闻。

其年，立得官，即货鬻所居归任。尔后，终莫知其音问也。[①]

该篇对复仇女侠贾人妻的塑造主要突出两点：一是“隐”。贾人妻与穷愁潦倒的王立偶然相遇，因意气相投，便邀王立至家同居，平时对内操持家务，对外经营生意，一年后产一子，家庭看似稳定幸福，贾人妻完全是个勤劳持家、体贴入微的贤妻良母。王立与其生活两年，丝毫不知其身份。这实质是贾人妻借婚姻掩人耳目，使自己在大仇得报前能相对安然地“隐”于市井。然而“隐”不是目的，伺机复仇才是实质所在。二是“酷”。贾人妻大仇得报后，本与王立告别，托子而去；但后又重回屋中，借口哺儿而痛下杀手，使儿身首异处，断念而去，可谓心狠手辣，残酷冷血。贾人妻本已离去，而后又重返杀儿，应看出她的内心矛盾，但她最终还是选择了杀子断念，具有非常人可以想象的嗜血性！刻于咸丰年间的《三十三剑客图》绘制贾人妻，图赞云：“为夫妇侠，为子母酷。”意思是说贾人妻作为人妇很侠义，但作为人母太残酷，是很精辟的评价。

第二类为智力复仇者，典型的代表是忍辱负重、流转江湖、女扮男装、查找真凶、手刃仇人的谢小娥（李公佐《谢小娥传》）。

---

① [宋]李昉等编：《太平广记》（卷196），中华书局，1981年，第1471、1472页。

谢小娥父亲为富商，丈夫段居贞为侠士，父亲与丈夫常同舟货行走于江湖。巨盗为掠其金帛而害其全家主仆数十人，悉沉于江。仅小娥被他船所救，幸免于难。其父、夫皆托梦于他，以隐语暗示凶手姓名。父曰："殺我者。車中猴。門東草。"夫曰："殺我者。禾中走。一日夫。"小娥不解其语，于是流转江湖多年，广求智者辨之，终遇作者李公佐，解得隐语："且'車中猴'，车字去上下各一画，是'申'字，又申属猴，故曰'车中猴'；'草'下有'門'，'門'中有東，乃蘭字也；又'禾中走'，是穿田过，亦是'申'字也。'一日夫'者，'夫'上更一画，下有日，是'春'字也。杀汝父是申兰，杀汝夫是申春，足可明矣。"[①]

小娥伤心痛哭，书写"申兰、申春"四字藏于衣中，女扮男装，遍寻仇人。后寻得申家，趁申召佣，小娥混入仇家，获得仇家信任后，查实"谢氏之金宝锦绣，衣物器具，悉掠在兰家"。最后小娥趁申兰、申春一次酒醉而手刃仇人，并告之官府，铲除其党羽，体现了小娥的机智与勇敢：

> 是夕，兰与春会，群贼毕至，酣饮。暨诸凶既去，春沉醉，卧于内室，兰亦露寝于庭。小娥潜锁春于内，抽佩刀，先断兰首，呼号邻人并至。春擒于内，兰死于外，获赃收货，数至千万。初，兰、春有党数十，暗记其名，悉擒就戮。[②]

小娥不是身怀绝技的剑客，作者认为小娥复仇依凭的是"节"与"贞"。即"誓志不舍，复父夫之仇，节也；佣保杂处，不知女人，贞也"。认为小娥"足以儆天下逆道乱常之心，足以观天下贞夫孝妇之节"[③]。该小说在表彰小娥"节"与"贞"的同时，突出隐语的求解，详写小娥查实证据、暗记贼名、周密复仇的过程，又处处充满"智"的味道，故笔者认为小娥最突出的特点是"智"，是典型的智力复仇者。该篇故事情节曲折，将小娥执着、刚强、机智、勇敢、慎密、沉着等个性与品质描写得栩栩如生，十分传神，塑造得非常成功。

（二）"报恩"女侠

唐女侠中报恩女侠的塑造也是非常出色的，如精通剑术、忠心护主的聂隐娘（裴铏《聂隐娘》）；夜盗金盒、忠心助主的红线女（袁郊《红线传》）；取还

---

① [宋]李昉等编：《太平广记》（卷491），中华书局，1981年，第4030、4031页。

② [宋]李昉等编：《太平广记》（卷491），中华书局，1981年，第4031页。

③ [宋]李昉等编：《太平广记》（卷491），中华书局，1981年，第4031页。

玉珠、知恩图报的三鬟女子（康骈《潘将军》）。

《聂隐娘》是唐传奇的名篇之一。

聂隐娘

聂隐娘者，唐贞元中魏博大将聂锋之女也。年方十岁，有尼乞食于锋舍，见隐娘悦之，云："问押衙乞取此女教？"锋大怒，叱尼。尼曰："任押衙铁柜中盛，亦须偷去矣。"及夜，果失隐娘所向。锋大惊骇，令人搜寻，曾无影响。父母每思之，相对涕泣而已。

后五年，尼送隐娘归。告锋曰："教已成矣，子却领取。"尼欻亦不见。一家悲喜。问其所学，曰："初但读经念咒，余无他也。"锋不信，恳诘，隐娘曰："真说又恐不信，如何？"锋曰："但真说之。"曰："隐娘初被尼挈，不知行几里。及明，至大石穴之嵌空数十步，寂无居人，猿狖极多，松萝益邃。已有二女，亦各十岁，皆聪明婉丽，不食。能于峭壁上飞走，若捷猱登木，无有蹶失。尼与我药一粒，兼令长执宝剑一口，长二尺许，锋利，吹毛令剸，逐二女攀缘，渐觉身轻如风。一年后，刺猿狖百无一失。后刺虎豹，皆决其首而归。三年后能飞，使刺鹰隼，无不中。剑之刃渐减五寸。飞禽遇之，不知其来也。至四年，留二女守穴，挈我于都市，不知何处也。指其人者，一一数其过曰：'为我刺其首来，无使知觉。定其胆，若飞鸟之容易也。'受以羊角匕首，刀广三寸。遂白日刺其人于都市，人莫能见。以首入囊，返主人舍，以药化之为水。五年，又曰：'某大僚有罪，无故害人若干。夜可入其室，决其首来。'又携匕首入室，度其门隙，无有障碍，伏之梁上。至瞑，持得其首而归。尼大怒曰：'何太晚如是！'某云：'见前人戏弄一儿可爱，未忍便下手。'尼叱曰：'已后遇此辈，先斩其所爱，然后决之。'某拜谢。尼曰：'吾为汝开脑后藏匕首，而无所伤。用即抽之。'曰：'汝术已成，可归家。'遂送还。云后二十年，方可一见。"锋闻语甚惧，后遇夜即失踪，及明而返。锋已不敢诘之，因兹亦不甚怜爱。忽值磨镜少年及门，女曰："此人可与我为夫"。白父，父不敢不从，遂嫁之。其夫但能淬镜，余无他能。父乃给衣食甚丰，外室而居。

数年后，父卒。魏帅稍知其异，遂以金帛署为左右吏。如此又数年。至元和间，魏帅与陈许节度使刘昌裔不协，使隐娘贼其首。隐娘辞帅之许。刘能神算，已知其来。召衙将，令来日早至城北，候一丈夫一女子，各跨白黑卫。至门，遇有鹊前噪夫，夫以弓弹之，不中。妻夺夫弹，一丸而毙鹊者。揖之云："吾欲相见，故远相祗迎也。"衙将受约束，遇之。隐娘夫妻曰："刘仆射果神人，不然者，何以洞吾也，愿见刘公。"刘劳之。隐娘夫妻拜曰："合负仆射万死。"刘曰："不然，各亲其主，人之常事。魏今与许何异，顾请留此，勿相疑也。"隐娘谢曰："仆射左右无人，愿舍彼而就此，服公神明也。"知魏帅之不及刘。刘问其所须，曰："每日只要钱二百文足矣。"乃依所请。忽不见二卫所之，刘使人寻之，不知所问。后潜收布囊中，见二纸卫，一黑一白。

后月余，白刘曰："彼未知住，必使人继至。今宵请剪发，系之以红绡，送于魏帅枕前，以表不回。"刘听之。至四更却返曰："送其信了，后夜必使精精儿来杀某，及贼仆射之首。此时亦万计杀之，乞不忧耳。"刘豁达大度，亦无畏色。是夜明烛，半宵之后，果有二幡子一红一白，飘飘然如相击于床四隅。良久，见一人自空而踣，身首异处。隐娘亦出曰："精精儿已毙。"拽出于堂之下，以药化为水，毛发不存矣。隐娘曰："后夜当使妙手空空儿继至。空空儿之神术，人莫能窥其用，鬼莫得蹑其踪。能从空虚之入冥，善无形而灭影。隐娘之艺，故不能造其境，此即系仆射之福耳。但以于阗玉周其颈，拥以衾，隐娘当化为蠛蠓，潜入仆射肠中听伺，其余无逃避处。"刘如言。至三更，瞑目未熟，果闻颈上铿然，声甚厉。隐娘自刘口中跃出。贺曰："仆射无患矣。此人如俊鹘，一搏不中，即翩然远逝，耻其不中。才未逾一更，已千里矣。"后视其玉，果有匕首划处，痕逾数分。自此刘转厚礼之。

自元和八年，刘自许入觐，隐娘不愿从焉。云："自此寻山水，访至人，但乞一虚给与其夫"。刘如约。后渐不知所之。及刘薨于统军，隐娘亦鞭驴而一至京师，柩前恸哭而去。

开成年，昌裔子纵除陵州刺史，至蜀栈道，遇隐娘，貌若当时，甚喜相见，依前跨白卫如故。语纵曰："郎君大灾，不合适此。"出药一粒，令纵吞之。云："来年火急抛官归洛，方脱此祸。吾药力只保一年患耳。"纵亦不甚信，遗其缯彩，隐娘一无所受，但沉醉而去。后一年，纵不休官，果卒于陵州。自此无复有人见隐娘矣。①

① [宋]李昉等编：《太平广记》(卷 194)，中华书局，1981 年，第 1456-1459 页。

小说首先通过浪漫主义笔法书写聂隐娘学艺的传奇性：聂隐娘十岁时被一女尼“偷”至深山老林，先教以剑术和轻功。一年后，剑刺猿狖，百无一失；后刺虎豹，皆决其首而归；三年后能飞，使刺鹰隼，无不中；四年后能白日刺人于市，人莫能见。后女尼又传以化尸药和藏匕于脑的法术，更是神异莫测。该篇中不可忽视的是尼不仅教隐娘剑术与法术，还对隐娘进行行侠引导，即带隐娘于市，专杀有罪大僚。当然这里尼斥责隐娘以后刺杀有罪之人，必先斩其所爱，然后决之，也具有残酷的嗜血性。五年后隐娘术成，尼乃送归其家。身怀绝技的聂隐娘回家后经常夜失其所，天明复回。按照其师父的教导，估计也应是诛杀“有罪”之人去了。接下来小说重点写聂隐娘忠心护主的故事：聂父死后，魏博主帅与陈许节度使刘昌裔不和，令聂隐娘夫妇前往暗杀；而刘昌裔神机妙算，知道聂隐娘夫妇前来，便主动派人在路上迎接并给予礼遇，隐娘感于刘仆射的神明与仁义，认为魏帅不如刘，转而投刘，为刘所用。后魏帅知道聂隐娘反投刘昌裔后，先后派精精儿与空空儿前往暗杀，隐娘又大战精精儿，精精儿身首异处；后又化为蠛蠓，潜入仆射肠中，巧胜空空儿，空空儿羞遁。空空儿之神术，只出手一招，耻于不中，便飘然远逝，是何等清高与飘逸，亦令人读之难忘。聂隐娘竭尽全力保刘仆射平安，是一位忠心的护主女侠。后刘昌裔入觐，聂告别而去。刘死后，聂又至京师刘柩前恸哭，表现出对刘仆射的深厚情谊。该篇中聂隐娘实质是一位依附藩镇的剑客，反映了中唐以后藩镇蓄养剑客、相互残杀、暗杀之风盛行的社会现实。

《红线传》也是一篇反映晚唐藩镇割据、相互攻伐、女侠忠心助主的故事。唐代魏博节度使田承嗣与潞州节度使薛嵩两人均为安禄山部将，降唐后各霸一方。田承嗣飞扬跋扈，野心勃勃，妄图吞并潞州，“乃募军中武勇十倍者得三千人，号外宅男，而厚其恤养，常令三百人夜值州宅”[①]；薛嵩仁义待民，思报国恩，得知田承嗣野心后，“日夜忧闷，咄咄自语，计无所出”。红线是薛嵩的侍婢，得知事情原委之后，主动请行，为主分忧。她以太乙神术夜入魏城，潜入戒备森严的田府，犹如出入无人之境，不伤一卒，巧妙地从田承嗣枕旁盗走金盒。第二天，薛嵩随即遣人送回金盒，以为警示。这一警示行动，使田“惊怛绝倒”，回书表示悔过自新，并遣散了其强悍骄纵的亲军“外宅男”。红线悄无声息，夜盗金盒，一小小举动便挫败了田承嗣吞并潞州的阴谋，使其狂妄气焰顿收，使“两地保其城池，万人全其性命，使乱臣知惧，烈士安谋”[②]，平

① [宋]李昉等编：《太平广记》(卷195)，中华书局，1981年，第1460页。
② [宋]李昉等编：《太平广记》(卷195)，中华书局，1981年，第1462页。

息了藩镇间一场无谓的战争，是一位维护和平安定的女侠形象。红线自言在薛家“宠待有加，荣亦至矣”，故“昨往魏都，以示报恩”，红线行为具有明显的报恩色彩。

《聂隐娘》《红线传》两篇都是反映晚唐藩镇斗争的，反映了藩镇蓄养侠客，侠客为藩镇所用的社会现实与时代风气。两篇也有一个共同倾向，就是女侠择主而依，所选择的主人都是仁义之士。尤其是聂隐娘，本依附于魏帅，但当认识到魏帅不如刘仆射神明与仁义时，便反水投向刘仆射，并倾力报之。这代表着侠义必以正义为前提的基本倾向，是侠客受儒家思想影响的显现。她们忠心护主的侠义精神和超凡绝世的武功，使她们在后世武侠小说中上升为“剑仙”级人物，后世写女侠师派渊源的时候都多写师承聂隐娘或红线女。

如果说聂隐娘、红线是依附藩镇的女侠的话，那么《潘将军》中的三鬟女子则是一位天真烂漫生活于民间的女侠形象。该女“止于胜业坊北门短曲，有母同居，盖以纫针为业”；然“居室甚贫，与母同卧土榻，烟爨不动者，往往经于累日”。尽管贫穷，但该女天真烂漫、顽皮可爱，时于皇宫盗取几只进贡新产的洞庭橘，孝敬王超；时于路旁穿着木屐与军中少年蹴踘，引人围观；时因打赌而盗了潘将军的玉念珠，放于塔顶。为了报答王超老人的周济之恩，当王超老人向她打听潘将军玉念珠下落时，女言：“勿言于人，某偶与朋侪为戏，终却送还，因循未暇。舅来日诘旦，于慈恩寺塔院相候，某知有人寄珠在此。”女说曾和朋友打赌闹着玩，将念珠取来，但最终会归还，只是一直没空罢了。叫王超老人第二天清早到慈恩寺的塔院等待，念珠寄放在那里。“超如期而往，顷刻至矣。时寺门始开，塔户犹锁。谓超曰：‘少顷仰观塔上，当有所见。’语讫而走，疾若飞鸟。忽于相轮上举手示超，欻然携珠而下曰：‘便可将还，勿以财帛为意。’”[①]王超老人送还回念珠，潘将军以金帛相谢，女子则早已人去楼空。该女尽管贫穷，但绝不贪财；时受王超老人接济，但知恩图报，是一位个性突出、天真烂漫的女侠。

（三）“仗义”女侠

仗义型女侠在唐女侠塑造中也是比较生动的，主要分为两类：

一类为仗义助人者，如皇甫氏《车中女子》与孙光宪《荆十三娘》。

皇甫氏的《车中女子》是这类女侠的优秀篇章，车中女子神龙见首不见尾，

① [宋]李昉等编：《太平广记》（卷196），中华书局，1981年，第1471页。

极具神秘性，先看原文：

车中女子

唐开元中，吴郡人入京应明经举。至京，因闲步曲坊，忽逢二少年着大麻布衫，揖此人而过，色甚卑敬，然非旧识，举人谓误识也。

后数日，又逢之，二人曰："公到此境，未为主，今日方欲奉迓，邂逅相遇，实慰我心。"揖举人便行。虽甚疑怪，然强随之。抵数坊，于东市一小曲内，有临路店数间，相与直入。舍宇甚整肃，二人携引升堂，列筵甚盛。二人与客据绳床坐定。于席前，更有数少年各二十余，礼颇谨，数出门，若伺贵客。

至午后，方云："来矣！"闻一车直门来，数少年随后，直至堂前，乃一钿车。卷帘，见一女子从车中出，年可十七八，容色甚佳，花梳满髻，衣则纨素。二人罗拜，此女亦不答。此人亦拜之，女乃答。遂揖客入。女乃升牀，当局而坐，揖二人及客，乃拜而坐。又有十余后生皆衣服轻新，各设拜，列坐于客之下。陈以品味，馔至精洁。饮酒数巡，至女子，执杯顾问客："闻二君奉谈，今喜展见，承有妙技，可得观乎？"此人卑逊辞让云："自幼至长，唯习儒经。弦管歌声，则未曾学。"女曰："所习非此是也。君熟思之，先所能者何事？"客又沉思良久，曰："某为学堂中，著靴于壁上行得数步。自余戏剧，则未曾为之。"女曰："所请只然。"请客为之。遂于壁上行得数步。女曰："亦大难事。"乃回顾坐中诸少年，各令呈技。俱起设拜，有于壁上行者，亦有手握椽子行者，轻捷之戏，各呈数般，状如飞鸟。此人拱手惊惧，不知所措。少顷女子起，辞出。举人惊叹，恍恍然不乐。

经数日，途中复见二人，曰："欲假盛驷，可乎？"举人曰："唯"。至明日，闻宫苑中失物，掩捕失贼，唯收得马，是将驮物者。验问马主，遂收此人，入内侍省勘问。驱入小门，吏自后推之，倒落深坑数丈，仰望屋顶七八丈，唯见一孔，才开尺余。自旦入至食时，见一绳缒一器食下。此人饥急，取食之。食毕，绳又引去。

深夜，此人忿甚，悲惋何诉。仰望，忽见一物如鸟飞下，觉至身边，乃人也。以手抚生，谓曰："计甚惊怕，然某在，无虑也。"听其声，则向所遇女子也。云："共君出矣。"以绢重系此人胸膊讫，绢一头系女人身，女人纵身腾上，飞出宫城，去门数十里乃下，云："君且便归江淮，求仕之计，望俟他日。"此人大喜，徒步潜窜，乞食寄宿，得达吴地。后竟不敢求名西上矣。[①]

该篇中车中女子不知姓氏，出场甚为气派，衣着华丽，数少年拥车而来，下车后众后生罗拜；从后文该团伙盗窃皇宫宝物看，该女当是这个盗侠团伙的首领。女子请举人表演飞檐走壁，但举人的轻功尚不如女子手下两名少年；后两名少年借举人之马，第二天皇宫宝物失窃，盗贼用的正是举人的马！举人被捕，被囚禁在内侍省七八丈深的地牢里，举人无力逃脱，心中悲愤哀惋。是夜，车中女子突现地牢，以绝顶轻功救出举人，表现了车中女子义救无辜者的侠义精神。车中女子是一盗侠，或许曾闻得举人有妙计，故想赚举人入伙，结果一试轻功，发现其轻功平平，遂放弃；后因手下借举人之马而陷举人于大牢，女子又仗义相救，绝不连累无辜人士，充分说明该女是一义气深重、敢作敢当的侠盗。车中女子是女侠形象史上第一位正宗的盗侠团伙首领形象，气质、排场、轻功，都非同寻常。

荆十三娘也是一位侠烈心肠的女侠形象。荆十三娘的意中人赵中立的友人李正郎之弟弟李三十九郎，在风月场中结识了一位妓女，两人互相爱恋。可是这妓女的父母贪慕权势钱财，强将女儿送给当时仗太尉高骈之势的诸葛殷。李三十九郎惧怕诸葛殷的势力，担心招祸，故不敢反抗，只有伤心哭泣而已。荆十三娘听说此事后，慷慨相助，按照约定的日期，"荆氏以囊盛妓，兼致妓之父母首，归于李"[②]。即为李夺回爱妓，并杀其贪财之父母，成就二人婚姻。如果说车中女子义救无辜者源于不想连累的话，那么荆十三娘帮助李三十九郎则纯属路见不平拔刀相助，仗义精神更加明显。只是荆十三娘只杀贪财之父母，不杀仗势欺人的诸葛殷，倒觉得有些不够过瘾。诸葛殷仗太尉高骈之势，这或许也代表了社会的黑暗势力太过强大，女侠也是有所忌惮的。

第二类为仗义除害者，如裴铏的《樊夫人》。唐传奇中的女侠多是剑侠，而樊夫人则是难得的一位道术卓绝的仙侠。她仗义助人，尝救疾于乡人，却不图回报："尝以丹篆文字救疾于闾里，莫不响应。乡人敬之，为结构华屋数间而奉媪。媪曰：'不然，但土木其宇，是所愿也。'"后樊夫人乘舟前往洞庭湖刺杀大白鼍，救百余人性命，体现出了为民除害的主动性：

---

① [宋]李昉等编：《太平广记》（卷193），中华书局，1981年，第1450、1451页。
② [宋]李昉等编：《太平广记》（卷196），中华书局，1981年，第1472页。

媪貌甚闲暇，不喜人之多相识。忽告乡人曰："吾欲往洞庭救百余人性命，谁有心为我设船一只？一两日可同观之。"有里人张拱，家富，将具舟楫，自驾而送之。

欲至洞庭前一日，有大风涛蹙一巨舟，没于君山岛上而碎，载数十家，近百余人，然不至损，未有舟楫来救，各星居于岛上。忽有一白鼍，长丈余，游于沙上，数十人拦之挝杀，分食其肉。明日，有城如雪，围绕岛上，人家莫能辨。其城渐窄狭，束岛上人，忙怖号叫，囊橐皆为齑粉，束其人为簇，其广不三数丈，又不可攀援，势已紧急。岳阳之人，亦遥睹雪城，莫能晓也。

时媪舟已至岸，媪遂登岛，攘剑步罡，噀水飞剑而刺之，白城一声如霹雳，城遂崩，乃一大白鼍，长十余丈，婉蜒而毙，剑立其胸，遂救百余人之性命，不然，顷刻即拘束为血肉矣。岛上之人咸号泣礼谢。命拱之舟返湘潭，拱不忍便去。忽有道士与媪相遇，曰："樊姑，尔许时何处来？"甚相慰悦。拱诘之，道士曰："刘纲真君之妻，樊夫人也。"后人方知媪即樊夫人也。拱遂归湘潭。后媪与逍遥一时返真。①

洞庭湖上起大风，一巨舟没于君山岛上，舟上百余人暂居于岛上，见一白鼍捕杀而食之。第二天，另一大白鼍前来复仇，化作雪城，围堵岛上人，城渐变狭，将所有人困束城中，岛上百余人即将化为齑粉。樊夫人未卜先知，预知洞庭湖将有灾难，提前一两日出发。在岛上人即将丧命的关键时刻，夫人赶至，飞剑刺之，雪城崩溃，大白鼍现出原形，婉蜒而毙，百余人得救。如果说车中女子、荆十三娘救助的都是个人的话，那么樊夫人则是一名为民解厄、为民除害的仙侠，体现出积极的主动精神。

（四）情　侠

唐王朝是一个相对开放的时期，女性主动追求爱情的精神在女侠身上也有体现。如贾人妻与为王立意气相得，便相约同居；聂隐娘指磨镜少年为夫，婚姻自主；荆十三娘爱慕赵中行，便同载归扬州，这些都体现了女侠在婚姻中的主动精神。而杜光庭《虬髯客传》中夜奔李靖的红拂妓更是体现了女侠勇敢追求爱情的精神，可谓开"情侠"形象之先河。

隋朝末年，豪强并起。布衣之士李靖前往长安拜谒司空杨素，敬献国策，

① 王汝涛：《太平广记选》，齐鲁书社，1987年，第1106页。

杨素傲慢无礼，不识李靖是人才；但李靖的才气和远见打动了杨素身边红拂妓。李靖离开后，红拂便向吏卒细细打听李靖下落。当夜，红拂女扮男装，勇舍尸居余气的杨素，夜奔李靖。表达对李的倾慕之情，并表达“丝萝非独生，愿托乔木，故来奔耳”[①]的心声。两人在去太原途中的小旅店里，遇到了外表粗鄙的虬髯客。虬髯客被红拂的美貌所吸引，卧地欣赏红拂梳头。李靖被激怒，欲向虬髯客采取行动。然红拂又慧眼识英雄，制止李靖，主动与虬髯客交谈，方知同姓，结为兄妹。后虬髯客将家资与奴婢都赠与李靖，助李靖辅助李世民成就大业，自己仅带妻子和一奴飘然而去，于海外建立王国。

小说中，红拂女只是一个配角，但她有胆有识、机智聪敏，形象鲜明；特别是她蔑视权贵、敢于追求爱情的气魄让后世诸多文人感叹，因此红拂女也成为后世诸多戏剧小说的人物原型。红拂女作为“情侠”，首先表现在对理想“爱情”的追求，敢作敢为，胆识非凡。在“卫公李靖以布衣上谒、献奇策”之际，红拂“立于前，独目公”，认定“阅天下之人多矣，无如公者”[②]，当晚便毅然夜奔李靖，这种一旦认定便果敢行动、勇往直前的气度与胆识可谓非常人所能及。红拂女作为“情侠”，还表现在她“侠气”非凡。红拂不仅胆识过人，而且还处事干练，慧眼识英才。杨素不识李靖，她却一见便认定是英雄，毫无顾虑地“私奔”于他。路遇虬髯客，李靖不识，她又立即识为“异人”，与之结拜兄妹，后为李靖获得物质上的资助，助李世民建成大业奠定了一定的基础。小说于英雄豪迈之气中，穿插儿女旖旎之情，使红拂形象更丰满生动、更富传奇色彩。在武侠小说史上，红拂女首次做到了侠、情结合，成为我国女侠形象史第一位鲜明生动的女情侠形象，后世人们把虬髯客、红拂女、李靖称为“风尘三侠”。

（五）“武学哲理”型女侠

此类主要表现女侠超凡的武功与剑术，蕴含深刻的武学哲理，如康骈的《张季弘逢新妇》。张季弘路遇农夫驴拉柴火挡路，能手提驴之四蹄扔过水渠好几步远，可谓勇力过人。后来张自恃勇力，想替老妇人教训那位新媳妇，结果新媳妇向季弘申述自己是被冤枉的，每说一件事，便伸手在张季弘坐的那块石头上，用中指比画；每画一下，石头上便出现一道深数寸的凹槽，使自恃勇力的武官张季弘汗落神骇，只说道理不错，赶紧躲进屋子关上门装睡觉，等到早晨便急

---

① [宋]李昉等编：《太平广记》（卷193），中华书局，1981年，第1446页。
② [宋]李昉等编：《太平广记》（卷193），中华书局，1981年，第1446页。

急遁去。此篇蕴含深刻的武学哲理，即天外有天，人外有人，强中更有强中手，为人莫要太骄狂。

唐小说中，以上五类女侠行侠的目的各有侧重，尽管每类女侠都数量有限，但她们成功构筑了我国武侠小说中女侠形象的五种基本类型，后世武侠小说多在此基础上因袭、发展，走向繁盛。

二、女侠形象鲜明，具有较高的艺术价值

唐小说中的女侠形象不仅类型较丰富，而且形象鲜明，具有较高的艺术价值。概括起来，主要表现在三方面：

（一）武功高强，超凡神奇的行侠手段

唐武侠小说中的女侠大都武功高强，擅长轻功、剑术，甚至法术。她们身捷如飞，来去无影，轻功了得。如“身轻如风”[①] 的聂隐娘；一夜“往返七百里”[②] 的红线女；“纵身腾上，飞出宫城，去门数十里”[③]的车中女子；“疾若飞鸟”[④] 的三环女子；“身如飞鸟”[⑤]的贾人妻等。她们身怀绝技，精于剑术，多用便于携带的匕首（可视为短剑）。如崔慎思妾、贾人妻复仇用的是匕首；红线女“胸前佩龙文匕首”[⑥]；最神奇的莫过于剑仙聂隐娘，能藏匕首于脑后，用即抽出。唐女侠中还涉及法术与药物的描写。如聂隐娘能隐形，“白日刺其人于都市，人莫能见”；能变形，“化为蠛蠓，潜入仆射肠中听伺”；擅用化尸药，“以药化为水，毛发不存矣”[⑦]。樊夫人精通道术，丈夫刘纲与其比试屡败。丈夫使屋从东起火，夫人从西行雨，火灭；夫妇使法斗树于庭中，最终刘纲之树败，出篱外；丈夫唾盘中成鲤鱼，夫人则唾盘中成獭，食鲤鱼；夫妇入山遇虎，“纲禁之，虎伏不敢动，适欲往，虎即灭之。夫人径前，虎即面向地，不敢仰视，夫人以绳系虎于床脚下”；夫妇比试飞升，“县厅侧先有大皂荚树，纲升树数丈，方能飞举，夫人平坐，冉冉如云气之升，同升天而去”[⑧]。

① [宋]李昉等编：《太平广记》（卷 194，第四册），中华书局，1981 年，第 1457 页。
② [宋]李昉等编：《太平广记》（卷 195，第四册），中华书局，1981 年，第 1461 页。
③ [宋]李昉等编：《太平广记》（卷 193，第四册），中华书局，1981 年，第 1451 页。
④ [宋]李昉等编：《太平广记》（卷 196，第四册），中华书局，1981 年，第 1471 页。
⑤ [宋]李昉等编：《太平广记》（卷 196，第四册），中华书局，1981 年，第 1472 页。
⑥ [宋]李昉等编：《太平广记》（卷 195，第四册），中华书局，1981 年，第 1461 页。
⑦ [宋]李昉等编：《太平广记》（卷 194，第四册），中华书局，1981 年，第 1457 页。
⑧ 王汝涛：《太平广记选》，齐鲁书社，1987 年，第 1106 页。

唐女侠尽管武功高强，但武术的描写少打斗场面的正面描写，多侧笔简述。如贾人妻、崔慎思妾提人头而回，方知是剑侠；聂隐娘白日刺人，但人莫能见；樊夫人刺白鼍，也是一剑毙命。其突出的是剑侠的飞行、剑术的高超，法术的使用在聂隐娘、樊夫人身上也略有体现。这些神奇绝技与超凡本领的描写，使女侠们“武”的一方面得到了一定的展现，拓展了小说的艺术想象空间，增强了女侠的传奇色彩与神秘性。

（二）仗义行侠，快意恩仇的精神气质

唐女侠不囿于深闺，走向社会，仗义行侠，追寻自己的理想与社会价值。她们恩怨分明，有仇必报，知恩图报。崔慎思妾和贾人妻以婚姻为依托，隐于市井多年，其目的是伺机报仇；谢小娥女扮男装，流转江湖，其志在查凶复仇；三环女子受王超老人周济之恩，后取珠报主而去；红线女受薛嵩优待之恩，夜盗金盒，为主人解难；聂隐娘为报刘仆射知遇之恩，后恶斗精精儿和空空儿，保主人平安。尤其是聂隐娘择主而依，并效死力，体现了女侠行侠的选择性，其选择的根本就是以“义”为前提。这里的“义”不仅仅是刘仆射对隐娘个人的礼遇之恩，更是包含了刘仆射所代表的仁义、正义，充分体现了这类依附型女侠行侠并不是盲目地忠主，而是包含了某种政治观念和价值观念决策。正如唐代李德裕所说：“夫侠者，盖非常人也。虽然以诺许人，必以节义为本。义非侠不立，侠非义不成，难兼之矣！”①

女侠们路见不平，拔刀相助，抑强扶弱，惩恶扬善。聂隐娘刺杀害人若干的有罪大僚，为民除恶；樊夫人勇除恶鼋，为民除害；车中女子义救无辜者，解人之厄；荆十三娘抱打不平，成人之美。她们敢爱敢恨，不羁于世俗，勇于追求爱情与理想。聂隐娘指磨镜少年曰“此人可与我为夫”②，自择其夫；贾人妻偶遇行乞的王立，觉“意气相得”③，便邀王至家，婚姻自定；荆十三娘“因慕赵，遂同载归扬州。赵以气义耗荆之财，殊不介意”④；红拂妓爱慕李靖胸有大志，便勇舍尸居余气的杨素而夜奔李靖，追求自己的爱情与理想。这些女侠身上体现出的柔韧坚强、机智果敢、恩怨分明、敢爱敢恨的精神气质，彰显了女侠独特的精神内涵与气质美。

① [唐]李德裕撰：《会昌一品集》，上海古籍出版社，1994年，第209页。
② [宋]李昉等编：《太平广记》（卷194，第四册），中华书局，1981年，第1457页。
③ [宋]李昉等编：《太平广记》（卷196，第四册），中华书局，1981年，第1471页。
④ [宋]李昉等编：《太平广记》（卷196，第四册），中华书局，1981年，第1472页。

（三）自由洒脱，功成身退的人生态度

唐女侠一般都来去无踪。如车中女子、三环女子等都不知道何许人也，从哪儿来，来干什么，小说几乎不交代。作者多用限知叙事手法，使女侠们一出场便给人带来非同凡响的神秘感。如车中女子出场前诸少年的恭敬等候，车来后数少年随后，女下车诸少年罗拜等细节描写，使车中女子充满了神秘感。又如三环女子，衣衫褴褛，不知从何而来，于道侧槐树下，“值军中少年蹴鞠，接而送之，直高数丈”[①]，表现出非凡的本领。唐女侠事成之后，绝不贪念尘世浮华，她们大都功成身退，飘然远去。如崔慎思妾、贾人妻和某妾报仇后，不惜杀子弃夫，断念而去；谢小娥报仇后，拒绝了他人的求婚，云游南国；聂隐娘隐于山水，无人再见；红线事成后也遁迹尘中，棲心物外；三环女子还珠报恩后亦不知所去；荆十三娘与赵郎同入浙中，不知所止等。她们来去自由，无所羁绊，行侠仗义，快意恩仇，事成后洒脱不羁，飘然归隐，表现出受道家影响的高蹈情怀和功成身退的人生态度。

如果说女侠们超凡绝世的剑术、轻功描写突出了“武”的特征，那么她们行侠仗义、快意恩仇的精神气质和自由洒脱、功成身退的人生态度则赋予了其“侠”的内涵与灵魂，使“武”与“侠”两大特征在她们身上有机融合，比唐代之前不够成熟的女侠形象越女、李寄等，确实有了质的飞跃。在我国小说史上，唐女侠第一次以群像的方式登入了文学殿堂，并大放异彩，从而开始了我国文学史上“女侠”这一重要形象系列，对后世武侠小说影响深远。其构筑的五种女侠类型被后世武侠小说发展壮大；其快意恩仇、敢爱敢恨的精神气质成为后世女侠的侠义精髓；其超凡绝世的武功描写更是被后世武侠小说发扬光大。

三、唐女侠形象兴盛的原因

唐传奇中女侠形象大量出现，从文学传承角度看，是对汉魏六朝女侠形象的进一步发展，但同时也有着深刻的社会根源。究其原因，主要有以下几个方面：

（一）任侠之风盛行，现实的侠烈之女为唐女侠的塑造提供了创作的依据

从唐朝的建立到中晚唐的藩镇割据，任侠之风都十分盛行。李渊、李世民

① [宋]李昉等编：《太平广记》（卷196，第四册），中华书局，1981年，第1470页。

父子崇尚侠义，推财养客，侠客们受恩必报，往往为之效死奋力，从而成为李唐王朝建立的重要力量。《旧唐书·太宗本纪》载:“时隋祚已终，太宗潜图义举，每折节下士，推财养客，群盗大侠，莫不愿效死力。”[①]柴绍、李神通、卢祖尚、秦叔宝、刘文静、刘弘基、长孙顺德等任侠之士为李唐王朝的建立立下了卓越功勋。之后，太平公主、李隆基为了维护自己的政治利益，也都大肆募养侠客。中晚唐时期，藩镇割据，宦官专权，社会动荡，政治腐败，藩镇之间更是私养游侠之士来行仇杀之事，铲除异己。如《聂隐娘》和《红线》两篇直接涉及中晚唐藩镇之间的名争暗斗，甚至暗杀成风。因此，唐代女侠传奇的出现跟唐代的崇侠之风有着密不可分的联系。

在这种浓烈的任侠风气之下，现实中的侠烈女性也为数不少。《新唐书·列女传》中记勇烈之女甚多，如卫孝女、贾孝女、谢小娥、杨烈妇、窦烈妇等。首先来看卫孝女、贾孝女复仇的故事：

> 卫孝女，绛州夏人，字无忌。父为乡人卫长则所杀，无忌甫六岁，无兄弟，母改嫁。逮长，志报父仇。会从父大延客，长则在坐，无忌抵以甓，杀之。诣吏称父冤已报，请就刑。巡察使褚遂良以闻，太宗免其罪，给驿徙雍州，赐田宅。州县以礼嫁之。[②]

> 贾孝女，濮州鄄城人。年十五，父为族人玄基所杀。孝女弟强仁尚幼，孝女不肯嫁，躬抚育之。强仁能自树立，教伺玄基杀之，取其心告父墓。强仁诣县言状，有司论死。孝女诣阙请代弟死，高宗闵叹，诏并免之，内徙洛阳。[③]

卫孝女无忌的父亲被乡人卫长则所杀，时无忌只有六岁，无兄弟，母亲又改嫁。长大后孝女志在复仇，最终于宴会上击杀仇人。贾孝女，也是为父复仇。其父为族人所杀，女不嫁，自己忍辱负重抚育幼弟。其弟长大成人后，教导其弟复仇，最终取仇人心肝为父复仇。

这两个故事都是写孝女为父复仇，体现了孝女矢志复仇的精神；但最有意思的是故事的结局。卫孝女复仇后自首请刑，太宗知道后，非但没有判刑，反而派人帮她从绛州搬家到雍州，估计是怕她仇人来寻仇，并赏赐给她田地房产，

① [后晋]刘煦等撰，[宋]欧阳修，[宋]宋祁撰：《旧唐书》，中华书局，1997年，第21页。
② [宋]欧阳修、宋祁撰：《新唐书》，中华书局，1975年，第5818页。
③ [宋]欧阳修、宋祁撰：《新唐书》，中华书局，1975年，第5820页。

还让州县出面把她给体面地出嫁了。再看贾孝女也同样如此。其弟自首被有司判死刑，女却请求代弟死，最终高宗怜悯而免其罪，并帮助搬家至洛阳。可见对她们的行为，作为最高统治者的太宗、高宗都是非常赞赏的，并帮助她们搬家以避仇人，这是唐王朝统治者崇侠心态最真实的反映。

再有，唐传奇《谢小娥传》的复仇女侠谢小娥，在唐代也确有其人，《新唐书·列女传》中也记载了谢小娥查找真凶、为父夫复仇、手刃仇人的故事，其侠烈行为也得到了刺史的嘉奖，"还豫章，人争娉之"①，小娥回到豫章后，人们还竞相迎娶她，由此可见侠烈之女在下层民众之中亦是非常受欢迎的。

从上面三个侠烈故事看，从最高统治者太宗到高宗，到官吏阶层的刺史，再到下层社会的老百姓，对侠烈女性的复仇行为都持赞赏与肯定态度，崇侠倾向非常明显，这为女侠行侠提供了特定的社会环境。在这样一种崇侠的时代风气之下，涌现女侠势所必然，而文学作品涌现女侠形象更是自然。

如果卫孝女、贾孝女、谢小娥属于个人复仇者的话，那么《新唐书·列女传》记载杨烈妇等敢于与叛贼斗争的侠烈事迹，则表现出一定的家国情怀与民族大义。李侃妻杨烈妇"慷慨知君臣大义"，面对凶悍叛将，"侃以城小贼锐，欲逃去"，遭到妇的严厉谴责："寇至当守，力不足，则死焉。君而逃，尚谁守？"侃曰："兵少财乏，若何？"妇曰："县不守，则地贼地也，仓廪府库皆其积也，百姓皆其战士也于国家何有？请重赏募死士，尚可济。"②侃从妇言，募集死士，死保城池；战斗中，侃中流矢，还家，被妇督责，重新上阵，鼓舞士气，从而保全城池。李侃在妻杨烈妇的鼓舞、督促之下，终不负国家，也不负全城民众，杨烈妇之胆识、谋略、果敢的气质皆在其丈夫李侃之上。此篇不仅记载了杨烈妇的大义可嘉，同时还记载其他多位类似杨烈妇的侠烈女性，"先是万岁通天初，契丹寇平州，邹保英为刺史，城且陷，妻奚率家僮女丁乘城，不下贼，诏封诚节夫人。默啜攻飞狐，县令古玄应妻高能固守，虏引去，诏封徇忠县君。史思明之叛，卫州女子侯、滑州女子唐、青州女子王，相与歃血赴行营讨贼，滑濮节度使许叔冀表其忠，皆补果毅"③。另外《新唐书·列女传》也记载窦烈妇，面对仇家强盗，即使身深受重伤尤殊死搏斗，得使丈夫脱险；李延节妻崔，廷节为郏城尉，城陷延节被贼擒，贼慕崔美色欲妻之，崔毫不畏惧，痛骂贼人，被贼剜心而死等，都勇烈可嘉。这些女性面对叛贼，或募死士守城，或歃血讨

① [宋]欧阳修、宋祁撰：《新唐书》，中华书局，1975年，第5828页。
② [宋]欧阳修、宋祁撰：《新唐书》，中华书局，1975年，第5825、5826页。
③ [宋]欧阳修、宋祁撰：《新唐书》，中华书局，1975年，第5826页。

贼，或与贼殊死斗争，表现出非凡的勇气与胆识，这些都应是唐传奇女侠以及后世武侠小说塑造女侠形象的现实依据。

（二）民族的融合，北朝尚武风气对唐女侠武功描写的影响

唐代女侠形象群像的出现，深受北方游牧民族尚武力、善骑射风俗的影响。北方游牧民族女性受传统伦理束缚较小，广阔的草原、游动的生活赋予她们豪迈的性格，善骑射习武者甚多，如北魏胡皇后、北齐尔朱氏、柔然公主、李波小妹李雍容等，皆有史书记载。《北史·魏书》记载北魏胡皇后喜好骑射，可谓百发百中。她曾"自射针孔，中之。"又曾登鸡头山，"自射象牙簪，一发中之"。[①]《北史·后妃传》也曾记载：北齐神武帝高欢先娶尔朱氏为妃，后又娶柔然公主。在迎娶柔然公主时，"公主引角弓仰射翔鸱，应弦而落。妃引长弓斜射飞鸟，亦一发而中。神武喜曰：'我此二妃并堪击贼。'"[②]柔然公主的婚礼，俨然是尔朱氏和柔然公主箭术的较量。《魏书》还记载了一位骑射高手李波的小妹李雍容，有民谣："李波小妹字雍容，褰裙逐马如卷蓬，左射右射必叠双。妇女尚如此，男子那可逢。"[③]北方游牧民族上层社会的皇后、公主尚且如此精骑善射，那么在民间像李波小妹这样的骑射女子就更是随处可见，比如北朝民歌《木兰诗》中替父从军的花木兰，算是北朝女子善骑射的艺术再现吧。

唐朝建立后，实现了大一统的局面，南北民族大融合。而唐王朝的统治者李氏家族是五胡十六国时期西凉开国君主李暠的后裔，长期生活于北边，本身善骑射。于是李唐王朝建立后，在民族的融合中北方善骑射的尚武风气很快弥漫于中土，唐代女子传承了前朝北方女子的雄浑武风，她们与男子一样精通弓马骑射，成为这一时期女子尚武的重要标志。在妇女中，无论是贵族、宫女，还是平民、艺人，骑马、射箭、舞剑等活动已是习以为常。如王建《宫词》："射生宫女宿红妆，把得新弓各自张。临上马时齐赐酒，男儿跪拜谢君王。"[④]就是写宫女随皇帝出去打猎，前一天夜里就开始梳妆打扮，欢喜得把刚发下来的弓箭拿来试弄、演习；临上马时，皇帝赐来御酒，宫女们像男儿们一样以跪拜的方式一齐向君王拜谢，把宫女随驾出猎的兴奋、激动并渴望在射猎中有所表现等都描写得淋漓尽致。又如杜甫《哀江头》诗云："辇前才人带弓箭，白马嚼啮黄金勒。翻身向天仰射去，一箭正坠双飞翼。"也是题咏玄宗贵妃出游，宫女才

① 李延寿：《后妃传》，载李延寿《北史》（卷13214），中华书局，1974年，504页。
② 李延寿：《后妃传》，载李延寿《北史》（卷13214），中华书局，1974年，518页。
③ 王青、李敦庆编著：《两汉魏晋南北朝民歌集》，南京师范大学出版社，2014年，315页。
④ 马茂元、赵昌平选注：《唐诗三百首新编》，岳麓书社，1992年，第299页。

人随驾出行，才人飞骑射猎，一箭双鸟，箭术高超。宫女才人普遍擅长射猎，这是唐代社会现实的真实反映。

唐代民间也多游侠、艺人，各种武术、杂技盛行，男性以硬功著称，女性则擅长轻功。唐人刘言史《 观绳伎》:“重肩接立三四层，著屐背行仍应节。两边丸剑渐相迎，侧身交步何轻盈。闪然欲落却收得，万人肉上寒毛生。危机险势无不有，倒挂纤腰学垂柳。”[①]绳伎的体态轻盈与灵动跃然眼前，让我们不由自主就会联想到女侠的轻功与剑术。又如杜甫《观公孙大娘弟子舞剑器行》:“昔有佳人公孙氏，一舞剑器动四方。观者如山色沮丧，天地为之久低昂。霍如羿射九日落，矫如群帝骖龙翔。来如雷霆收震怒，罢如江海凝清光。”[②]诗中描绘公孙大娘的“剑舞”，名震四方，舞姿矫健，霸气非凡，起舞时剑势如雷霆万钧，收舞时平静如江海凝光。由此可见，唐代女子尚武、擅长骑射，既有一定的历史渊源，也是时代风气使然。唐代小说中出现女侠群像，以及她们擅长轻功、剑术等，是当时社会环境影响的必然。

(三)胡风浸染，开放的社会环境对唐女侠婚恋观的影响

北朝游牧民族妇女的婚嫁具有浓厚的原始遗风，男女婚嫁亦相对自由，这对中土女性的婚恋观也有较大影响。如《后汉书·乌桓鲜卑列传》记载鲜卑人婚姻，“以季春月大会饶乐水上，饮燕毕，然后配合。”[③]鲜卑人春季举行宴饮大会，会后则自由择偶配合，婚俗自由。鲜卑族成为北方统治者之后，北方民众的婚恋也逐渐自由起来。据《北史·后妃传》记载：北齐神武帝高欢妃尔朱氏为再嫁。北齐后主皇后耶律氏，齐亡后再嫁，另一皇后胡氏也改嫁。北周亡后，静帝皇后司马氏嫁为隋司州刺史李丹妻。北朝亡国后妃相继改嫁。唐朝建立后，北方少数民族这种不受伦理约束、婚恋自由的特点很快又弥漫于社会各阶层。如武则天本为太宗才人，后被高宗纳入内宫，从而成就了一代女皇；杨贵妃本为玄宗儿子寿王之妃，通过入道，再还俗，终成为玄宗贵妃；再有唐公主再嫁者也多达二十多人。如高密公主为唐高祖李渊第四女，她先嫁长孙孝政，后改嫁段纶；长广公主，李渊第五女，先下嫁赵慈景，赵战死，公主更嫁杨师道；南平公主为唐太宗李世民第三女，先下嫁王敬直，王敬直被流放后，更嫁

① [清]彭定求主编；陈书良、周柳燕选编：《御定全唐诗简编》(中)，海南出版社，2014年，第1252、1253页。

② 杨永胜编：《唐诗宋词元曲大鉴赏》，外文出版社，2012年，第35页。

③ [南朝]范晔撰，周殿富主编，方铭点校：《后汉书·人物全传(2)·列传》(下)，北京时代华文书局，2014年，第1955页。

刘玄意；太平公主为唐高宗与武则天的女儿，先嫁薛绍，绍死，改嫁武攸暨。在唐代公主中，蓄养男宠的都大有人在，相比之下，再嫁自然不是非议的对象。这显示了唐代婚恋观的开放自由，受伦理约束极小。上行下效，民间离婚再嫁之风也非常普遍。而唐王朝对待民间再嫁也是完全持支持态度的，并在法律上加以保护，太宗颁布“令有司劝勉民间嫁娶诏”，规定“男年二十、女年十五已上，及妻丧达制之后，孀居服纪已除，并须申以媒媾，令其好合。”[①]这充分体现了唐代女性所处的宽松的社会环境。

唐代这种开放的婚恋观对唐女侠形象的塑造具有明显的影响。如崔慎思妾、贾人妻、荆十三娘等都是亡夫再嫁。贾人妻与王立义气相投，便主动邀请至家同居；荆十三娘因爱慕赵生，便与赵同载归扬州。聂隐娘指磨镜少年为夫，红拂女夜奔李靖等，都表现了这一时期自由的婚恋观。罗立群在《中国武侠小说史》中说，唐代武侠小说中“女侠没有严格的贞操观念，男侠也不是绝对的不接近女色，这种情形与唐代对妇女采取较开放的政策以及社会风气中不存在严格的禁欲观念有关”[②]。所以唐代武侠小说中女侠自由的婚恋观也是当时社会的真实反映。

第三节　宋元明：女侠因袭模仿，日趋衰微

小说成熟于唐代，至宋开始分两支发展：一为传奇体，即文言小说支系；一为话本体，即白话小说支系。随着话本的日益兴盛，白话小说支系经宋元至明逐渐发展壮大，呈现出日趋兴盛的局面；而文言支系经唐代一高峰后，从宋元至明，则日趋低靡，作品多袭唐代，无多少创举。文言武侠小说亦如是。此期叙写女侠的篇目主要有：宋人洪迈《侠妇人》《解洵娶妇》《花月新闻》《义妇复仇》（出自《夷坚志》）；宋人吴淑《张训妻》（出自《江淮异人录》）；宋佚名《文叔遇侠》（出自委心子《新编分门古今类事》），《薛嵩重红线拔阮》（出自皇都风月主人编《绿窗新话》），元人龙辅的《香丸夫人》《侠妪》（出自《女红馀志》），明人冯梦龙《申屠氏》《红拂妓》（出自《情史》）等。

此期武侠小说多仿唐之作，如皇都风月主人的《薛嵩重红线拔阮》除个别字词的改变外，几乎是唐人小说《红线》的翻版；冯梦龙的《红拂妓》亦可视为唐人小说《虬髯客传》中“红拂夜奔李靖”故事片段的截取。其余篇目就小

① 周绍良主编：《全唐文新编》（第1部，第1册），吉林文史出版社，2000年，第42页。
② 罗立群：《中国武侠小说史》，花山文艺出版社，2008年，第30页。

说的内容、情节与女侠的类型、特征等方面也多承袭唐代。如洪迈的《侠妇人》中侠妇人的勤劳持家、善良聪慧类似于贾人妻，而虬髯客的豪爽、神秘则明显继承了《虬髯客传》中虬髯客的写法；委心子《文叔遇侠》中女侠的乐于助人的精神类似于荆十三娘，为故夫复仇的气概又明显有贾人妻、崔慎思妾的影子；洪迈《花月新闻》中勇于追求爱情的女剑仙，多少有点“情侠”红拂妓的余味；龙辅《侠妪》中义救受难母子的老妪，有“仗义”仙侠樊夫人的影子；冯梦龙《申屠氏》中女主人公希光忍辱负重、为夫复仇的气概，明显与谢小娥相似，等等。

宋元明时期文言小说中的女侠虽多模仿唐女侠，她们也恩怨分明，仗义行侠，柔韧坚强，机智勇敢；但由于理学的兴起，唐女侠那种自由豪放、洒脱不羁的精神气质日渐消逝，女性的伦理色彩大大增强，艺术水准也难与之媲美。由于这些作品毕竟是不同时代、不同文化背景下产生的，因此宋元明小说中的女侠形象又呈现出新的审美特征，主要表现在以下三方面。

一、多以战乱为背景，社会批判力度有所加强

此期武侠小说较有新意的是《侠妇人》《解洵娶妇》《侠妪》等篇中社会背景的展现，表现了战乱给人们带来的深重灾难与痛苦，社会批判力度有所加强。

洪迈的《侠妇人》讲述的是这样一个故事：董国度，饶州人，北宋宣和六年进士，调任莱州胶水县。当时金兵南下，兵荒马乱，董国度于是留下家人，独自一人赴任。不久，中原大片国土沦陷，董国度身陷敌占区，弃官避入乡村，与居所主人交好，主人见他贫穷，为他买了一个妾。这女子性聪慧，有姿色，见董国度贫穷，便尽力操持。她卖掉家中一切可卖之物，买了七八头驴子和几十斤麦子，磨成面粉出卖，以此为业，后来买了田地和住宅，和董过上了稳定而富裕的日子。尽管如此，但“董与母妻隔别滋久，消息杳不通，居闲戚戚，意绪无聊”，并向妾坦言“我故南官也，一家皆在乡里，身独漂泊，茫无归期。每一想念，心乱欲死”。[①]妇人通情达理，温良贤惠，通过虬髯客的帮助先把董带回故乡，后来自己也在虬髯客的帮助下回到南方和董国度团圆。该篇通过董国度因为战乱而弃官流浪和深切的思乡之情，比较真实地反映了北宋末年金人南下的社会现实和战乱给人民带来的痛苦，具有较强的社会现实意义与批判色彩。该篇中侠妇人的塑造具有模仿唐人的痕迹。侠妇人磨面出卖，使流落的董

① [宋]洪迈撰，何卓点校：《夷坚志》(卷一，第一册)，中华书局，1981年，第190页。

国度过上了稳定、富裕的生活。这个和贾人妻经营旧业，使流落的王立过上稳定的生活极为相似：贾人妻每天早出晚归，“及归，则又携米肉钱帛以付立”；侠妇人是“每得面，自骑入市鬻之，至晚负钱以归”[①]，此情节也颇相似。那么侠妇人的“侠”除了慷慨资助落难的董国度，还表现在后文助董返乡与家人团聚这件事上。虬髯客爽朗豪爽，非常了得，敢于违背金人的律令而送董国度（宋朝的官员）返乡，那么侠妇人如何有恩于虬髯客？虬髯客为何如此效死力帮助他们？小说根本不写，这种侧笔描写也类似于唐女侠的塑造手法，让人不由自主去猜测侠妇人盖“非常人”也。

洪迈《解洵娶妇》也是以靖康建炎时期社会动乱为社会背景的武侠小说，该小说不仅真实地反映了当时的社会现实，而且塑造了一位敢爱敢恨的女侠形象，是宋代文言武侠中比较优秀的篇章。先看原文：

解洵娶妇

解潜与其弟洵，素相友爱。靖康建炎之际，潜积军功帅荆南，洵独陷北境，其妻归母家，又为溃兵所掠。数年后，洵间关得归，见潜，相持悲恸。潜置酒劳苦而语之曰：“吾弟虽不幸流落，而兄蒙国恩，握兵权，每与虏及群盗战，奏功于朝，必为弟窜名籍中，已至正使，告命皆在此。”即出畀之。洵再拜谢过望。因言顷自汴都过河朔，孤单羁困，或见怜，为娶妇，奁装丰厚，不暇深详其出处，正无以为活，殊用自慰。偶以重阳日把盏，起故妻之思，不觉坠泪，妇恻然曰：“君岂非欲归本朝乎？兹事易办也。”经旬日，来告曰：“川陆之计已具，惟命是从，我亦俱行，倘君夫人固存，自当改嫁，而分囊橐之半；万一捐馆，当为偕老。”遂登途，水宿山行，防闲营护，皆此妇力也。今在舟中，未敢辄参谒。潜嗟异，遽命车招迎。见其眉宇秀整，言词明慧，益加敬重。

时荆楚为盗区，潜屯枝江县。以天气尚暑，别创一庐，令洵居止。且赠以四妾。洵始虑妇不容，欲辞之，妇曰：“此正所需，得之诚大幸，当抚视如儿女，君何辞！”然洵武夫，壮年，获媵妾，浸与妇少疏，怏怏形于词色。一夕，因酒间责洵曰：“汝不记昔年乞食赵魏时事乎？非我之力，已为饿莩矣。一旦得志，便尔忘恩，大丈夫如此，独不内愧于心耶？”

---

① [宋]洪迈撰，何卓点校：《夷坚志》（卷一，第一册），中华书局，1981 年，第 190 页。

> 询方被酒，忽发怒，连奋拳殴其脑。妇嘻不动，又唾骂之，至诋为死老魅。妇翩然起，灯烛陡暗，冷风袭人有声，四妾怖而仆。少焉灯复明，洵已横尸地上，丧其首，妇人并囊橐皆不见。从卒走报潜，潜率壮勇三千人出追捕，无所获。此盖古剑侠，事甚与董国度相类云。[①]

该篇小说前半部分写解洵流落金人占领区的遭遇，和董国度极为相似，真实地反映了战乱让人们流离失所，给人们带来深重灾难的社会现实。解洵也是宋朝的官吏，北方沦陷后，陷于金人占领区，无法归乡，而且比董国度更悲催的是他的妻子也被溃军所掠。个人飘零北方，孤苦困顿，后来经人介绍，娶了一妾。那妾有不少钱财，解洵才过上了好日子。有一年重阳日，他思念前妻，落下泪来。那妾很是同情，便替他筹划并出资，一同南归，解洵才回到了故乡。

这篇小说具有较强的现实意义，塑造解洵妇这一形象也非常成功。首先该妇极有才干。她不同于上文中的侠妇人，侠妇人是依托另一个传奇人物虬髯客将董国度送回故乡，包括自己也是借虬髯客之力才终与董团圆。但她是自己运筹帷幄，精心策划，一路上过关盘查，水陆风波，都是她亲自应付，解洵对其刮目相看，并敬重有加。第二，该妇仗义助洵，但知书达理，堪称贤惠。因为解洵思乡，她便主动送洵返乡，并言倘若故妻尚在，自己将改嫁，并把财产分一半给他；返乡后，哥解潜送洵四妾，洵担心妇不容，妇却主动接纳，并言当抚视如儿女。第三，该妇敢爱敢恨，是最精彩的部分。面对解洵的喜新厌旧，特别是在解洵对她拳脚相加、恶言相向的时候，女侠终于忍无可忍，阴风四起，灯烛陡暗，愤而诛杀忘恩负义人，并瞬间消失，解潜率壮勇三千人进行追捕，终无所获，表现了女侠嫉恶如仇、果敢决绝的精神。

另外，龙辅《侠妪》中受难母子也是因为战乱流离失所，陷于危险境地，得侠妪出手想助，藏于神像耳孔，方躲过一劫，也反映了战乱的社会背景。这些作品主观上是为了表现女侠的非同凡响，但客观上都具有较强批判色彩的现实意义。

二、女侠行侠手段以法术为主，志怪色彩较浓

魏晋时期的比邱尼已首开女侠“以术行侠”之先河。到唐代，女侠多为精剑术、擅轻功的剑侠，偶尔也有懂法术的，如聂隐娘、樊夫人等，但不是主流。

---

① [宋]洪迈撰，何卓点校：《夷坚志》（补卷第十四，第四册），中华书局，1981 年，第 1675、1676 页。

宋元明时期，由于受道教法术的影响，此期的女侠多以术行侠，如阴风、隐形、变形、药物等。《解洵娶妇》中解洵妇善法术，“妇翩然起，灯烛陡暗，冷风袭人有声，四妾怖而仆。少焉灯复明，洵已横尸地上，丧其首，妇人并囊橐皆不见”[①]，瞬间杀人于黑暗中，并飘然远逝，无人能见。《侠妪》中老妪能将受难母子置于只有手指大小的神像耳孔中，出入轻易，却不能被贼找到和发现。最诡异的是《张训妻》中张训妻依靠一件珠衣能自由出入别人的梦境，有求必应，志怪色彩尤浓。原文如下：

> 张训者，吴太祖之将校也，吴时人谓之大口张。吴太祖在宣州，尝给诸将铠甲。训得故弊不如意，形于颜色。其妻谓之曰：“此不足介意，但司徒不知，苟知之，必不尔。”明日，吴公谓张曰：“尔所得甲如何？”张以告，公乃易之。后吴公移广陵，尝赐诸将马。训所得复驽弱，形不满意。妻复言如前。明日，吴公又问之，训以为言。吴公曰：“尔家事神耶？”训曰：“无之。”公曰：“吾顷在宣州，尝赐诸将甲，是夜梦一妇人，衣真珠衣，告予曰：公尝赐张训甲甚弊，当为易之。今赐诸将马，复梦前珠衣妇人告予曰：张马非良马也。其故何哉？”训亦莫之测也。
>
> 训妻有衣箱，常自启闭，未尝见之。一日，妻出，训窃启之，果见珠衣一袭。及妻归，谓训曰：“君开吾衣箱耶？”初，其妻每食，必待其夫。一日训归，妻已先食，谓训曰：“今日以食味异常，不待君先食矣。”训入厨，见甑中蒸一人头。训心阴恶，欲杀之。妻谓曰：“君欲负我耶！然君方为数郡刺史，我不能杀君。”因指一婢曰：“杀我必先杀此，不尔，君必不免。”训遂杀妻及其婢，后果为刺史。[②]

吴太祖先赏诸将铠甲，张训因其破旧而恼怒；吴太祖晚上便梦一着真珠衣的妇人，为张训鸣不平，于是太祖换之。后吴太祖又赐马给诸将，张训因马驽劣，亦颇不满意。神奇的是，吴太祖晚上又梦那着真珠衣的妇人，说张训所得非良马。吴太祖颇觉诡异，告诉张训，张训果在妻子一隐秘箱子中发现了真珠衣。张训发现珠衣，知道妻子之术，又发现妻食人肉后，便起杀心。妻却主动请张训先杀婢再杀己，理由是张训若先杀己，婢必报仇，只有先杀婢再杀己，方可保全。张训妻着真珠衣能自由出入别人的梦境，真珠衣可谓一件神器，张训妻之术也着实诡异；张训妻食用人肉，甚让人感觉阴毒、恐怖。虽然她身怀

---

① [宋]洪迈撰，何卓点校：《夷坚志》（补卷第十四，第四册），中华书局，1981年，第1676页。
② 郑应齐编：《唐人剑侠传》（第2版），中央书店，1937年，第92、93页。

异术，却甘愿保全丈夫，主动请死，又可谓典型的贤妻良母。

龙辅《香丸夫人》中香丸夫人的法术也颇为诡异：

> ……饮半，侍儿负一革囊至。曰："主母所命也。"启视，则人头数个，颜色未变，乃向侮害生者也。生惊欲避去，侍儿曰："郎君请无惊，必不相累，主母固预命以药物待之矣。"怀中出少药，白色有光，用小指甲，每头弹断处粟米许，头渐缩小，至于如李子大，侍儿食之，吐核亦李也。侍儿又曰："主母恶少年，无须臾忘，亦欲假手于郎君。"生愧，谢弗能。妇人又命侍儿进一香丸，曰："不牢君举腕，君第扫净室，夜坐，焚此香于炉。香烟所至，君急随之，即得志矣。有所获，须将纳于革囊归，勿畏也。"生如指，焚香随烟而往，初不觉有墙壁碍，行处皆有光，亦不类暗夜。每至一处，烟袅袅绕恶少年头，三绕而头自落。或独宿一室，或妻子共床寝，或初就枕，侍者执巾若麈尾、如意，围绕未敢退，悉不觉不知。生悉以头纳革囊中，若梦中，殊无畏意。于是烟复袅袅而旋，生复随之而返，到家未三鼓也。烟甫收，火已寒矣。探之，其香变成金色，圆若弹，倏然飞去，铿有声。生恐妇复须此物，无以复命，正惶急，侍儿不由门户，忽尔在前，取头弹药，食之如前。生告曰："香丸飞去不可觅，奈何？何复须否。"侍儿曰："得之久矣。"……①

香丸夫人为书生杀了那些侮害生者；同时又赐生香丸，欲借生之手除去狎亵她的恶少年；文弱的书生竟然在香丸的引导下御风而行，不费吹灰之力便杀掉了恶少年。香丸夫人之术甚是"诡异"，表现有三：一是香丸于夜晚焚烧于室，书生便能随烟而飞行，不觉有墙壁阻碍，也不觉黑暗无光，烟每至一处，便袅袅绕恶少年头，绕三圈头便自落，根本不需书生动手。二是用革囊将人头带回，于断处弹一点药粉，头便渐渐缩小如李子，侍儿食之，吐核尽然也是李也，这似乎比聂隐娘的化尸药还要厉害。三是香丸为香丸夫人宝物也，随时听从主人召唤，生用完香丸，香丸便杳然飞逝，回到了主人身边。

《张训妻》《香丸夫人》两篇还有一个共同的特点，就是女侠居然食用人头，张训妻是蒸着吃，香丸夫人的侍儿则是把人头用药缩小如李子，当作零食吃。如果说唐女侠复仇后杀子而去，嗜血色彩很浓厚，这里食用人头更是让人感觉血腥、恶心，这些女侠似妖似怪，诡异莫测，志怪色彩非常浓厚。

---

① [元]龙辅，[清]陈尚古撰：《女红余志 · 簪云楼杂说》，浙江古籍出版社，2014 年，第 22 页。

宋元明女侠主要以术行侠，很多女侠似乎只会法术，小说中几乎不提及她们是否还懂剑术，如解洵妇、张训妻、香丸夫人等均是如此，这与唐代既懂法术又精剑术的聂隐娘、樊夫人已经大大不同了。显而易见，此期女侠行侠的主要手段已由唐女侠的剑术转向法术了，女侠的传奇色彩大大减弱，志怪色彩愈来愈浓，女侠神魔化倾向开始显现，为后来清代武侠小说中剑侠倾向神魔化奠定了一定基础；同时，也可看出此期武侠小说也深受神魔小说的影响。

三、女侠地位下降，民间化、世俗化色彩渐浓

唐女侠武功高强、驰骋江湖，积极干预社会；她们敢爱敢恨，无拘无束，不为世俗所羁绊；她们来去无踪，飘逸超脱，大有不食人间烟火之势。在宋元明文人笔下，女侠们渐渐远离了唐女侠那些超现实的传奇色彩，而被赋予更多民间传统女性的内涵，女侠社会地位有所下降，民间化、世俗化倾向日趋明显。

首先，比之唐女侠，此期女侠社会地位有所下降。宋以后程朱理学被大力推行，女性思想日趋被禁锢，女性的社会地位亦大大下降，这一社会现实在武侠小说中也有体现。此期文言小说中女侠形象多是"妾"的地位，社会地位远远不如自由洒脱的唐女侠。如上文中侠妇人、解洵妇都是经房东买来的，嫁与落难士人为妾；《花月新闻》中即使是主动追求姜秀才的女剑仙，也是主动申请为妾。这与唐女侠中主动邀王立回家的贾人妻、因爱慕赵中行而主动追随的荆十三娘、指磨镜少年为夫的聂隐娘、夜奔李靖的红拂妓相比，女侠那种热情奔放、积极主动、自由洒脱的精神气质已经大打折扣。再加之宋以后文人日趋走向理性与内敛，笔下的女侠不仅地位低下，往往还尊礼从俗，显得有些拘谨而教条。

其次，女侠多贯以"贤淑"之德，民间化色彩渐浓。一是她们没有了唐女侠超凡绝世的轻功剑术，而有的是民间盛行的道教法术（上文已述）。二是她们活动的环境开始由广阔的社会转向家庭，多贯以贤妻良母的"贤淑"之德。如侠妇人磨面营生，善于理家；知董思念家乡，还送董回故乡与母妻团聚。解洵妇本也是类似于侠妇人的贤妻良母，被逼无奈才走上惩杀负心人的道路。《花月新闻》中的女剑仙甘为姜氏妾，侍奉夫君与姜母，姜母丧，女"哀哭呕血"，"姜妻继亡，抚育其子如己出"[①]。张训妻一切以丈夫为重，两次入吴太祖之梦，

① [宋]洪迈撰，何卓点校：《夷坚志》（支庚卷第四，第三册），中华书局，1981年，第1163页。

都是为丈夫受不公正待遇而鸣不平；后来丈夫发现其术，张训妻本可杀夫，但她选择的是请夫杀婢与己，从而保全丈夫。这些以家庭为中心的贤淑女侠们与纵横江湖、不食人间烟火的唐女侠相比，传奇色彩与英雄气概大大减弱，民间化色彩大大增强。

再有，宋元明女侠多为世俗的伦理观念所束缚，僵化色彩渐浓。如解洵妇对丈夫新得之四妾，“当抚视如儿女”[①]。《花月新闻》中女剑仙甘愿为妾，还与姜氏妻情同姐妹。《文叔遇侠》中侠妇人言“吾在仙鬼之间者，率以忠义为心”，为冤杀的故夫复仇，是“上诉天，下诉阴，方得旨”[②]后才杀仇，俨然依“法”办事。《侠妪》中侠妪斩杀盗魁，修容问：“何不早行之？”曰：“虽系盗乱，亦天数。然吾小术耳，何敢违天令，天命吾斩则斩耳。”[③]也俨然是依“天令”而行事。《申屠氏》中女主人公希光替夫报仇后本已顺利脱身，可还是自缢而死，目的是以全名节。可见在宋元明文人笔下，已开始对女侠融入忠孝贞烈的精神内涵，与不为世俗所羁绊、自由洒脱的唐女侠相比，女侠超凡脱俗的气质大大减弱，传统的伦理色彩大大加强，世俗化色彩愈来愈浓，形象渐趋僵化。

从总体看，宋元明女侠艺术水准不及唐女侠，但她们精通的各种道教法术，又在一定程度上丰富了女侠们行侠的手段；她们民间化和世俗化倾向，又使女侠们更贴近人们的现实生活，反映了当时文人的妇女观，开启了清代女侠重伦理道德之先河。

综上所述，清代以前，我国文言小说中的女侠形象已经历了一个漫长的发展演变过程。她们行侠仗义、快意恩仇，从唐女侠的剑术到宋元明女侠的法术，行侠手段不断丰富；从唐女侠的超凡脱俗，到宋元明女侠的尊礼从俗，精神内涵不停地变迁，这些为清代文言小说中女侠形象的全面繁荣奠定了基础。

---

① [宋]洪迈撰，何卓点校：《夷坚志》（补卷第十四，第四册），中华书局，1981年，第1675页。
② [宋]委心子辑，金心点校：《新编分门古今类事》（第五卷），中华书局，1987年，第77页。
③ [元]龙辅，[清]陈尚古撰：《女红余志·簪云楼杂说》，浙江古籍出版社，2014年，第24页。

第二章
清代：文言小说女侠形象的高潮时期

清代，我国武侠小说全面盛行，形成了我国武侠小说的第一个繁盛期。这一时期，女侠形象又重新活跃于文人笔下，文人们掀起了改编唐女侠和创作新女侠的高潮。此期小说中女侠形象不仅数量众多，而且类型丰富、特征鲜明，是继唐女侠之后文学殿堂中的又一奇葩。从文言小说支系看，女侠数量惊人，在古代小说史上居历代之冠。据笔者的初步梳理与不完全统计，清代涉及写女侠的作家 30 位以上，其中不乏博学的鸿儒，如王士祯、蒲松龄、沈起凤、宣鼎、长白浩歌子、王韬、徐珂等；叙写女侠的文言武侠小说至少 90 篇，是中国文学史上清代之前所有女侠篇目（约 20 多篇）的 3 倍以上。从质量看，其中不乏优秀之作，如王士祯的《女侠》、蒲松龄的《侠女》、钮琇的《云娘》、沈起凤的《恶饯》、曾衍东的《浣衣妇》、长白浩歌子的《童之杰》、宣鼎的《筝娘》、吴陈琰的《琵琶瞽女》、管世灏的《绳技侠女》、朱梅叔的《空空儿》、须方岳的《窦小姑》、邹弢的《张青奴》、吴炽昌的《难女》、刘钧的《杨娥传》、秋星的《女侠翠云娘传》、王韬的《女侠》《飞剑将军》《剑仙聂碧云》《粉城公主》、徐珂《邓剑娥掷俄将于地》《邓剑娥出芬兰人于死》等。这些作品中活跃着形形色色、生动鲜明的女侠形象，大大丰富和发展了自唐以来基本形成但又不够发达的女侠队伍，成为我国古代小说中引人注目的靓丽风景。

第一节 清代文言小说中女侠形象的繁荣局面

清代是我国文言小说的复兴期，无论是盛行于魏晋六朝的志怪体，还是风靡于唐五代的传奇体，在清代都全面兴盛，出现了大量志怪体和传奇体的文言小说集，许多武侠小说散见其中。为了便于研究的需要，笔者将其中叙写女侠的篇目作了一个简单的梳理，主要作家作品及女侠形象如下：

作　者	篇目	主要女侠形象	出　处
姚伯祥	《名捕传》	名捕妻	张潮辑《虞初新志》
林云铭	《林四娘记》	林四娘	张潮辑《虞初新志》
王士祯	《女侠》	高髻女尼	《池北偶谈》，又见郑官应《续剑侠传》
蒲松龄	《侠女》 《商三官》 《庚娘》 《妾击贼》 《武技》	侠女 商三官 庚娘 某富户妾 少年尼	《聊斋志异》
钮琇	《云娘》	云娘	《觚剩》
吴陈琰	《琵琶瞽女》	琵琶瞽女	《旷园杂志》 又见郑官应《续剑侠传》
徐岳	《借寓妇》	借寓妇	《见闻录》
沈起凤	《恶饯》 《青衣捕盗》	姓卢女子、老祖母、生母、寡姐等 聂书儿	《谐铎》
乐钧	《了奴姊妹》	了奴姐姐 了奴妹妹	《耳食录》 又见郑官应《续剑侠传》
曾衍东	《浣衣妇》 《齐无咎》 《折铁叉》 《铁腿韩昌》	浣衣妇 齐无咎妾 十五六岁少女 纺绩少妇	《小豆棚》
长白浩歌子	《田风翘》 《姜千里》 《童之杰》	田风翘 阿惜 中年妇	《萤窗异草》，《童之杰》篇又见郑官应《续剑侠传》
金棒闾	《女剑侠传》	女剑侠	《客窗偶笔》
管世灏	《绳技侠女》	董蕙娘	《影谈》
李澄	《草菴尼》	草菴尼	《梦花杂志》
娄东羽衣客	《周栎园姬》	周栎园姬	《镜花水月》，又见郑官应《续剑侠传》

续表

作　者	篇目	主要女侠形象	出　处
宣鼎	《大脚仙杀贼三快》 《郁绿云》 《筝娘》 《龙梭三娘》 《谷慧儿》	大脚仙 郁绿云 筝娘 龙梭三娘 谷慧儿	《夜雨秋灯录》
采蘅子	《妹学技》 《某书生》	楚南兄弟之妹 某女	《虫鸣漫录》
朱梅叔	《段珠》 《空空儿》	段珠、齐二寡妇、黑衣女 空空儿	《埋忧集》 《空空儿》篇又见郑官应《续剑侠传》
程趾祥	《广寒宫扫花女》	扫花女	《此中人语》
须方岳	《窦小姑》	窦小姑	《聊摄丛谈》
邹弢	《侠女登仙》(又名《张青奴》) 《吴女诛仇》 《老翁捕盗》	张青奴 吴珩 绿娙公主	《浇愁集》， 《张青奴》篇又见郑官应《续剑侠传》
汤用中	《卫女》 《妓侠》	卫女 绳妓定儿	《翼駉稗编》， 《卫女》篇又见郑官应《续剑侠传》
高继衍	《剑术》 《侠女》	宋四娘 侠女	《蝶阶外史》
吴炽昌	《孙壮姑》 《孝女》 《秦良玉遗事》 《查氏女》	孙壮姑 孝女 秦良玉 查氏女	《客窗闲话》
吴炽昌	《难女》 《智女》	行乞女子 智女	《客窗闲话续集》
王韬	《飞剑将军》 《江楚香》 《仇慕娘》(又名《老僧》) 《侠女子》	垂髫少女 江楚香 仇慕娘 侠女子	《遁窟谰言》， 《飞剑将军》又见郑官应《续剑侠传》

续表

作　者	篇目	主要女侠形象	出　处
王韬	《女侠》	程楞仙	《淞隐漫录》
	《任香初》	龙鸾史	
	《李四娘》	李四娘	
	《剑仙聂碧云》	剑仙聂碧云	
	《姚云纤》	姚云纤	
	《倩云》	倩云	
	《徐笠云》	吕端之女	
	《盗女》	倩珠	
	《胡姬嫣云小传》	胡嫣云	
王韬	《邱小娟》	邱小娟	《淞滨琐话》
	《剑气珠光传》	剑气白如虹	
	《粉城公主》	粉城公主	
刘钧	《杨娥传》	杨娥	虫天子辑《香艳丛书》
酉阳	《女盗侠传》	黑衣妓	虫天子辑《香艳丛书》
秋星	《女侠翠云娘传》	翠云娘	虫天子辑《香艳丛书》
无名氏	《女侠荆儿记》	荆儿	虫天子辑《香艳丛书》
无名氏	《侠女希光传》	希光	虫天子辑《香艳丛书》
徐珂（编者）	《冯婉贞胜英人于谢庄》	冯婉贞	《清稗类钞》“战事类”
徐珂（编者）	《夫妇皆剑侠》	山中妇	《清稗类钞》“义侠类”
	《倪惠姑护主杀盗》	倪惠姑	
	《齐二寡妇救老尼》	齐二寡妇	
	《白巧儿护主御盗》	白巧儿	
	《邓剑娥出芬兰人于死》	邓剑娥	
	《松嫣有女侠之称》	松嫣	
徐珂（编者）	《齐二寡妇用铁鞭》	齐二寡妇	《清稗类钞》“技勇类”
	《绛绡女较剑》	绛绡女三姐妹	
	《红娥舞双剑》	红娥	
	《公子夫妇用斧剑》	镖师女	
	《秋红使铁丸》	秋红	

续表

作　者	篇目	主要女侠形象	出　处
徐珂（编者）	《镖师女以碎杯屑毙盗》	公子妇	《清稗类钞》“技勇类”
	《某妇人针刺毙人》	某妇人	
	《某夫人击周伯脑》	某夫人	
	《老妪用铁拐》	老妪	
	《德州尼用剑》	德州尼	
	《杨二姑为飞刀神手》	杨二姑	
	《刘三姑娘舞双刀》	刘三姑娘	
	《少妇用匕首》	少妇	
	《某女掷钱》	某女	
	《清江女子富足力》	清江女子	
	《某少女与盗角飞檐术》	某少女	
	《墨爷夫妇精拳术》	墨爷妇	
	《某女郎用刀》	某女郎	
	《吴戾晋与垂髫女较剑》	垂髫女	
	《清霜襟剑》	清霜女	
	《冯氏女发袖箭》	冯氏女	
	《张氏女用铁棒》	张氏女	
	《垂髫女舞短木棍》	垂髫女	
	《僧碎某氏女胸前镜》	某氏女	
	《璞琢之夫人杀盗》	璞琢之夫人	
	《邓剑娥掷俄将于地》	邓剑娥	
	《卖拳女击少年肩》	卖拳女	
	《赵绅妻踢其夫》	赵绅妻	

从上表可知，清代文言小说中女侠形象队伍可谓浩浩荡荡，比之前代在数量上大大充实；同时此期女侠形象塑造的质量也大大提高，后文将从第三章到第七章分别从女侠的行侠主题、行侠手段、女性特质、伦理内涵、江湖环境等方面专章论述清代文言小说中女侠形象的审美特征和对唐女侠的继承与超越关系，以期论证她们是唐女侠的发扬光大者，此不赘述。

第二节　清代文言小说中女侠形象兴盛的原因

清代武侠小说的兴盛不是偶然的，作为一种文学现象，它是历史文化的产物。它既是我国源远流长的侠文化长期积淀的结果，又是清代武术的盛行、细民的嗜好、政治的黑暗等多种社会因素的综合产物。正如曹正文先生所说："一方面武术发展与说唱艺术越来越深入民间，武侠小说迎合了市民的文化需求与猎奇心理；另一方面封建社会进入后期，政治黑暗，统治阶级需要物色有武功者作其爪牙，人民群众则欢呼侠客来行侠除恶，宫廷政变和镖局的发展都为武侠小说提供了生活素材。"[①]正是基于以上历史与现实的原因，具有中国特色与民族风格的武侠小说在小说史上全面繁盛，大放光彩。无论是白话武侠小说，还是文言武侠小说，都取得了较高的成就。清代武侠小说的兴盛，使侠的形象在我国文学形象长廊中丰满、壮大起来，女侠形象也得到了长足的发展。在女人地位低下的清代，为什么在小说中女侠形象反而大放异彩？笔者认为原因如下。

一、女侠形象的兴盛是长期以来女侠故事发展、盛行的结果

从创作的角度看，正如本书第一章所言，在清代之前，我国小说史中的女侠形象已经历了一个漫长的发展演变过程。在这个过程中，女侠的形象日趋鲜明，行侠的主题日趋丰富，武功的描述日渐成熟，为清代文人掀起女侠创作的高潮奠定了坚实的基础。[②]

从传播的角度看，从唐代至清代女侠故事的广泛流传和盛行，为清代武侠小说中女侠形象的兴盛营造了浓厚的艺术氛围，奠定了广泛的群众接受基础。

唐代，是我国古代小说中女侠形象首次大放光彩的时代，她们的故事在后世流传很广，影响很大。宋元时期，文人多仿唐之作，尽管艺术水平不及唐女侠，但足见唐女侠在宋元时期的影响。这一时期文人创作的女侠形象不及唐女侠，但对女侠故事的搜集整理之风却日趋热烈。宋人李昉等主编的《太平广记》，专列"豪侠类"，收小说 25 篇，分 4 卷；除《李亭》篇出自汉代的《西京杂记》，其余 24 篇全为唐五代武侠小说，其中涉及女侠的主要有 9 篇：《虬髯客》《车中女子》《崔慎思》《聂隐娘》《红线》《潘将军》《贾人妻》《荆十三娘》《谢小娥传》。

① 曹正文：《中国侠文化史》，上海文艺出版社，1994 年，第 63 页。
② 参看第一章。

《太平广记》对武侠小说的集中、归类，对武侠小说的传承、传播起着重要的作用；对后世各种武侠小说的结集具有重要的启示意义；其中大量女侠篇目的搜集，为女侠故事的广泛传播奠定了基础。

明代文言小说创作的总体成就也不及清代，但各种文言武侠小说集的编撰却非常盛行，如《剑侠传》《续剑侠传》《二侠传》《女侠传》等辑本纷纷出现。王世贞的《剑侠传》影响最大，所辑全是唐宋时期的文言体武侠小说精品，共33篇。其中涉及女侠的作品10篇，即《车中女子》《聂隐娘》《荆十三娘》《红线》《潘将军》《贾人妻》《张训妻》《花月新闻》《侠妇人》《解洵娶妇》，唐代6篇，宋代4篇。此集流传版本众多，足以说明唐宋武侠小说在明代之流行盛况。稍后，周诗雅又出《续剑侠传》，该集内容芜杂，比较粗糙，但也可说明侠的故事在民间的流行状况。明代后期，女侠崇尚之风日趋明显。徐广编选《二侠传》，所谓“二侠”，徐广在万历四十一年（1613）刻本中“自序”言：“盖取男子之磔然于忠孝，女子铮然于节义。”[①]“书中杂录历代正史与小说中男女侠烈人物事迹，自周至元，男录70人，女录108人，女子人数大大超过男子人数。单从108数字来看，亦可见编者对女侠的别具深意。众所周知，《水浒传》中有108个男性英雄好汉，而此书则辑108个女性英雄佳丽与之相对，这充分体现了编者对女性英雄的崇敬和赞美。”[②]徐广在此书“凡例”中也颇具深情地说：“古有男侠而未闻女侠。呜呼！兹其捐生就义，杀生成仁者续于简后，殊见妾妇可为丈夫，丈夫可愧于妾妇乎？”[③]邹之麟专辑《女侠传》，此集是将王世贞《剑侠传》中的女性侠义故事抽出来再加以增益，成为专辑女性侠义故事的文言小说总集。“女侠故事虽在史书及王世贞剑侠专题总集中已经出现，但为女性出专集，邹之麟《女侠传》是首创。从书中所列篇名看，多从史书中摘出，编者将这众多的女侠汇集一书，形成女侠集体群像。”[④]《女侠传》将前代女侠故事加以搜集，并进行系统分类，分为豪侠、义侠、节侠、任侠、游侠、剑侠六类，“豪侠”类有漂母、张耳妻、齐姜、僖负羁妻、漱女、文君、梁夫人；“义侠”类有如姬、聂荣、鲁保母、魏乳母、庞娥亲；“节侠”类有虞姬、绿珠、段冬美；

① 转引自孙逊、秦川：《明代文言小说总集述略》，载辜高美、黄霖主编《明代小说面面观——明代小说国际学术研讨会论文集》，上海学林出版社，2002年，第378页。

② 孙逊、秦川：《明代文言小说总集述略》，载辜高美、黄霖主编《明代小说面面观——明代小说国际学术研讨会论文集》，第378页。

③ 转引自孙逊、秦川：《明代文言小说总集述略》，载辜高美、黄霖主编《明代小说面面观——明代小说国际学术研讨会论文集》，上海学林出版社，2002年，第378页。

④ 孙逊、秦川：《明代文言小说总集述略》，载辜高美、黄霖主编《明代小说面面观——明代小说国际学术研讨会论文集》，上海学林出版社，2002年，第378页。

“任侠”类有昭君、木兰、莒妇、缇萦；“游侠”类有陶母、泽妪、洛秀、独孤氏；“剑侠”类有红线、聂隐娘、贾人妻、三环女子、车中女子。这些女侠篇目尽管以辑录历史人物故事为主，但亦可见女侠的精神传统在进一步弘扬，女侠崇尚之风已经愈演愈烈。

从宋至明，各种武侠小说的结集，使侠的故事广为流传，深受民众的欢迎；清代继续延续了这种风气，各种文言武侠小说集继续出现，如郑观应《续剑侠传》、胡如才的《剑侠》等。而明代《二侠传》和《女侠传》的出现，使明代后期女侠崇尚之风愈来愈烈。这种浓烈的女侠崇尚之风在清代也继续延续，这必然影响到清代文人对女侠的创造，为清代文人改编唐女侠、创造新女侠营造了浓厚的艺术氛围和奠定了良好的群众接受基础。纵观清代文人笔下的女侠形象，受前代女侠尤其是受唐女侠影响的作品为数不少。如蒲松龄《侠女》《商三官》《庚娘》是对唐女侠复仇故事的改写；钮琇《云娘》、曾衍东《浣衣妇》等是对忠心报主、为民惩暴的红线女的继承；王韬笔下的女侠程楞仙、聂碧云、姚云纤等多受聂隐娘故事的影响。可见，前代女侠故事的广为盛行，对清代文人创作女侠有着重要的影响。

二、女侠形象的兴盛与清代“尚奇”风气密切相关

笔者认为，清代武侠小说中女侠形象的盛行，与清代的“尚奇”风气密切相关。一方面是受众的猎奇心理，另一方面是创作者的着意尚奇。我国小说最早起源于“街谈巷语，道听途说”[①]。正是因为小说具有新、奇、怪、异的特征，才成为人们茶余饭后的谈资，从而具有了消遣娱乐功能。消遣娱乐功能是小说的重要要功能之一，这就自然决定了创作者“尚奇”的艺术追求。因为只有“奇”，才能满足受众的猎奇心理，小说的消遣娱乐功能才能真正得以实现；小说的消遣娱乐功能真正得以实现，小说的其他功能才有可能实现。正如宁宗一先生所言：“消遣娱乐功能不仅是古代小说作家创作小说的原因、目的之一，同时也是小说能实现其他功能的必要手段。”[②]由此可见，“奇”成了小说得以广泛流传并实现其他价值功能的基础条件，那么“尚奇”自然也成了小说家们进行创作的自觉追求。

在评书、小说极为盛行的明清时期，这种“尚奇”思想在创作者身上体现

① [汉]班固：《汉书》，中华书局，1962 年，第 1745 页。
② 宁宗一：《中国小说学通论》，安徽教育出版社，1990 年，第 822 页。

得非常明显。清代文人茶余饭后习惯对一些耳闻目睹的异闻奇事或随笔记载，或敷衍成小说，以此消遣自娱。例如王士祯作《池北偶谈》，专列“谈异”七卷，专记神鬼怪异。张潮辑《虞初新志》，自叙书中所辑“其事多近代也，其文多时贤也。事奇而核，文隽而工”[①]。袁枚作《新齐谐》，自称“文史外无以自娱，乃广采游心骇耳之事，妄言妄听，记而存之，非有所感也。”[②]钮琇作《觚剩》，所谓“觚”，酒爵也；“剩”，余也。“玉樵以《觚剩》名其笔记，盖茶后酒余，随所至之地，记述明末清初杂事。”[③]曾衍东作《小豆棚》，《序》中自言：“《小豆棚》，闲书也。”“我平日里好听人讲些闲话，或于行旅时见山川古迹、人事怪异，忙中记取……”[④]等等。可见清代文人茶余酒后，在小说中猎奇记异，消遣自娱，已成风气。在这种“尚奇”的风气中，侠的很多传闻和故事当属人们喜闻乐道的奇闻异事之一，而女侠又更富有传奇性。她们与养在深闺、足不出户的传统女性大相径庭，一改文弱娇羞、逆来顺受之风貌，仗剑天涯，驰骋江湖，和男侠们一样，轰轰烈烈，以“武”行天下，反叛色彩和传奇意味更加浓厚，更易引起人们的兴趣，自然也受到着意好奇的文人们的青睐。文人们或出于自娱，或出于迎合受众的猎奇心理，女侠故事自然也成为他们笔下的题材之一。他们或随笔记载，略加演绎，如袁枚、钮琇、徐珂等笔记体小说家；或受其启发大肆改写与创作，如蒲松龄、沈起凤、王韬等传奇体小说家。笔记体、传奇体文言小说中女侠形象的大量出现，自然形成了清文言武侠中女侠的兴盛局面。这既与当时民众的猎奇心理有关，也与创作者的“尚奇”思想密切相联。

另外，清女侠的兴盛也受明末清初才子佳人小说中“显扬女子，颂其异能”思潮的影响。在明末个性解放运动的影响之下，明末清初的才子佳人小说掀起了“显扬女子，颂其异能”的思潮。才子佳人小说中女性形象一般都貌美才高，诗词歌赋，诸子百家，无所不通，作为才子的男主人公往往也自叹不如。有的擅长诗文，如《玉娇梨》中的卢梦梨；有的智勇双全，胆识过人，如《好逑传》中的水冰心；有的文韬武略，能征善战，如《画图缘》中的柳蓝玉。这些女子不仅擅长文才，在胆识与远见卓识等方面都体现出了巾帼不让须眉的“异能”。这种“显扬女子，颂其异能”的思潮也直接影响着武侠小说中女侠形象的创造。因为女侠是最能“显扬女子”并表现其“异能”的载体，只不过“异能”由“才”

---

① 转引自朱一玄编：《明清小说资料选编》(下册)，南开大学出版社，2006年，第1052页。
② [清]袁枚撰，沈习康校点：《新齐谐 续新齐谐》，人民文学出版社，1996年。
③ [清]钮琇：《觚剩》，台湾文海出版社整理出版，1956年。
④ [清]曾衍东：《小豆棚》，新文丰出版公司，1978年。

转向了“武”，由诸子百家无所不通转向了十八般武艺无所不精。才子佳人小说侧重表现女性“文”之“异能”，武侠小说则侧重表现女性“武”之“异能”。故在这种思潮的影响下，女侠形象的塑造在文人笔下亦自然形成了热潮。

三、女侠形象是文人寄情泄愤、寄寓理想的载体之一

消遣娱乐功能是小说的重要功能，但不是唯一功能。文人们在改写或创作女侠时，一方面满足自己或受众的猎奇心理；另一方面也常常借助笔下女侠形象之“异能”，倾注自己的某种情感，寄寓自己的某种理想。如张潮《虞初新志总跋》云“夫人以穷愁而著书，则书之所蕴，必多抑郁无聊之意以寓乎其间”①；蒲松龄自称《聊斋志异》乃寄托“孤愤”之作；沈起凤作《谐铎》，其意为寓劝戒于嬉笑言谈之中；王韬《淞隐漫录》自序说此书乃“或触前尘，或发旧恨”，“墨渖淋漓，时与泪痕狼藉相间”②；朱梅叔在《埋忧集》自序中也称“因书数语，以志吾恨焉③”；再有邹弢的《浇愁集》顾名思义就知道为抒写忧愁之作，萧相恺先生在《序〈浇愁集〉》中评说《浇愁集》“在写作上也分明带有那个时代的特点——一种与其思想的急进相应的激烈、直接的文风，显出一种如鲠在喉、不吐不快，直吐而不作任何遮掩的情状”④。萧相恺先生这一评价实质概括了晚清时期小说家的主流文风。

文人们在创作时一般都有所寄托，或抒抑郁，或寄孤愤，或寓劝戒，或发旧恨，他们笔下那些“异能”的女侠形象便是他们倾注情感、寄寓理想的载体之一。如蒲松龄《侠女》《商三官》《庚娘》等篇通过女侠快意复仇，铲除恶人故事的描写，一方面揭露了权豪势要欺压百姓、陷害无辜的社会现实；另一方面又寄寓了作者渴望快意除恶的任侠理想。曾衍东笔下惩治暴虐抚军的浣衣妇、朱梅叔笔下警戒贪暴太保的空空儿、王韬笔下专杀贪官污吏的粉城公主等，既揭露了吏治的腐败、社会的黑暗；又寄寓着作者仗义惩贪的社会理想。《张青奴》中具有侠义心肠的冯生当仗义助人力度不够时，希望能有像呼名即至的张青奴这样的女侠相助；《姜千里》中以任侠而著称的姜千里在面对狡猾盗贼无计可施时，也仍然寄托于剑侠“阿惜”，这些实质表现了文人面对世间不平事心有余而

---

① 转引自朱一玄编：《明清小说资料选编》（下册），南开大学出版社，2006 年，第 1054 页。
② [清]王韬撰，王思宇校点：《淞隐漫录》，人民文学出版社，1999 年，第 3 页。
③ [清]朱梅叔著，熊治祁标点：《埋忧集》，岳麓书社，1985 年，第 1 页。
④ [清]邹弢著，王海洋点校：《浇愁集》，黄山书社，2009 年，第 15 页。

力不足，希望能得到女侠相助来铲除不平事的美好愿望；《邓剑娥掷俄将于地》中邓剑娥对恃强凌弱俄将的惩罚、《女侠翠云娘传》中翠云娘组织勇士对西兵的抗击、《冯婉贞胜英人于谢庄》中冯婉贞组织村民抗击英军等，更是体现了文人的家国情怀与民族精神。正如《张青奴》篇末所附评论，吟香子曰："青奴其神龙耶?忽而男，忽而女，空中瞥眼来去自如，扶困济危，何其神也!惜三十万功德立满遽绝迹尘中。若至今犹在也，我当向西北再拜呼之不已!"[①] 西脊山人曰："今之吝啬者正多，安得青奴再降，将圆面翁所积均付贫人，吾心庶几大快！"[②] 可见，女侠仗义行侠，亦是文人心中的呼唤。"胸中小不平，可以酒浇之；世间大不平，非剑不能销也。"[③]故文人多借女侠之"异能"，铲除世间之不平，惩治社会之邪恶，在幻想中倾吐胸中的不平之气，实现自我的任侠理想。

研究者们常说，侠是下层民众心中的幻想，其实又何尝不是文人心中的期望？清代特别是清中叶以后，社会的黑暗，科场的腐败，各种社会矛盾日益尖锐，广大民众痛不欲生而又无力改变现实，只能寄希望于幻想中的侠。对此，罗立群先生有生动的分析：

> 中国封建社会的广大劳动人民，又遭受着经济上受剥削、政治上受压迫的生活待遇，当他们遭受各种迫害，无法生存下去时，他们必然会对贪官污吏、土豪恶霸十分痛恨。可是他们无可奈何，又不愿铤而走险，于是便期望社会上出现正直廉洁、嫉恶如仇的清官和任侠尚义、打抱不平的具有超人本领的侠客，来帮助他们解除苦难，改善环境。[④]

侠是下层民众心中的幻想，也是文人心中的期望。清代科场的腐败，社会的黑暗，导致许多有才文人屈沉下僚，郁郁不得志。如蒲松龄、沈起凤、钮琇、曾衍东、徐珂、王韬、朱梅叔等这些志不得伸的文人，他们一方面自身壮志难酬，另一方面又时时耳闻目睹社会不平事。又特别是晚清时期，列强入侵、民族羸弱、政治腐败、社会黑暗，更是让文人们如鲠在喉，不吐不快。他们胸中有着铲除不平、积极济世、甚至赶走列强的强烈愿望；但在强大的社会面前，却又显得渺小和无能为力。于是，他们也只能借助于幻想，寄托于笔端，利用各种侠的形象来倾泄心中的不满，这样既塑造了广大民众喜闻乐见的侠客形象，又满足了自己的任侠理想。我国古代文人一般都集儒、道、释、侠等多家思想

---

① [清]邹弢著，王海洋点校：《浇愁集》，黄山书社，2009年，第135页。
② [清]邹弢著，王海洋点校：《浇愁集》，黄山书社，2009年，第134页。
③ [清]张潮撰，孙宝瑞注译：《幽梦影》，中州古籍出版社，2005年，第136页。
④ 罗立群：《中国武侠小说史》，辽宁人民出版社，1990年，第140页。

于一体，外表文弱，内心却充满正气和侠气。自唐以来女侠那种敢爱敢恨、果敢利索、豪迈洒脱的气质与风骨，又最易引起他们的共鸣：巾帼女儿尚有行侠仗义、铲除不平的气概，又何况堂堂须眉男儿？从而激发作者与世人对不平时事的愤慨。在女侠身上，他们倾泻着对社会的不满，又享受着惩恶的快感，女侠成为他们笔下寄情泄愤、寄寓理想的文学载体之一。如清代秦云《序〈浇愁集〉》中评《侠女登仙》所说“为好义者壮其怀，不仁者破其胆也”[①]。女侠这种特殊的寄寓功能，对清女侠的兴盛也起着一定的刺激作用。

四、清代武术的盛行也是女侠形象兴盛的原因之一

我国武术源远流长，从战国直至元明，经过千余年的发展、积累，到清代已形成涓涓细流汇成洪流之势。清朝统治者满族也是一个马背上的民族，尚武精神突出；尤其是在开疆拓土的过程中，重视武功，对清代武术的发展起着重要的推动作用。八旗子弟将北方各民族的武技传入中原、江南，进一步促进了南北武功的交融、兴盛。清代反清复明的组织如白莲教、天理教、太平天国、义和团等也无不以精武作为团结群众、进行斗争的主要方式，亦大大刺激了民众的练武热情。基于以上种种原因，清代武术空前兴盛，武术名家比比皆是，如李存义、尚云祥、大刀王五、霍元甲等；文人儒士娴习拳勇的也为数不少，如黄宗羲、顾炎武、陆桴亭、罗台山、姚启圣等；民间武术也大为风靡，打拳卖艺、游走江湖、开局保镖等已成为谋生的职业，广布民间；各种武术专著也纷纷刊出，如《太极拳谱》《拳经》《内家拳法》《万宝全书》《阴符枪谱》等[②]。清代武术的兴盛，对于文人创作武侠小说影响很大，特别是对精彩纷呈的武功描写具有重要的启示意义。

清代练武之风极为兴盛，许多女性也精习武术，她们或精拳脚，或善刀剑，或擅杂耍等。她们在打拳卖艺、游走江湖的过程中，又往往伴随着一些传奇故事的发生，如比武招亲、惩治淫恶、抱打不平等。这些在《扬州画舫录》《清稗类钞》等笔记小说中有大量记载。这些笔记小说多少有一些写实的性质，广泛反映了清代民间武术盛行的社会状况。清代李斗《扬州画舫录·虹桥录下》：“杂耍之技，来自四方，集于堤上”，如“竿戏”“饮剑”“壁上取火”“走索”“弄刀”

---

① [清]邹弢著，王海洋点校：《浇愁集》，黄山书社，2009年，第7页。

② 参见王海林《中国武侠小说史略》、罗立群《中国武侠小说史》。

“舞盘”[①]等表演精彩纷呈。现实生活中这些武技杂耍的盛行，为武侠小说的武功描写提供了借鉴。《清稗类钞》第六卷“技勇类”收文213篇，其中有女侠们各种各样武功的记载与描写。其中精刀、棍、剑、箭者无数，如《秋红使铁丸》《齐二寡妇用铁鞭》《某女郎用刀》《吴戾晋与垂髫女较剑》《清霜襟剑》《冯氏女发袖箭》《张氏女用铁棒》《垂髫女舞短木棍》等；善拳脚功夫的亦不少，如《某夫人击周伯脑》《墨爷夫妇精拳术》《邓剑娥掷俄将于地》《赵绅妻踢其夫》等；有的还涉及内功、点穴术等武功的描写，如《某妇人针刺毙人》《镖师女以碎杯屑毙盗》《清江女子富足力》《卖拳女击少年肩》等。女侠游走四方，伴随着女侠而发生的比武招亲、惩淫治恶、抱打不平的故事也屡见不鲜，在《清稗类钞》等笔记体小说中多有记载。清代大量武女的存在以及她们的一些传奇故事的流传，为武侠小说对女侠的创作提供了生活素材和武功描述基础。

总之，清代文言小说中女侠形象兴盛的原因是多方面的，无论是武侠小说自身的发展，还是社会的各种因素，都为清女侠的兴盛提供了条件与土壤。

---

① [清]李斗撰，汪北平、涂雨公点校：《扬州画舫录》（卷十一），中华书局，2004年，第264页。

形象篇

第三章

清女侠类型丰富，行侠主题多元化

女侠不同于一般的闺阁弱女，首先体现在人生价值的取向上。她们凭借自己超凡的武功与本领，行走江湖，和须眉男子一样有着自己的人生追求。她们或行侠仗义，铲除邪恶，扶弱抑强；或恩怨分明，有仇必报，知恩图报；或意志坚强，不畏强暴，勇于反抗；或以武为业，游走江湖，抱打不平，在广阔的社会舞台上上演着一幕幕可歌可泣、英武悲壮的人生活剧，具有独特的艺术魅力。根据女侠人生追求与行侠目的的不同，清代文言武侠小说中的女侠形象大致可分为以下七类。

第一节　矢志复仇型女侠

“复仇”是我国古代女侠行侠的一大主题，从贾人妻、崔慎思妾、谢小娥首开其源后，宋元明时期一直多复仇女侠，如《义妇复仇》《文叔遇侠》《申屠氏》等。清代承前代而发展，复仇女侠仍为不可忽视的一群，大致可分为两大类，一大类是承继前人型的复仇女侠，虽有因袭模仿，但也有发展与变化；二大类为开拓创新型的复仇女侠，如王韬笔下聂碧云寻宝复仇的模式、邹弢笔下的吴女善于发挥群体力量复仇的模式等，具有较高的文学意义。

一、承继前人型

（一）“贾人妻、崔慎思妾”式的复仇女侠

此类女侠武功高强，却隐姓埋名，隐于市井，伺机复仇，故罗立群先生称为“隐侠”[①]。这类女侠因袭唐传奇中贾人妻、崔慎思妾的复仇模式，在承继

① 罗立群：《中国武侠小说史》，辽宁人民出版社，1990 年，第 66 页。

前人的基础上，又有一定的发展。蒲松龄笔下的侠女和曾衍东笔下的齐无咎妾等是这类女侠的代表。

对贾人妻、崔慎思妾的复仇模式模仿性最强的是曾衍东《齐无咎》中的齐无咎妾，这是一位不露声色的复仇女侠。其父本“宦于闽之长汀，为上官所枉，奇冤刻骨”。但她隐于市井数年，无人知其来历。女奴侍之五年，“而不知娘子为谁也”。齐无咎求女为妻，女不允，愿为妾，其原因是“买妾可不知其姓”。女善营生，与齐生一子。报仇后，即赠奴杀子断念而去，齐仍不知其姓氏[①]。齐无咎妾借婚姻以隐身份，待时机成熟，则伺机复仇，然后杀子断念而去，几乎是“贾人妻、崔慎思妾”式的复仇模式的翻版，并无多少创意。

这类女侠中塑造最为出色的是蒲松龄《侠女》中的复仇女侠，在唐复仇女侠贾人妻、崔慎思妾的复仇模式上有了较大的突破与发展。该女精剑术与轻功，但从不外露。负老母住于顾生对户，如平常女子一样“出入堂中，操作如妇”。女勤俭持家，孝顺老母，“为人不言亦不笑，艳如桃李，而冷如霜雪”，顾生意为纳之，女默然不乐。后因生活困顿，“不举火者经日”，得顾生母子周济。女知恩图报，当顾母生病时，替顾生为母行“床头蹀躞之役”，悉心照顾；后又怜顾生“贫不能婚”且“福薄无寿”，又为顾生生一子以延子嗣。直到女飞剑刺娈童，顾生方知女为异人。但顾生始终不知其姓氏与来历。直至一夜，“女忽款门入，手提革囊，笑曰：‘我大事已了，请从此别。’”生急问之，女相告曰：“妾浙人，父官司马，陷于仇，彼籍吾家。妾负老母出，隐姓名，埋头项，已三年矣。所以不即报者，徒以有母在；母去，又一块肉累腹中：因而迟之又久。曩夜出非他，道路门户未稔，恐有讹误耳。”后女托子别生而去，“一闪如电，瞥尔间遂不复见。”[②]该篇塑造了一位立体、生动的复仇女侠，既温柔貌美又果敢决绝，既孝顺体贴又柔韧坚强，既知恩图报又矢志复仇。整篇小说，侠女充满了神秘感，自始至终，不知为何人？王渔洋曾评曰：“神龙见首不见尾，此侠女其犹龙乎!”[③]其为复仇，忍辱负重，冷如霜雪，为报顾生母子之恩，宁可为顾生生子以延子嗣，亦不愿为婚姻所累，目的只为机密不宣，独立行事，以报父仇，冷艳、果决、坚毅是其主要特色。曹正文先生曾评价其“刚毅果决的个性却比十三妹更有独立性”[④]。比之唐女侠贾人妻、崔慎思妾式的复仇女侠，蒲

① [清]曾衍东：《小豆棚》，新文丰出版公司，1978年，第24页。
② [清]蒲松龄：《铸雪斋抄本聊斋志异》，上海古籍出版社，1979年，第88-90页。
③ 张友鹤辑校：《聊斋志异会校会注会评本》(一)，上海古籍出版社，1978年，第216页。
④ 曹正文：《中国侠文化史》，上海文艺出版社，1994年，第78页。

松龄笔下这位复仇女侠的塑造也有很大改观和发展：一是女侠行侠主题不再是单纯的复仇，而是融入了报恩主题，在突出女侠高冷的同时又赋予女侠温暖感，使女侠形象更加生动丰满，同时使女侠行侠主题开始走向复合化；二是复仇后不再是杀子断念而去，而是托子而去，在突出女侠"侠"性的同时也让女侠"母"性回归，女侠由嗜血性开始走向人性，这让女侠形象更加真实，也让读者更易于接受。

与蒲松龄侠女比较相似的还有汤用中《卫女》篇中的卫女，卫女之父冤死狱中，后与母常得褚母庇护和周济，女报仇后，又报褚母之恩而去。这类女侠身负大仇，但含而不露，忍辱负重，隐身市井，表面平静，内心却燃烧着复仇的火焰。一旦时机成熟，她们便果决复仇，表现出外柔内刚、矢志复仇的英雄气概。

（二）"谢小娥"式的复仇女侠

此类女侠本为柔弱女子，但为了报血海深仇，或乔装改扮，或机智周旋，勇入险境，消灭仇敌，表现出非同一般的胆识与侠气。该类女侠主要承继唐传奇中"谢小娥"的复仇模式，尽管女侠最终手刃仇人也体现出了"武力"的特点，但这类女侠更突出的特点是"智力"周旋。蒲松龄笔下的商三官、庚娘是这类女侠的代表。

商三官，士人之女。其父因醉谑邑豪，被邑豪家奴乱捶打，抬回家即死。两兄出讼，终岁不得直。三官"年十六，出阁有期"，但言父尸未寒，安能行吉礼？一夜忽亡去，半年无消息。一日，适逢豪绅诞辰，招优为戏。三官女扮男装，投作优人孙淳弟子，化名李玉，随师父混入豪绅家执役。三官并不擅长唱曲，但貌美，又善行酒，深得豪绅喜爱，留与同寝。趁夜三官灌醉豪绅，手刃仇人，自己亦悬梁自尽。一位年仅十六岁的少女对抗一势重的豪绅恶霸，可谓力量悬殊；但三官乔装改扮的谋略、沉着应仇的胆识、复仇后毅然自尽的气概，无数须眉男子亦远远不及矣！故蒲松龄赞曰："家有女豫让而不知，则兄之为丈夫者可知矣。然三官之为人，即萧萧易水，亦将羞而不流；况碌碌与世浮沉者耶！"[①]王阮亭亦云："庞娥，谢小娥，得此鼎足矣！"[②]

庚娘，太守之女，嫁旧家子金大用为妻。因流寇之乱，全家乘船南下避乱，路遇广陵王十八也携妻而逃，同道而行。途中王十八贪恋庚娘美色，船夜行至幽险之地，便设计将庚娘的丈夫挤下水去，庚娘公婆见之欲号，也被相继挤下

① [清]蒲松龄：《铸雪斋抄本聊斋志异》，上海古籍出版社，1979年，第158页。
② [清]蒲松龄：《铸雪斋抄本聊斋志异》，上海古籍出版社，1979年，第158页。

水去。庚娘跟在母后微窥这一幕，为了保全自己，她没有声张，佯装不知。为了复仇，孤身一人的庚娘假意周旋，迷惑贼人，消除王十八对自己的戒心，随其回到金陵家中。成亲之夜，庚娘"引巨碗，强媚劝之"，灌醉王十八而杀之。"庚娘力切之，不死，号而起；又挥之，始殪"。行动虽暴露，但终大仇得报，庚娘自杀不能，随即投池赴死。众人感于庚娘之烈，遂敛资作殡，珠冠袍服，葬诸南郊。作者或许有感于庚娘的壮烈复仇，或为了满足读者不愿意庚娘去死的愿望，最后给了庚娘一个意外的浪漫主义结局：庚娘被葬后，不知历几春秋，遇盗墓者掘墓破棺，尽然死而复生，得以重见天日，终与被尹翁所救的金生团聚。庚娘的遇事不乱、沉着冷静，亦非寻常人可比矣！蒲松龄赞曰："至如谈笑不惊，手刃仇雠，千古烈丈夫中，岂多匹俦哉！"[①]

这类女侠多少都可以找到唐女侠谢小娥的影子，仍属于模仿之作。

二、开拓创新型

（一）剑仙聂碧云——寻宝复仇模式的开创

王韬笔下的剑仙聂碧云是复仇女侠中颇具创新意义的一位女侠形象。聂碧云自幼得异人授剑术，能飞剑取人首级于十里之外。其父亦为修道者，出于许真君门下，善修炼之法。当大丹既成，不日将飞升之时，被山潭毒龙幻化成真君状，骗取丹药，并趁其父不备而用铁锤击父首，父当场毙命。从此，聂碧云开始了复仇之路。

在寻宝复仇的过程中，聂碧云首先遭遇爱情：她于劳山五老峰下与一吹箫士子一见钟情，士子因酒醉怒杀不孝子而放浪江湖间。聂碧云主动对士人说："观子行踪，亦浮家泛宅流也。余尚无偶，愿随子。"二人即结为夫妇，结茅于西南山麓。这里对聂碧云的爱情婚姻只是寥寥数笔，但对后文夫妇合力寻仇埋下了伏笔。山潭毒龙神通广大，"非剑术所能制，须求三物得全，始可杀之"[②]。

接着，小说用了大量篇幅书写聂碧云夫妇历尽周折，苦寻三宝：定海神针、降魔真杵、炼影神镜。小说中聂碧云出场时，已寻得炼影神镜，据说该镜可使妖孽毒物无所遁形，即使变化多端，也无所藏匿。后访得定海神针藏于太湖，于是聂碧云天天"泛舟太湖，飞桨操舵"，苦苦寻觅终得之。该物"长仅若箸，视之，上有蝌蚪文数行，漫漶不可辨"，据说是"大禹昔日之所遗，投之潭中，

① [清]蒲松龄：《铸雪斋抄本聊斋志异》，上海古籍出版社，1979年，第164页。
② [清]王韬撰，王思宇校点：《淞隐漫录》（卷四），人民文学出版社，1999年，第256页。

水可不兴”[①]。第三宝即降魔真杵。在许真君的指引下，聂碧云在嘉兴西寺寻得，由于该宝物“为世俗香火所薰蒸，须得辟秽金刚咒十万遍，乃能返璞还原”。于是“因令士人晨夕讽诵《金经》，期年，其数乃盈”[②]。三物齐备，方可复仇。聂碧云在苦苦寻觅三宝的同时，也苦练剑术，“女于十年间已炼匕首百具，銛可削铁，坚可贯石，掷诸空中，若流星闪电，下必著物，无虚发者。”[③]聂碧云夫妇耗费十多年时间苦寻三宝，可谓历尽周折，但矢志不变。终三宝俱全，方可对敌山潭毒龙。这种通过凑齐宝物而复仇的模式具有开辟意义，后世武侠小说多写侠客为克敌制胜而寻求种种宝剑或法宝，在这里其实已有先导。

小说详写寻宝的过程和大肆渲染三宝的奇异功能，不仅增强了小说故事的曲折性，同时也为后文夫妇合力利用“三宝”斩杀毒龙进行了造势和酝酿气氛。后文聂碧云夫妇合力寻找山潭毒龙的踪迹和斩杀毒龙的过程描写也非常精彩：

> 于是遂历瞿塘滟滪之险，剑阁夔门之峻，小住成都者匝月，乃抵阆中，登蟠龙山以眺望。见灵山一峰，峭拔干霄汉，气色葱蔚，下为神物之所居。女喜曰：“在是矣！”顾谓士人曰：“能从我往乎？”士人曰：“敢不如命。”女畀以革囊，以匕首之半予之，曰：“但俟云雨勃兴，雷电激荡时，望空掷之，无不著手。事急，君可持降魔杵以自卫，高宣《金经》，自无虞也。”女结束登山，直造其巅，士人从之，但见潭方广约数百亩，水清澈底，游鳞可数，风水成纹，涟漪荡漾。女曰：“毒龙喜听乐音，子可吹铁箫以引之。”士人之箫，固神技也，高可遏云，响可裂帛，精诚所注，金石可泐。始犹按谱依律，抑扬宛转，三弄之后，极其所长。女瞥睹群鱼中有状若蜥蜴者，点首掉尾，举止有异，知必毒龙也。急投以定水神针，潭水顿涸丈许。蜥蜴倏变为巨蛇，须臾，鳞甲怒张，风浪骤作，千百条蛇俱从潭中飞出，向集女身。女掷剑空际，匕首所及，血雨横飞。士人亦从旁助之。俄而，天地昼晦，水火风雷一时并至。士人匕首已尽，但危踞石上，执杵诵经。女以胸悬神镜，诸不敢犯。龙术渐窘，知不能敌，腾升云际，张爪牙与女斗。女以降魔杵掷之，中其背，倏忽不见。急以炼影神镜遍照四方，乃伏在磐石下。起磐石觅之，转瞬间成一虾蟆，女恐其再遁，出神针刺之，血骤涌，潭为之溢焉，女以为已死，喜曰：“二

① [清]王韬撰，王思宇校点：《淞隐漫录》（卷四），人民文学出版社，1999年，第256页。
② [清]王韬撰，王思宇校点：《淞隐漫录》（卷四），人民文学出版社，1999年，第256页。
③ [清]王韬撰，王思宇校点：《淞隐漫录》（卷四），人民文学出版社，1999年，第256页。

> 十年大仇，今日始偿所愿矣！”忽闻空中有声曰：“女子有志哉，洵可嘉也。”仰瞩之，则见羽衣星冠，端现云际，乃真君也，俯谓女曰：“毒龙伎俩百出，那得便死。五百年后，仍将出为人患。不如畀我携归。”掷钵下潭，物遽跃入钵。既收，真君亦隐。[①]

这里从观气寻找毒龙踪迹，到安排士人用箫声引出毒龙，再到夫妇密切配合利用三宝和利剑斩杀毒龙，一环紧扣一环，可谓险象环生。特别是夫妇的配合、“三宝”的运用尤为精彩。士人用箫声引出毒龙后，聂碧云首先使用“定海神针”使潭水顿涸丈许；毒龙利用千百条毒蛇围攻聂碧云，夫妇飞剑刺杀，血肉横飞；接着，聂碧云用“降魔真杵”击杀毒龙，毒龙遁形后，马上又用“炼影神镜”寻找踪迹，毒龙遁形为蛤蟆，最后聂碧云使用“定海神针”刺之。此段描写语言优美，层次清晰、缜密生动，其正面描写打斗的过程可谓精彩至极。聂碧云也可谓心思缜密、智勇双全，终报得大仇。

（二）团体复仇——女侠群体意识的觉醒

前面两类无论是“贾人妻、崔慎思妾”式的复仇女侠，还是“谢小娥”式的复仇女侠，都是属于个人复仇模式，是唐女侠以来复仇主题的延续，只是在故事情节的处理和生动性上有很大改进（后文将作专门论述）。在清代文人笔下，还有一类复仇女侠的塑造比较富有创意精神，那就是善于发挥群体力量复仇的女侠形象，富有代表性的是邹弢《吴女诛仇》中孝女吴珩和王韬《粉城公主》中的粉城公主桃花奴。之前的女侠复仇，多是忍辱负重，单打独斗，隐秘行动，伺机复仇。而这类女侠不再是单打独斗，而是具有较强的组织能力，擅长发挥群体力量，公然复仇。同时这类小说了也广泛反映了清代后期混乱的社会现实，具有较强的现实意义。首先来看邹弢《吴女诛仇》吴珩为父复仇的故事：

> 孝女吴珩，字佩琳，年十七，未字，明季人。早失恃，父督戎于燕。值逆匪之变，为流寇王十七所杀，弃尸于野。女闻讣，哀毁欲绝，星夜直入戎所，尽出其家产犒将士，誓众杀贼。众皆感其孝，折矢为誓曰：“我等有敢怀二心，不与同杀贼者有如此矢！”女练兵数日，率精锐三千以往。时贼已掳掠南下，女率众至一山，闻山后金鼓声大震。女令探之，回报贼屯军山下，聚众劫掠村落，女大喜曰：“天助我也！”乃令一军摘铃偃

① [清]王韬撰，王思宇校点：《淞隐漫录》（卷四），人民文学出版社，1999年，第256、257页。

鼓绕出贼后，已骑桃花马，银铠绣甲，率敢死卒千余人夹攻，大破之，俘馘数千人，擒其枭主以归。鞫之，即杀父贼也。女令指父死所，遂觅得尸，盛以棺椁；斩其头，沥血祭之，军士俱易白，哭震于野。次日，以众寄某镇麾下，录其功已，乃扶柩归里，将士泣送者数千人，至有感激而号哭者。某镇代陈其情，赏赉无算。①

该篇中孝女吴珩智勇双全，其父为流寇所杀，她星夜直入戎所，尽出其家产犒赏将士，操练将士。最后组织三千精锐，亲自披挂上阵，在探得流寇正聚众劫掠村落时，迂回出兵，偷袭其后，从而大破流寇，寻得父尸，俘获贼首，斩首祭父。该女与之前那些单打独斗的复仇已经大为不同。面对数千人的强大流寇团伙，她不再是忍辱负重，隐姓埋名，而是公然操练兵马，发挥群体力量，为父复仇，这种胆识与智谋，非一般复仇女侠可比也；同时该女出奇兵制胜，说明该女不仅机智，还应懂得兵法。篇末西脊山人（秦云）曰："精诚所至，金石为开。愤事所激，天下何事不可为哉?吴女以忠孝之气，竟破贼虏，得父尸，抑何烈也!"吟香子曰："吴女，其巾帼中第一奇人耶!其忠孝也，木兰继起；其旷逸也，孟光后身。斯真不可多得!"②其实吴女可贵的不仅是个人的忠孝、刚烈，更可贵的是她善于发挥群体的力量有组织、有计谋地复仇，比之单个女侠复仇模式具有进步意义。

王韬笔下的粉城公主也是这类女侠中塑造比较出色的代表。粉城公主的父亲"为奸臣所陷，一门被戮"，女因幼学剑术，逃至千里之外的海外岛上，集结义士，为父报仇，形成一个复仇组织，专杀贪官污吏，"遇贪官污吏，必行劫，而诛杀之"。她的组织里分工明确，有一套惩治贪官的办法与流程：先派探使打探并坐实贪官的种种不法行为，"一一登志"；接着有同党"飞传羽报"，报告粉城公主；然后抓回来公堂论罪，进行处置，类似于《水浒传》中的梁山泊民间法庭。下面是漂流至岛上的任生偷偷所见一幕，体现了这一流程：

一日有伟男子入，与姚婢耳语，婢转告女，命夜间传讯。任顾问婢，则已为女呼去。既暮，红烛高烧，光耀内室，诸艳婢拥女入座，勇士几辈。侍立两行，姚婢拽任入内，自门隙窥之，无何，有一叟一少年，缧绁至，匍匐阶下，叩首乞哀。女叱曰："汝为大吏，贪黩殃民，试思三尺法，可轻恕否?"叟力辩不贪，女笑曰："某人补某守，汝得

① [清]邹弢著，王海洋点校：《浇愁集》，黄山书社，2009年，第25页。
② [清]邹弢著，王海洋点校：《浇愁集》，黄山书社，2009年，第25页。

> 万金；某人补某令，汝得八百金；奏复某员，汝得五百金。即此数端，罪已莫逭，尚狡辩耶？”掷一纸，令自书供。叟顾少年捉刀，女笑曰：“目不识丁，乃为大帅耶？因汝曾筹款赈饥，姑贷一死，贪囊三十万，暂留于此。汝子当用衅剑。汝去后，须时记桃花奴，莫谓青萍不利也。”令左右送叟归。少年则斩首沥向，取脑涂仙剑。处置已，即起入内，任惊汗涔涔。私问姚婢，曰：“此某大帅，向本贪黩，少年乃其子也！”任始恍然。①

这里俨然是公堂审贪官：勇士两旁而立，诸艳婢拥粉城公主中间入座；接着贪官父子被押上公堂；然后一条条罗列罪证，招供画押；最后留下贪囊三十万，杀其子衅剑，放走大僚并警戒“汝去后，须时记桃花奴，莫谓青萍不利也”，看得任生“惊汗涔涔”。这里粉城公主的为父“复仇”已经完全上升到了有组织的“替天行道”，其意义比个人的复仇意义要远大得多，其持续性地惩贪除暴比吴女复仇后便归隐似乎更具有社会责任和社会价值，女侠也完全由复仇女侠上升为仗义女侠。这是复仇女侠发展的一个新突破，是女侠群体意识的觉醒，从某种意义上体现了王韬的进步思想，只是深入还不够。

纵观清代的复仇女侠，个人复仇模式仍是前代复仇主题的继承与延续，但是复仇女侠数量大大增多，使女侠队伍更加充实。这类女侠相对前代也具有较大的超越性，如聂碧云夫妇历尽周折寻宝复仇的模式具有开创意义；女侠从个人复仇到团体复仇，体现了女侠群体意识的觉醒，具有较大创新性。女侠以复仇故事为主线，展开报恩、仗义、爱情等故事插曲，使小说的故事情节更加曲折，女侠形象更加丰满立体，也算是对这一传统主题的发展。

第二节 仗义行侠型女侠

早在汉代，司马迁在《史记·游侠列传》中就曾说游侠具有“不爱其躯，赴士之厄困”②的特征，即见“赴士之厄困”自古以来为侠客行侠的又一大主题——仗义行侠。自魏晋六朝的《李寄》始，唐五代到宋元明的文言小说中陆续出现了车中女子、荆十三娘、樊夫人、侠妪等仗义女侠。在清代文人笔下，

---

① [清]王韬著，寇德江标点：《淞滨琐话》，重庆出版社，2005年，第164页。

② [西汉]司马迁：《史记》，中华书局，1959年，第3181页。

仗义女侠大放光芒，数量众多，类型丰富，形象鲜明，取得了较高的成就。大致可分为三类：

一、路见不平，拔刀相助型

此类女侠多凭借个人超凡的武功，急他人之所急，解他人之厄困，路遇不平事，拔刀相助之，犹如唐五代的车中女子、荆十三娘。这类女侠在清文言小说中数量较多。

王士祯《女侠》中的高髻女尼是此类女侠中的杰出代表之一。

女 侠

新城令崔懋以康熙戊辰往济南，至章丘西之新店，遇一妇人，可三十余，高髻如宫妆，髻上加毡笠，锦衣弓鞋，结束为急装，腰剑，骑黑卫，极神骏，妇人神采四射，其行甚驶。试问何人，停骑漫应曰："不知何许人。"将往何处，又漫应曰："去处去。"顷刻东逝，疾若飞隼。崔云："惜赴郡匆匆，未暇蹑其踪迹，或剑侠也。"从侄鹓因述莱阳王生言：顺治初，其县役某解官银数千两赴济南，以木夹函之。晚将宿逆旅，主人辞焉，且言镇西北不里许，有尼庵，凡有行橐者皆往投宿，因导之往。方入旅店时，门外有男子著红帩头，状貌甚狞。至尼庵入门，有厅三间，东向，床榻备设。北为观音士大殿，殿侧有小门，扃焉。叩门久之，有老妪出应，告以故，妪曰："但宿西廨不妨。"久之，持硃封鐍山门而入，役相戒夜无寝，明灯烛，手弓刀伺之。三更，大风骤作，山门砉然而辟。方愕然相顾，倏闻呼门声甚厉，众急持械以待，而廨门已启，视之，即红帩头也。徒手握束香掷于地，众皆仆。比天晓始苏，银已亡矣。急往市询逆旅主人，主人曰："此人时游市上，无敢谁何者，唯投尼庵客辄无恙，今当往诉耳。然尼异人，吾代往求之。"至则妪出问故曰："非为夜失官银事耶？"曰："然。"入白。顷之，尼出，妪挟蒲团敷坐。逆旅主人跪白前事。尼笑曰："此奴敢来此作狡狯，罪合死，吾当为一决。"顾妪人，牵一黑卫出，取剑臂之，跨卫向南山径去，其行如飞，倏忽不见。市人集观者数百人。移时，尼徒步手人头驱卫而返，驴背负木夹函数千金，殊无所苦。入门呼役曰："来，视汝木夹官封如故乎？"验之良是。

掷人头地上曰："视此贼不错杀却否？"众聚观，果红帩头人也。众罗拜谢去。比东归，再往访之，庵已烟闭，空无人矣。尼高髻盛妆，衣锦绮，行缠罗袜，年十八九，好女子也。市人云："尼三四年前挟妪俱来，不知何许人。常有恶少夜入其室，腰斩掷垣外，自是无敢犯者。"[①]

本篇塑造高髻女尼这一女侠形象主要采用正面描写和侧面描写相结合的手法。小说一开头通过作者所见：尼高髻宫妆，头戴毡笠，锦衣弓鞋，腰剑，骑黑卫，疾若飞隼，顷刻东逝，一出场便给人以光彩照人印象和来无影去无踪的神秘感，这是直接描写。接下来通过莱阳王生之口，叙述了高髻女尼两件奇事。一是仗义除盗，为民除害。某县役解官银数千两赴济南，夜宿某尼庵，官银被盗，求助于高髻女尼，尼即跨飞卫追杀红帩头人，其行如飞，倏忽不见。一会便提红帩贼目的人头而返，夺回了官银。女尼仗义助人，勇除盗贼，解县役之难，亦为民除害。二是腰斩恶少，惩淫治恶，无人敢犯。本篇塑造了一位武功高强、神龙见首不见尾的神秘女剑侠形象。

邹弢《侠女登仙》（又名《张青奴》）中的呼名及至的剑仙张青奴亦是一位塑造得非常成功的仗义女侠，表现了文人渴求女侠救世的强烈愿望。青奴自称为妙手空空儿的徒弟，因羡玉面郎君之美，动了人间真情，受师父责罚，到尘世立三十万功德。她与会稽冯生素昧平生，见冯生义气，便多次仗义相助，三次救冯生于危难。一是解难冯生于市上。在都城市上，一权贵少年强买良家女，冯生抱打不平，解囊相助受难母女，而权贵少年却不依不饶，蛮不讲理，"冯怒其无礼，遽捽其发，少年亦怒，遂成殴斗。少年力勇，冯渐不支，时观者愈众。"正在危难之际，青奴出手相助，"忽一童子面如冠玉，发髻双丫，从人丛中拉少年颈叱曰：'清平世界，强买良家女，将谓三尺法不足畏耶！' 少年痛不可忍，愿返券罢议；其党十余人纷纷俱上，童一手格之，如摧枯朽。众惧，披靡。"[②]青奴仗义出剑，既救了受难母女，又使冯生免遭殴打。二救冯生于途中。冯生因得罪权贵少年，连夜由都城返回会稽。途中，遇群盗，冯生在惊慌逃跑中马失前蹄，盗追之甚迫。"冯益惊，正仓皇际，忽一美女骑独角兽疾飞而至。盗欺幼樨，略无少惧。女鼻中吐白光一缕，横若匹练，飞斩盗魁一人，余皆惊遁。白光追之，良久始返。女自言曰：'贼么魔虽不即死，然四肢已不可用。'"[③]冯惊定，方认得是都城市上救他的丫髻童。女子自称张青奴，并告诉冯生若有难，

① [清]王士禛著，文益人校点：《池北偶谈》，齐鲁书社，2007年，第516页。
② [清]邹弢著，王海洋点校：《浇愁集》，黄山书社，2009年，第1324页。
③ [清]邹弢著，王海洋点校：《浇愁集》，黄山书社，2009年，第133页。

只要向空呼叫青奴，青奴即会现身。三助冯生解乡难。冯生回会稽后，恰遇秋旱无收，城乡大饥。冯生变卖家产，资助饥民，但远远不够。后呼得青奴，青奴出手相助，取千金于富豪显贵之家，劫富济贫，赈济饥民。此篇中的剑仙张青奴，呼名即至，解救危难，为多少读书人神往，篇末吟香子曰："青奴其神龙耶?忽而男，忽而女，空中瞥眼来去自如，扶困济危，何其神也!惜三十万功德立满遽绝迹尘中。若至今犹在也，我当向西北再拜呼之不已!"梦仙馆主人曰："此篇文字写得隐跃恍惚，光怪陆离。孤灯对坐时，真若有青奴在前，呼之欲出。"西脊山人曰："红线、金合世固有之，但有能者自掩其能，有法者不炫其法，不肯轻易见人耳。冯生以仁爱之心激而为义，出金慨助，其心其事固剑仙所愿引为同类者。击盗送行，取金助赈，皆其侠气感之也。今之吝啬者正多，安得青奴再降，将圆面翁所积均付贫人，吾心庶几大快!"[①]这里女侠出手相助的表面是冯生，但实质是广大民众耳，如助冯生义救受难母女，实质是帮助受难母女摆脱权贵之子；青奴相助冯生，劫富济贫，赈济饥民，实质受惠也是饥民。同时，青奴何以助冯生，实质为冯生有仗义之心；侠与侠相见，惺惺相惜，互相帮助，顺理成章耳。

另外，在清文人笔下，长白浩歌子《姜千里》中义救姜千里，替姜千里杀盗报仇并夺回家财的剑侠阿惜；长白浩歌子《田凤翘》中勇救书生，力敌千年刺猬精的鬼侠田凤翘；宣鼎《郁绿云》中郁绿云抱打不平，从盗窝中救出女公子；王韬《剑气珠光传》中林氏母女在海上遇盗，剑气白如虹出手相救；金棒闻《女剑侠传》中飞剑取不孝子人头的妇人；徐珂《齐二寡妇救老尼》中勇救无辜老尼出狱的齐二寡妇；徐珂《邓剑娥出芬兰人于死》中义救芬兰母子的邓剑娥等，都属此类女侠，她们嫉恶如仇，抱打不平，以武制暴，解人厄困，塑造也非常出色。

二、惩贪除暴，替天行道型

如果说抱打不平的女侠重在解个人之厄困，那么此类女侠则自觉担负起解天下人之厄困的重任，主动惩戒贪官暴吏，替天行道，伸张正义，具有重要的社会意义。朱梅叔《空空儿》中的仙侠空空儿、曾衍东《浣衣妇》中的洗衣仆妇、吴陈琰《琵琶瞽女》中的金陵女子、王韬《粉城公主》中的桃花奴等，为此类女侠中的出色的代表。

---

① [清]邹弢著，王海洋点校：《浇愁集》，黄山书社，2009年，第134页。

朱梅叔笔下的空空儿，作者仅寥寥数笔，便将一位其行如飞、盗珠警暴而又天真烂漫的女侠形象生动地展现了出来。乾隆时，江太守制府黄太保，一日巡边至镇江府，忽失项上所挂数珠，立令县官缉拿，一月交出。县官派人四处缉访，杳无踪迹。眼看时日已迫，县官亲自微服密访，数日，至勾曲山后，遇一韶丽女子，衣绛绡衣，弓鞋窄袖，行绝壁间采女贞，于树下上如飞鸟。县官颇为异之。等她回去的时候，悄悄尾随至溪边，发现女进入一洞穴，县官也跟随而进。其中大可数亩，而幽折蛇旋，迥非人境。后遇该女老母，方知项珠为女子所盗。女之母承诺次日午前归还于报恩寺塔顶。次日，黄太保命副将率兵围塔，持弓注矢以待。至日中，众目睽睽下，“忽见一道红光，瞥如飞电，而数珠已挂于顶。一时万弩齐发，渺然如捕风影焉”！令人取珠下，附一信，题曰“空空儿手缄”。信大略言黄太保“莅任以来，挟威以扰士民，挟术以欺君上，挟势以辱长史；以洞察纵武弁，以罗织为腹心，以凌辱称孤立；济贪以酷，行诈以权。身荷封疆之任，心怀鬼蜮之谋；一方遍罹荼毒，而绅士无所控，科道不敢纠。”历数太保瞒上欺下的条条罪状。又言：“取公此物，聊以示警。若不速图悛改，仍蹈前愆，即当取公首级。”①太保毛骨悚然，贪暴从此收敛。该篇中空空儿为一邵丽女子，尽管隐居勾曲山后的一别洞天，但尽晓天下事，对黄太保的条条罪状了如指掌，俨然一精通时事的世外高人。黄太保与空空儿并无瓜葛，但为了天下苍生，空空儿主动出手盗珠，以示警戒，是一位典型的替天行道之女侠。

曾衍东笔下浣衣仆妇亦为一仗义惩暴的仙侠。原文如下：

浣　衣　妇

江西抚军某，骄恣甚，道路以目；总藩某，则政多美誉。会有大谳。两人意见抵牾，案牍上下，遂两焉。藩执不附抚，而抚因以怼藩，且图杀藩。藩滋惧，谋所以避之，不得，欲解组，又不能。尝于空庭月白脱帽无人之际，浩然长叹。

月前有浣衣妇进藩署，夫人见之喜，询其里居，夫人之桑梓也。年约三十，孀寡无依，随帆下豫章，谋为妪而标洁谨悍，不同凡妇，言语亦爽利可喜。藩亦异其为人。

---

① [清]朱梅叔撰，陈果标点：《埋忧集》(卷六)，重庆出版社，2005年，第262页。

一日，藩抑郁，书空咄咄。妇前致词曰："大人屏藩宣化当敷政优优，不使丛脞斯已耳。何终日颦蹙。若有大不得已于中者然?妾闻主忧臣辱，盍为贱妾言之？毋谓裙钗中无解环法也。"公曰："尔穷庐嫠妇，何足与语。有怀莫白，奚词费为?"妇曰："监军将不利于大人乎?"公愕然，妇曰："无忧。监军酒色徒，未能远谋。妾将为大人释此厄。"藩喜，问计。妇曰："请俟诘朝。"

妇早起，捧雕盘，盛熊燔一脡，炙馨欲染指。使驰馈。受而甘之，报谢。及公谒抚，抚曰："承贶嘉珍，安得此善庖丁？我府中刀俎不及也。"藩曰："适来浣妇，初不知其工调剂。宪军如适口，当使其越俎而代。"抚喜。

藩归告妇，妇欣然舆往。抚见之心荡，妇承以目。抚乐甚，留不返。且邀藩饮，一切酸咸，皆出妇手，不假咄嗟。抚每往狎妇，妇固黠甚，抚不可耐，要于槛而约之。妇曰："大人高贵，贱妾躯龌龊，不足荐枕席。"抚坚之，妇乃约曰："室南绮轩，薄暮请俟妾于轩中。"

抚候之晚。时当秋凉，日甫匿，抚纱袷摇羽箑，大椅坐夜香棚下。俄妇至，持盘水向抚曰："少坐，俟妾拂试以请。"抚颔之，妇入轩。顷见窗如针乱刺孔，抚视孔中出白气，缕缕如丝突出，旋绕抚身上下，不绝若网。既乃渐收渐缚，身不敢动，而芒刃往来，间不容发。妇曰："贪婪贼，欺心太甚，将脔切尔，为豫章人泄忿。"抚战栗，哀恳，呼之以神，号之以仙，且尊之以菩萨，百千万意，不可思议。妇曰："方伯，民望也，汝仇之何？今与汝约，勿贪、勿忌、勿淫、勿酷，我处曲山颠，朝朝暮暮，往来爽气，可鉴尔形，可烛尔心。千里万里，能呼吸至。"抚唯唯自誓。妇出轩曰："好自为之，我去矣。"遂绕于白光中，长亘向西而灭。抚之发髯须眉衣裳层层剥削，满地如尘。抚之身如剥卵，如刮瓠，三月不视谒。后其行顿改，与某藩前怨亦释。[①]

该篇中，抚军"骄恣甚，道路以目"，总藩 "政多美誉"，二人抵牾，矛盾升级至抚军欲杀总藩。正在剑拔弩张之时，总藩家月前忽来一浣衣仆妇，自称与总藩妻同乡，因孀寡无依前来投靠。正当总藩终日抑郁哀叹无计可施之际，浣衣仆妇主动请求为主解厄。抚军为酒色之徒，于是妇以出色的厨艺，烧熊燔一脡而入抚军府，其美貌更是让抚军神魂颠倒。抚军欲狎妇，妇约之于南绮轩

① [清]曾衍东著，盛伟校点：《小豆棚》，齐鲁书社，2004年，第33、34页。

中单独约会。后妇于南绮轩中发神功，缕缕白烟如丝如网捆缚抚军，抚军恐惧哀求，妇警戒抚军“勿贪、勿忌、勿淫、勿酷”，最终让抚军“其行顿改，与某藩前怨亦释”。浣衣妇表面是“穷庐嫠妇”，实质却是“处曲山颠”的仙侠，该仙侠和空空儿一样，对天下事了如指掌，故意以“孀寡无依”投总藩府，目的是保护民之所望的总藩、惩戒酒色之徒抚军，为豫章人泄忿，亦是一位塑造得非常成功的仗义女侠。

吴陈琰《琵琶瞽女》中金陵女子虽双目失明，但遍游宇内。其轻功了得，飞拂水面，毫无沾渍。某生想拜师学艺，遭到女的拒绝；但女许诺送金与生，似乎是想以之作为弥补，在生熟睡的半夜金果至生屋；生愈奇之，愈想拜师学艺，女再次许诺送金与生，半夜金又至，同时附匕首一把，生不敢再提学艺之事。某淫纵霸道的朝贵闻之此事，想捕获女子，四处派人搜寻，却根本不见踪影。一天半夜，女子却自动上门，然而只闻琵琶声，不见其人，琵琶声变幻不定，或有或无，或前或后，让朝贵一家人人惊恐。等到日出的时候，突然空中砰的一声，一琵琶落枕上，分裂为二，内有书一札，大略是言：“国家倚毗公等，外御边疆，内循郡邑，任重身微，神爽或堕，报塞无由。夫心不清者智虑短，欲太盛者年寿促。”又曰：“天下驿骚民，命如倒悬，公等安享作奸，贪得靡极。妾虽女子，能断公首。”[①]朝贵得书后惊恐万分，不久，竟因他事下狱弃市。该女亦是来无影去无踪，对天下事了然于胸，警戒朝贵这段亦颇为精彩。

如果说空空儿、浣衣妇、金陵女子还只是警戒贪暴的话，那么王韬笔下那位集众义士于海外的粉城公主桃花奴，则常对贪暴大开杀戒。她常派麾下打探天下贪官污吏的消息，每“遇贪官污吏，必行劫，而诛杀之”[②]。粉城公主杀贪官虽然缘起于复仇，其父被奸臣所冤害，一门被屠戮，但后来集海外义士形成专杀贪官污吏的团体组织，实质上她已从个人恩怨上升为替天行道，从这一意义而言，她更是一位具有大我情怀的仗义女侠。

这类女侠仗义行侠，通常具有以下特点：第一，她们通常是武功高强、精通法术的仙侠，往往来无影去无踪。如空空儿盗黄太保项上珠，无人能见；浣衣妇的轩中神功，亦是了得；金陵女子惩戒淫纵朝贵时，琵琶声四起，飘忽不定，却不知从何而来。第二，她们通常隐居深山或海外，但洞悉时事，对天下事了如指掌，谁贪暴，谁清廉，谁淫纵，谁多誉，尽在掌握之中。第三，所惩治的贪官污吏和女侠本人并无直接的个人恩怨，也并非简单的路见不平，她们

---

① 河北人民出版社编：《剑侠图传全集》，河北人民出版社，1987 年，第 101 页。
② [清]王韬撰，寇德江标点：《淞滨琐话》（卷七），重庆出版社，2005 年，第 163 页。

在恰当的时候主动出手，惩恶扬善，替天行道，完全是仗义为民，或者说是为天下正义而行侠。第四，大多女侠具有仁慈心态（除粉城公主），对贪暴以惩戒为主，改过则罢，带有人本主义的味道，比之复仇女侠杀人嗜血的血腥味有所减弱。

三、斩妖除怪，为民除害型

此类女侠犹如魏晋六朝斩蛇除害的民间女侠李寄和唐传奇中飞剑斩鼍的樊夫人。她们凭借高超的武术或法术，为民众扫除各种鬼狐、恶兽之害。长白浩歌子《童之杰》中自称为红线之流的中年妇和王韬笔下的李四娘、剑仙聂碧云等均属此类。

《童之杰》中自称为红线之流的中年妇，神于剑术，时因济上某巨家宅第里鬼狐为祟，特来居之，怪皆远遁。遇童之杰后，不仅为童煮剑开光，还授童之杰济世之奇术，要求童之杰正心济物，为民除害。后童之杰成为师傅中年妇的代言人，专除各种妖狐之害，“嗣闻童在江右，颇著神奇，且出家为道士，代人驱遣，不受一钱，始为之骇异。”[①]这里中年妇也俨然剑仙之流。

王韬笔下的李四娘能以寸铁杀人于百步之外，托业为女妓，虽花月其容，实冰雪其操。时鄱阳湖中“有一鼋一鳖，已成妖异，每出则鼋先而鳖后，兴波涌浪，吐雾驾云，恒倾覆舟楫，为行旅患”。[②]李四娘受剑仙许玉林的指点规劝，挟好友兰仙前往除害。鼋鳖能幻化人形，性淫，但未破色戒，力大无穷；鼋鳖还炼有赤珠，吐之，光芒可照百里，能与剑敌。为破其术，兰仙以色诱鼋鳖，破其真道，鼋鳖至乐之极，吐珠玩弄，兰仙趁机吞珠远遁，引出鼋鳖。鼋鳖力追兰仙，被引出湖面，兰仙力疲而死。四娘乘机用飞弹与飞剑击杀鼋鳖，场面亦颇为精彩：

> （鼋）挟女舟而飞，势将倾覆。女投以剑。初不甚惧，遽与剑斗，剑盘旋空中不得下。鼋欺女弱，以背负女舟，舟坏。女溺，急取双帕踏之。鳖奋其利喙，啮女后踵。女连发九丸弹之，鳖张口吞之尽，乃悠然而逝，回视鼋犹死斗不休，亦发九丸，一中其目，剑骤下，自口贯腹而出，血溢湖中，水为之赤。鳖尚崛强，意欲乘云飞去。忽空中坠下七寸许匕首，

① [清]长白浩歌子著：《萤窗异草》，重庆出版社，2005 年，第 359 页。
② [清]王韬撰，王思宇校点：《淞隐漫录》（卷四），人民文学出版社，1999 年，第 180 页。

精莹若霜雪，迳斫鳖首。女仰视之，羽衣云冠，飘然若仙，知为许玉林也，稽首顶礼，愿皈依作弟子。[①]

四娘击杀鼋鳖，鼋鳖不敌欲乘云逃跑之时，许玉林飞剑刺之，迳斫鳖首。在许玉林的指点下，四娘与倪生成婚，二人曾合力于边境除匪，保一方平安。后夫妻入山修道，不知所终。

该篇采用欲扬先抑的手法，写了李四娘与兰仙由妓向侠转变的过程。李四娘"自幼得奇人授以剑术，既成，飞行绝迹，隐显通神，能以寸铁杀人于百步之外。有时在阛阓中托业为女妓，日与贵游子弟狎"[②]。兰仙，貌更妖娆，婀娜可怜，性尤淫荡。四娘与其为莫逆之交，"女密授以璇闺秘戏法，遂工内媚，一时登徒子趋之者如鹜。滇南倪莲迂，剑客也。其弟子云伯与兰仙狎，脱阳而死。"[③]倪前往复仇，不敌四娘，乃负气前往昆仑山求师父许玉林。许玉林修书一封教诲四娘："侠，美德也；妓，恶业也。舍至美而趋至恶，君子弗为也，欲成天仙者，当积三千功。子既堕落，宜先忏悔。鄱阳湖中现有一鼋一鳖……"[④]。在剑仙许玉林的指点下，四娘、兰仙通力合作，除掉鼋鳖。兰仙终舍身救世，功德无量，成就侠名；四娘竭力除害、边境除匪，终恍然有悟，入山修道。何谓"正"，何谓"邪"，在这里一清二楚。所谓近墨者黑，近朱者赤。侠的成长离不开正确的引导，正邪之分，往往在一念之间，改邪归正，亦为正道。

前文中提到的剑仙聂碧云夫妇利用三宝合力斩杀山潭毒龙，为父复仇，实质也是为民除害。正如许真君所说："毒龙伎俩百出，那得便死。五百年后，仍将出为人患。"[⑤]从这一意义而言，剑仙聂碧云也是一位仗义除害的女侠。后来聂碧云复仇后居于山中，又飞剑斩蛟除洪涝，火烧旱魅避旱灾，飞剑刺狐扫狐害，多次斩妖除害，为民解灾。剑仙聂碧云实质是融复仇与仗义双重主题于一体。前文已作论述，此不赘述。

此类女侠多为神通广大的剑仙，斩妖除怪，为民除害，表现出勇于献身的大无畏精神。这类女侠多智勇双全，面临的妖狐兽害等大多是多年修炼而成的"精"，妖异非常，女侠与其周旋，斗智斗勇，表现了女侠非凡的气概。这些女侠多擅长符箓之术，聂碧云父亲擅长炼丹之术，李四娘的师父、聂碧云的师爷

---

① [清]王韬撰，王思宇校点：《淞隐漫录》（卷四），人民文学出版社，1999年，第181页。
② [清]王韬撰，王思宇校点：《淞隐漫录》（卷四），人民文学出版社，1999年，第178页。
③ [清]王韬撰，王思宇校点：《淞隐漫录》（卷四），人民文学出版社，1999年，第179页。
④ [清]王韬撰，王思宇校点：《淞隐漫录》（卷四），人民文学出版社，1999年，第180页。
⑤ [清]王韬撰，王思宇校点：《淞隐漫录》（卷四），人民文学出版社，1999年，第257页。

许玉林被称为“真君”，又足见这类女侠形象颇受道教影响。

综上所述，纵观清代文言小说中的仗义女侠，数量众多，使这支女侠队伍也大大充实。这类女侠中出现了空空儿、洗衣仆妇、金陵女子、粉城公主等大量为民仗义、惩戒贪官污吏的女侠形象，这比之唐传奇中的车中女子、荆十三娘等“为个人”仗义行侠的女侠形象，女侠的仗义行为向“为天下”发生着转变，具有积极的进步意义，

第三节 知恩图报型女侠

自古侠士行侠，恩怨分明。有怨必报，知恩图报。“报恩”为侠士行侠的又一大主题。唐代的红线女、三环女、聂隐娘等都是塑造得非常出色的报恩女侠。清代文言小说中“报恩”女侠，带有比较隆重的伦理色彩，大致可分为两类：

一、替父报恩，忠心护主型

此类女侠多因父亲蒙冤，得清官昭雪，为报清官之恩，被父送与清官作侍婢或小妾。当清官遇难时，女通常是竭尽所能，忠心护主，替父报恩。沈起风《青衣捕盗》中的聂书儿、吴芗厈《孙壮姑》中的镖师女孙壮姑、徐珂《倪惠姑护主杀盗》中的倪惠姑等均属此类。

沈起凤《青衣捕盗》中的聂书儿是这类女侠的出色代表之一。

青衣捕盗

粤东某公，为河南臬宪。有聂姓者，以人命诬服，公昭雪之，献女书儿为婢。公鉴其诚，纳之。公夫人御下严，箕帚而外，课以针指。书儿不能学，日加鞭挞，俯首顺受而已。

后公以呈詈误，解组归。时枣树林有盗，首曰赛张青刘标，善用流星弹，一发五丸，无不奇中；次曰铁拐子朱健，善用一铁拐，曾击真武殿前石鼓，碎若粉。横行绿林，捕盗者不敢正眼觑。公稔之，戒备而行。

时已薄暮，闻林中鸣镝声，公股栗，夫人色如土，侍从仆御无不色变，书儿从容进曰：“幺麽鼠辈，何敢犯大人驾！如渠不欲生，婢子手戮之可

也。”乞公前骑，徒手而去，叱盗曰：“贼狗奴！识得河南聂书儿否？”盗笑曰：“我辈但要得钱儿钞儿，书儿何所用哉？”书儿怒曰：“若辈死期至矣，敢戏言！”盗亦怒，骤发一弹，书儿右手启两指接之；又一弹，接以左手；第三弹至，以口笑逆之，噙以齿。盗惊，又发一弹，书儿仰卧马背，以双莲瓣戏夹其丸。第五弹至，书儿即发脚下丸抵之，铿然有声，去三十步远，腾身而起，吐口中丸大笑曰：“贼奴技止此耶？”一盗舞铁拐而前。书儿手夺之，曲作三四，盘揉若软绵，掷诸地，笑曰：“而娘灶下棒，亦持来恐吓人，大可笑也！”两盗失色。书儿即出其手中丸左右弹，两盗尽毙，群盗罗拜马前乞命。书儿曰：“汝等何足污我手？”喝令去。

从容回骑，禀白于公曰：“托大人福庇，幸不辱命。”公及夫人皆异之，继而问曰：“汝具此妙技，何不能拈一针？”书儿曰：“长枪大剑，婢子年十一二时，搏弄惯矣！一针入手，不知作何物，是以不能学耳。”又问：“鞭挞时，何便俛首受？”曰：“老父命婢子来报公大德，小有迕犯，是报怨也，婢子何敢。”于是夫人亦喜。归家后，劝公纳为侧室。生子某，后为滇南县令，往往躬率吏役，入山捕盗，大有母风焉。

铎曰：“吾向读《冯谖传》，而叹当日无薛债之役，客无能一语，至今几成铁案。英雄寄人篱下，毕生无可插脚，恐为厮养辈下眼觑耳！书儿遇盗，其厚幸乎，有疑口逆齿噙之说，为过神其技者；然不闻《列子》之言乎？飞卫学射于甘蝇，诸法并善，惟啮法不教。卫密持矢以射蝇，蝇啮得镞矢还射，卫绕树而走。则书儿此技，夫有所受之也。牛羊之眼，相儿女子犹失之，况相天下士哉？”①

广东某公，在河南任按察使时，替一聂姓之人昭雪冤案，聂乃献女聂书儿为公婢女，以此报恩。书儿不善女工，常被夫人鞭挞，但俯首顺受而已。后公被削职返回广东。途中，遇横行绿林、朝廷也无力缉拿的二大盗赛张青刘标和铁拐子朱健。惊慌失措之际，殊不知书儿身怀绝技，除去了二盗首，退去了群盗，护公与家人及财产安全到家。后公与夫人问书儿受鞭挞时为何俯首顺受，书儿说老父命婢子来报公大德，不能小有迕犯而抱怨也。此女知恩图报，且不以怨报德，真虚怀若谷、胸襟宽广，故作者亦为之鸣不平：“英雄寄人篱下，毕生无可插足，恐为厮养辈下眼觑耳！”此篇中女侠聂书儿具有两个明显特点：第一，武功高强，深藏不露。在主人家为婢多年，公及妻浑然不知书儿身怀绝技。

① 沈起风著，乔雨舟校点：《谐铎》，人民文学出版社，1999年，第160、161页。

书儿口逆齿嗆之技高超，对盗贼之流星弹，不仅手到擒来，更是口到擒来；书儿又力大无穷，盗贼之铁拐，在她这里变成绕指柔。第二，宽厚豁达，绝不以怨报德，表现出崇高的武德修养。由于书儿不善针指，经常招致鞭挞，但她从来都是俯首顺受，铭记公恩，绝不以怨报德。

吴炽昌笔下的孙壮姑亦是一位替父报恩的女侠，塑造得比较出色。

孙壮姑

乙巳之岁，山左大饥，盗贼蜂起，胶东为甚，小康之家，俱不自保。昌邑有镖客孙良，技勇绝伦。有女壮姑，悉传其术。时因道路梗塞，闲居授徒，大姓之虞暴客者，争以重金为聘，良悉纳之。乃分其徒十余部，各遣一队，以护大姓。而良周巡不息，盗贼不得肆志，咸憾之。

昌邑钱令，吴人也。捕得巨盗，诬指孙良为魁。械之至，良极口呼冤，曰："小人御盗，非为盗者。"尹曰："盗何仇而指汝?"良曰："邑中之巨室，彼窥伺已久，得小人捍卫，至今不得逞志，彼欲冤死小人，以遂其吞噬也。"尹察之信，遂诛盗而释良。良感甚，愿献女为妾。尹笑曰："解释诬枉，令尹之职，何足言恩?且法不得妾部民女，汝休矣。"良涕泣而去。

未几，钱尹因公被劾，将回吴下，宦囊甚充，宵小私议窃法。良知之，谓尹曰："凶年之后，道路难行。小人老矣，不能随护。民女虽陋，智勇具足。请侍左右，以备非常。"尹鉴其诚，纳之。其女年未二十，而貌甚英武，遂与南行。车仗数十，仆从如云，小伙不敢举事。盗探有充实可劫者，或众寡不敌，则知风下程，并伙而谋，获财均分。故发益迟，则盗益众。是时钱已去五六百里，至鲁界之朗月镇。觅宿地，得旅店后屋三楹，墙垣高峻，周匝仅容一门出入。尹喜其完固，必欲居之。壮姑知非善地，然已卸装矣，勉从之，谓钱尹夫妇曰："妾观此宅，似为谋禁客商之所，夜或有异，主君与夫人请卧观之。幸毋高声，妾有以处若辈。尹虽唯唯，然未知其能，甚战栗也。

于是安尹夫妇于东室，呼二婢伏西室，曰："唤汝则出。"取铁灯之脐曲碧琉璃者，置窗隙，院中明似月光。乃易短袄皮裤，鞋尖置铁，腰掖利刃；灭烛，一跃而登中门之颠，锯高以俟。

漏三下，内外俱寂。旅主马铁头，盗中之巨擘也，密集群寇，择其能者，皆操白刃。自后垣登屋，余盗伏于四隅，以防逸出，先命一人下探之，久而不回。马曰："是多妇女，谅入安乐窝矣！"继命二三人下，亦如之。马曰："真不了事，弱息数辈，尚烦乃公自往。若遇大敌，行见尔曹雌伏矣！"遂跃入院，四无人声。月光中，视屋门已闭，甫拔关而欲入，额颅中伤甚重，如泰山压顶然，仰跌丈余。旋飞一人坐胸前，马举刀欲砍，被裂两肩窝，而两臂软，刀自掷去。又被裂两胯，而两腿废，身不能转动。始闻娇声唤婢，两女举烛至。视之，一幼妇耳。哀祈之。壮姑曰："我见来势猛，知是能手，果恶奴也。汝为寓主，谅害行旅不少，本欲杀却，如此庸奴，徒污我刀，且留汝为作恶者戒！"遂命一婢取药来，壮姑以刀割铁头脸上肉，缕缕成条，以药揉之，血立止。时天已曙矣，仆从叩门请。壮姑以足踢马臀，拔关而叱曰："速去领尔徒尸，在东墙下积薪内也！"从容启尹夫妇，登车而行。

马被踢，则手足已复旧，抱惭而窜。自此脸上皮条，终不复合，丝丝悬挂，若世俗所画狮子然。①

该篇中孙壮姑出身镖师之家，其父孙良武功高强，盗贼始终不能得手，深恨之。后有盗被捕，诬陷孙良为盗首。昌邑县钱尹查证实情后，释放了孙良。孙良为了报恩，送女壮姑为钱尹妾，钱尹婉言拒之。后钱罢官还原籍，孙良送女壮姑护送之。壮姑不仅武功高强，而且极为机警灵敏，其眼观六路，耳听八方，夜宿黑店，还未进店，便已警觉有异，进店后便从容安排，让黑店主人马铁头的打探者一个个有去无回，并一举击败马铁头并破其相，护送钱尹一家从容而去。

徐珂《倪惠姑护主杀盗》一文类似于《孙壮姑》，不再赘言。

这类女侠多是民间女侠，都是因父受恩，而被父亲当作礼品送与恩公报恩，女侠却无怨无悔，忠心思报。作者这样描写的目的是为了突出女侠的武功高强和知恩图报；但从另一角度看，这类女侠深受封建礼教的束缚，缺乏个性。在婚姻问题上他们表现出父权至上、逆来顺受的特征，女侠超凡脱俗的精神气质大打折扣。这类女侠除了武功高强、知恩图报，其他行事与传统良家妇女无异，折射出了清代部分文人的妇女观。

二、滴水之恩，涌泉相报型

如果说前一类女侠是因父受恩，替父报之；那么这类女侠则多因己受恩，

① 易军、陆林：《清代笔记小说类编·武侠卷》，黄山书社，1994年，第295-297页。

全力报之。乐钧《何生》（又名《了奴姊妹》）中的了奴姊妹即为此类剑侠。了奴姊妹本为紫兰宫捧剑侍者，因“窃戏西圃中，拔剑对舞，误伤守宫之鹤”[①]，被谪人间，专主豪侠之事。了奴姐姐女扮男装，游戏人间，因贫自晦，不为人识，独得何生相助。何生富而好义，客居金陵时见一少年貌美如女子，但衣衫褴褛，坐绳床，拥败絮。何生问其姓氏及何许人，不得而知。何生代交其房租，又赠以金钱，时常接济。后少年不知所去，所赠金钱如数留下。此少年即了奴姐姐女扮男装。了奴姐姐因受何生馈赠援助之恩，后多次为何生解厄。一为何生报仇。何生返家，遭乡里人诬陷，县官索贿至巨万，始得理，何生家破。后了奴姐姐令妹了奴暗中取诬陷何生的乡人与县官人头，为其复仇。二替何生解难。何生家破后游于洞庭之野，遇一红毛锯齿的巨兽相逼，正在无可逃匿之时，了奴姐姐飞骑而至，足钩兽鼻，巨兽狂吼而逃，何生得救。三赠何生飞剑，以之护身。可谓滴水之恩，涌泉相报，此篇通过多个故事连写，为我们塑造了两位生动鲜明的报恩女侠。此篇前半部分写了奴姊妹报恩，颇为精彩；后半部分写了奴姊妹相继嫁与何生，二女共侍一夫，女侠形象深受伦理束缚。特别是写了奴姐姐亲自教何生如何接近了奴，读之让人极不舒服，但笔者认为这是当时社会条件下男性作家一厢情愿的期望，体现了作者某种世俗心理甚至有些低俗的婚恋观。

管世灏《绳技侠女》中的董惠娘亦为一机智勇敢的报恩女侠，是这类女侠中最杰出的代表。惠娘为一绳技艺人。“盖槜李城南三十里，地名逻水，远近五十余家，凡四姓，曰董、姚、徐、沈。妇女悉工绳技，身轻似燕，体捷如猱，柳舞花飞，见者耀目。而董氏诸女，更以拳勇著。”[②]惠娘，即董氏女之一，幼习绳技，随母游于吴越间。卖艺途中，蕙娘母亲病重垂危，宜服参苓，无钱购买，曾得书生周鉴赠数十金。后来惠娘为报答周鉴，凭借自己的智慧与武功，帮助周鉴夺回未婚妻莲娘和莲娘的婢女秋霞，自己却深受重伤呕血而死。

书生周鉴赶考途中，借宿张氏家，与张家女莲娘两情相悦，约定婚姻。却遭到莲娘的叔父出林虎的反对，扬言“莲女非千金聘，不可得也”。莲娘母亲为此忧愤而死。出林虎力大无穷、蛮横霸道，又仗势欺人，为当地一霸。周鉴无法与之抗衡，怏怏离去。夜泊石门县界，愤不成寐。恰遇邻船绳技女惠娘割股救母，几至晕厥，周鉴便义赠数金，解其厄困。惠娘询问姓名，思有以报。后

① [清]乐钧著，辛照校点：《耳食录》，齐鲁书社，2004年，第212页。

② [清]管世灏：《影谈. 绳技侠女》，转引自薛洪绩，王汝梅主编《明清传奇小说集》（稀见珍本），吉林文史出版社，2007年，第437页。

周鉴陷于牢狱，惠娘欲救之；周鉴见惠娘将其手铐一拍即脱，知具神力，便道出前情，请求惠娘前去救未婚妻莲娘。时正值出林虎把莲娘卖与富户人家的大喜日子，惠娘凭借莲娘丢下的金钗混进了富户人家，救出莲娘，使之与周鉴团圆，喜结连理。后为了救婢女秋霞，惠娘通过打擂，打败力大无穷、穷凶极恶的出林虎，赢得秋霞，使得莲娘、秋霞姐妹团圆。蕙娘为报周生周济之恩，竭尽所能救出了莲娘、秋霞，但她却因打擂被出林虎伤及内腑，后呕血而死。该篇多个故事连写，塑造了一位既孝顺体贴又知恩图报，既机智多谋又武功高强的女侠形象，是一位非常出色的报恩女侠。

该篇行文流畅，情节曲折，结构严谨，是一篇写报恩女侠的上乘之作。小说尤其注重细节描写，处处突出女侠的机智多谋、心思缜密，其“营救莲娘”一段尤为精彩：

> 女曰：“事固易易，须得君书，彼方见信。”生解佩与之曰：“此莲之旧物，示之当喻。”女即辞生，至禾，将至张，见鼓乐喧阗，拥一彩舆出门而去。女知有变，急入内堂，一婢掩泣屏后，见女问为谁。女知为秋霞，遽问曰：“如今虎何在?”曰：“在寝。”乃低声谓曰：“余董蕙娘也，为周郎接取莲娘者。”问何据，出佩示之。秋顿足曰：“莲姊为虎所逼，已卖人副镇府矣。”曰：“愿否?”曰：“求死不得耳。”语未竟，忽闻舍后履声橐橐。秋曰：“虎至矣。”女即望空一跃，飞身墙外，虎昂首而出，未之觉也。秋正惊惶，女复跃入，谓秋曰：“计有所出矣。”曰：“何如?”曰：“莲娘临行，有何遗物否?”曰：“妆台无恙，恣取可也。”曰：“一二足矣。”乃与秋并入卧室，莲钩触处，钿响铮然，一金步摇也。秋曰：“此镇府聘物，想催妆时，众女扯拽，莲姊误堕于此。”女喜曰：“此天赐周郎也。得此已可直入镇府，馀无用矣。”女即至府，门者呵之。答曰：“虎使送步摇者。”见镇呈步摇。镇喜，留侍莲娘。女乘间示莲以佩，莲益悲咽不已。乃密语之故。莲问何时。曰：“非午夜不可。然不醉镇，恐不可脱，须善劝之。”遂具饮以俟。至夜客散，镇扶醉而入，莲酌巨觥以奉。女拨琵琶侑之，镇大醉而寝，女曰：“此其候矣。”即负莲飞越重垣，驾舟而遁。[①]

该段中有几个细节值得注意：一是前去救莲娘之前，向周生索要信物——

① [清]管世灏：《影谈·绳技侠女》，转引自薛洪绩、王汝梅主编《明清传奇小说集》（稀见珍本），吉林文史出版社，2007年，第437、438页。

莲娘送周鉴之沉香佩。后惠娘果凭此佩先后取得婢女秋霞和莲娘的信任，为营救莲娘铺平了道路。二是寻找莲娘出嫁遗物，拾得镇府聘物——金步摇。该物不仅成为惠娘进入镇府的通行证，而且以此取得镇的信任，让其侍奉莲娘，为接近莲娘和营救莲娘埋下伏笔。三是为莲娘献计——灌醉镇，午夜脱身。莲娘依计而行，忍辱弹奏琵琶，酌巨觥以奉，镇大醉而寝，惠娘得以顺利救出莲娘。小说将女侠惠娘营救莲娘的过程描写得非常细致，不再是简单的侧面描写。这三个细节的处理充分显示了女侠惠娘不仅胆识过人，而且细心、机智、勇敢。后面惠娘“打擂营救秋霞”也同样精彩，重点突出女侠的武功高强与以巧取胜：

> 乃与生共至演武场，观者万人。虎据垒呼曰：“某奉镇府命，设垒于此。愿角者登。”生促女击之。女曰：“未可。其气方盛，且莫试之，胜之不武。”未几，虎又如前呼。一伟丈夫应声而出，有识者曰：“此云中邓雄也，曾徒手搏虎，非此不足敌。”邓至垒前，一跃而上。虎佯退，邓乘虚疾入，至垒尽，虎蓦然蹲地，横腿一扫，邓即仰颠垒下。虎又呼如前。一人自垒后跃上，突将虎腰一揿，虎略闪，其人倒撞下垒。众哗曰：“此侍卫尚非所堪，虎固角而翼者也。”女谓生曰：“可矣。君先与莲娘归，妾当后至。”遂至垒前，问虎曰：“苟胜汝，何所获?”虎曰：“悬赏固在，汝不知耶?”女曰：“不愿得金，愿得秋霞为注。”虎笑曰：“秋犹金也。”即使呼秋，秋果即至。是时地形渐窄，观者愈多。女即飞身跃上，直扑虎胸，被虎向胁间尽力一推。女趁势一跃，如饥鹰脱鞲，直入云端。虎举首仰视，曒日晶莹，双睛瞀眩，略一瞅眼，女疾飞下，莲钩一举，直中虎颔而仆。女即扶秋解缆而去。①

此段中，周生催促惠娘出击，惠娘却沉着冷静，先观看出林虎与他人打擂，应是想摸清出林虎的套路，观察其破绽与优势长处。出林虎先后与两人比武后，惠娘认为时机成熟，飞跃上台，利用自己身体灵敏的优势，直扑虎胸，虎向其胁间一掌，她又趁势飞上云端，借助耀眼白日，疾飞而下，出其不意，狠踢虎之下巴，趁虎倒下片刻便解秋霞而去。如果硬拼，或许惠娘并不是出林虎之对手，于是惠娘采取了速战速决的“智”取形式，充分利用烈日眩目的外在条件和身轻如燕的自身优势，出奇制胜，从而顺利解救秋霞。这也充分显示了女侠惠娘的沉着、机敏与智慧。女侠惠娘初衷是为了报恩，为了对抗强暴，不惜牺

---

① [清]管世灏：《影谈·绳技侠女》，转引自薛洪绩、王汝梅主编《明清传奇小说集》(稀见珍本)，吉林文史出版社，2007年，第438页。

牲自己，接连救出莲娘和秋霞，也算是济困扶危、舍生取义的仗义女侠了。

另外，程趾祥《广寒宫扫花女》中的扫花女曾受郑生馈赠金银与惠识之恩，后退盗救郑生，并与之结为夫妇，以此报之；徐岳《借寓妇》中的妇人为报主人借寓之恩，勇退群盗；王韬笔下的粉城公主曾受任生赠药续骨重生之恩，后赠婢女相报，为任生解除盗难；邱小娟饥荒年流落浔阳，曾受乐崇道千金相助返故乡，后邱小娟为乐崇道解除牢狱之灾，等等。

侠士解人之厄，羞谈回报；但受人于恩，必图回报。这类女侠充分体现了侠士知恩图报的优秀品质。但纵观清代文言小说中报恩女侠，很多报恩过程中都夹杂有“以身相许”的爱情婚姻故事，故不少篇目以身相许也算是报恩女侠报恩的一种方式，如了奴姊妹、广寒宫扫花女、邱小娟等均是如此，即使是替父报恩的女侠，送与恩公作为侍婢或小妾，实质也是以“以身相许”作为报恩的基础。所以清代文言小说中报恩女侠与唐小说中报恩女侠最大的不同点就是伦理色彩浓厚，体现了清代女侠伦理化的倾向。这类女侠中塑造得最为出色的当是管世灏笔下的董惠娘，不仅突破“以身相许”的报恩模式，而且多个故事连写，故事情节曲折，人物形象丰满，悬念叠生，引人入胜，是这类女侠中最优秀的篇章。

第四节 侠情结合型女侠

所谓“情侠”，是指在行侠过程中勇于追求爱情的侠客，即“侠”“情”充分融合。在清代之前的文言小说中，文人笔下的女侠主要以“复仇”“报恩”“仗义”三种类型为主，所谓“情侠”为数不多，实属凤毛麟角。唐传奇《虬髯客传》中的红拂妓，因见李靖胸怀大志，便勇舍“尸居余气”的杨素而夜奔李靖，并助李靖建功立业，可谓开女性“情侠”之先河。聂隐娘指磨镜少年为夫，贾人妻邀王立至家亦多被评论者认为是自主择婚的代表。之后宋元明时期，随着理学的兴起并走向兴盛，这类敢于追求爱情并超越世俗的女性“情侠”形象在文言小说中几乎绝迹。这一时期文言小说中女侠形象活动的环境开始由广阔的社会转向家庭，多贯以贤妻良母的“贤淑”之德，如贤淑持家的侠妇人、解询妇、丈夫至上的张训妻等。即使偶有涉及爱情描写的女侠，也充满了伦理色彩，如《花月新闻》中的女剑仙因钟情于姜秀才，勇敢抛弃前任而从姜氏，前任前来寻仇，其不畏强暴，与其恶斗，以维护姜氏一家，可谓一勇于追求爱情之情侠；但小说大量的篇幅是在渲染女剑仙谨遵礼教，甘愿为妾，侍奉婆母，相夫教子，封建伦理气息仍然非常浓重。

清代，理学仍居统治地位，仍是一个重封建礼教、讲伦理道德的时代，但受明末个性解放运动的影响，文人们将个性解放思潮与官方倡导的封建伦理观念有机调和，使塑造出来的女侠形象具有新的特点：一方面赋予女侠勇于追求爱情的个性，如《吴女诛仇》中蔑视富贵、自主择婚的吴女；吴炽昌《秦良玉遗事》秦良玉钟情于“贫而好学，美秀而文”的马生，便携手而归，言只求同心者，富贵不足道耳。另一方面一些女侠始终不超出一定的伦理范围，一些文人在一种矛盾中展现女侠对爱情的追求。如《了奴姊妹》中了奴姐姐钟情于何生，一路主动相助，并主动以身相许；但最终还是姐妹共侍一夫的结局。包括大量叙写侠情小说的王韬，其笔下的情侠形象亦有“二女共侍一夫”的情况，如倩珠、剑气白如虹等。但总体来看，清代的女性情侠形象的塑造比较出色，比之前代情侠形象的塑造具有较大的超越与创新，主要体现在两方面：一是在比武招亲结构模式中体现女侠追求爱情婚姻的自主性，而这一结构模式对后世武侠小说影响深远；二是晚清王韬塑造了大量女性情侠形象，“武”“侠”“情”三位一体，高度融合，对 20 世纪侠情小说的风靡具有一定的先导作用。

一、“比武招亲”结构模式中的女性情侠形象

清代文言小说中有一类比武招亲的女侠，所谓“不打不相识”，在打斗较武中选择佳婿，是清代文人塑造女性情侠的一种常见模式。

宣鼎《筝娘》中的筝娘是这类女侠中代表之一。筝娘为一卖艺女子，善角觝戏，在作者笔下，可谓是色艺双全，大家富儿皆为之惑：

> 西之眉，南之脸，有态必俊，无词不温，大家富儿咸为之惑。然筝娘颇庄重，语稍亵，即翩然去，不可狎也。其翁教以运气吐纳诸术，能翘纤足作商羊舞，飞行突上柳梢头，不为之堕，堕亦三跃而下，从不假纤手挽柔条，轻借力。盖其力均运于两足故而。[①]

筝娘虽然身份低贱，但容貌俊美，谈吐温雅，洁身自好，无人能狎。跟随父亲，大江南北卖艺，为父挣得家资数万。然“儿大终聘妇，女大终适婿”。在父亲的张罗下，筝娘开始比武招亲，翁云：“吾儿挺然立，不拘贵贱，不计老少，

① [清]宣鼎：《夜雨秋灯录》，上海古籍出版社，1987 年，第 598 页。

不分妍媸，能有以两手抱之离地寸许者，即以女妻之。老子飘零所不悔也。然吾儿处子，不轻易与人近，请先掷银五两。不能抱之起者，银徒入吾橐。有好男子请登场一角，无失时机。”[①]。父亲在女儿比武招亲前这段开场白已经说得非常明确：比武招亲，不拘贵贱，不计老少，不分妍媸，只比一样，谁的力大耳。女立场中，稳如泰山，凡以臂力、武力著称的武夫、将军等趋之若鹜，但无人能奈何。一年多尚无人能赢。后有书生宓云郎，“依嫠母以活。年十七，新为博士弟子，人均以贫轻之，不愿与以女。虽翩翩俊宇，而落落尘寰，尚无中馈。书室短牖面水，开窗见女颜色久矣，心虽爱怜，徒惭绵薄。”[②]后在一高僧的指点下，以脉脉含情的双目注视之，女因情动而不能运气，云郎趁机将女抱起，得娶筝娘。此段描写也极为有趣：

> 生潜遵所教，留母与公闲话，自以金往。翁见之，笑曰：“秀才文弱，只好抱三尺婴。若抱吾儿，不怕闪折臂耶?”生笑曰：“试为之，不过弃其金耳。”曰：“秀才家财物来不易，勿以训蒙之资，浪作聘妇之值，须珍重。”曰：“何翁之奚落人也。”徐徐至女前，二目相视，秋波莹莹，乃屈一足跪地，采芹摘藻之手，微拢其裾下双弯，不遽用力，惟以俊眸斜睇，放示以情。女初颇沉沉，既而颊微赭，已而樱遽绽，嫣然一笑。生即蓦地抱之起矣。市人喝彩，轰然曰：“不意如此俊雕，竟落于穷措大手。”翁色沮，以为儿女良缘终有天定，实不知长老之预设神机也。[③]

筝娘本是比武招亲，然趋之若鹜的善武者无能奈何，但一文弱书生却能胜之，何也？“缘芳心一动，即着不得些子力耳。”即书生为何能抱起筝娘，实际是因为筝娘对书生心动而已。从这里可见，女侠虽然想通过比武招亲寻找志同道合者，但女侠并不以此为唯一条件，而是以此为契机寻找自己的如意郎君。故即使是手无缚鸡之力的文弱书生，女侠心动后，也能胜之。无独有偶，王韬《仇慕娘》中貌美艺高的仇慕娘，比武选婿，也同样是这样：

> 卫文庄，保定人，少读书甚颖敏，三年而诸经毕诵，父师俱以远大期之。及习帖括，竟不能成文，苦加督责，则愤然曰：“此等恶劣文字，几如犬吠驴鸣，乃强使人把卷吟哦，执笔摹仿，宁死不能学也!”师奇其言，然以其资异，不忍遽令辍业，委曲劝谕而已。翌日，卫忽逃去，不知所之。

① [清]宣鼎：《夜雨秋灯录》，上海古籍出版社，1987 年，第 598 页。
② [清]宣鼎：《夜雨秋灯录》，上海古籍出版社，1987 年，第 599 页。
③ [清]宣鼎：《夜雨秋灯录》，上海古籍出版社，1987 年，第 599 页。

十年始归，体貌瑰伟，丰神清拔，与人谈，悉玄妙之理，间及剑术。父母诘其向在何地，秘不肯言。自此，遂以拳棒家自名，师之者户外屡满。

一日，忽有少林僧来访，极道企慕。言次，因问卫婚未?卫曰:“远出甫归，无暇及此也。僧曰:“适自秦中来，西安有一奇女子仇慕娘，国色也，精晓各技，秦中无与之敌者。特标于门曰:‘有角艺而胜者，愿奉箕帚。’小僧颇欲得之，恐不能胜，愿与君偕行，不胜，则君继之，未知姻缘簿为谁如意珠也?”卫笑诺之，遂策蹇俱去。

既抵西安，往诣仇舍，则崇闳广厦，宛然世家。及见慕娘高髻淡妆，姿容绝代，二婢捧剑而侍，请卫更衣。卫揖僧先，窄袖蒙首，蹑屣而前。女见僧至，双颊微酡，颇有愠色，翩然入内，久之始出。谓僧曰:“来!”僧奋拳猱进，女稍偏以避之。僧左女右，僧右女左，腾挪数四，女起一足，适中僧股，颠去尺有咫，呻吟倒地，已不能行。卫趋视之，骨已折矣。女笑曰:“秃奴破戒，宜受此苦。”因请卫角，卫遽飞剑及之。女笑不言，从容向侍婢取剑相迎，纵横挥霍。顷之，但见寒光万道，莫辨女影。卫方欲尽技敌之，女忽收剑曰:“君胜我矣。”女父出款卫，留宿斋中，以践姻约，而送僧于逆旅。卫合卺后，伉俪甚笃。闲时，卫谈及僧曰:“此衲子拳法甚高，已臻少林绝技，何以遇卿乃创之甚也?”女曰:“妾师所教，惟有一法，可以破彼。曩妾入内易履，苟一着足，无不立殒。”因视履内，莹然三寸许匕首也。

后卫从军蜀中，积功至太守，分治重庆，携眷赴任。偶与慕娘并游锦鸡坊，登亭眺览，忽见少林僧同一老和尚至。老僧碧眼方瞳，眉长寸许，手爪若麻姑。谓慕娘曰:“婢子无知，擅伤吾弟，今日汝命恐不得逃。”瞥吐双丸，直射慕娘。慕娘凛然寒噤，但觉周身冷若冰雪。须臾，老僧曳杖竟去，卫与慕娘若丧魂魄，匆匆乘舆归衙。迨夜卸妆，则鬓发尽落，若刀剃然。及解罗襦，则红抹胸划然中断，方知老僧剑侠高手也。因与卫向空顶礼，始得无恙。后卫细访颠末，方知老僧固与其师同门也。[①]

篇中仇慕娘貌美艺高，比武招亲。少林僧与卫文庄一同前往。少林僧拳法甚高，已至少林绝技，如果硬比，也许女并非其对手，但为何在比武中会败下阵来？只因女心里恶之。故入室换法鞋，鞋内藏匕首，以术重伤少林僧，少林

① [清]王韬:《后聊斋之一　遁窟谰言》，河北人民出版社，1991 版，第 43 页。

僧败走。后英俊魁伟、丰神清拔的卫文庄上台，二人斗剑，难分难解，卫正想竭尽所能以敌之，女却突然收剑，宣布卫文庄胜利。何也？实女钟情于卫文庄，故主动收剑，情定卫文庄矣。

徐珂《僧碎某氏女胸前镜》中貌美拳精的教师女，比武招亲，与仇慕娘亦颇为相似。某教师以拳勇而称誉衡湘间。教师有女，颇有姿色，教师尽其技授其女。女有约："必得技如己者而后嫁焉。"[①]其父逝世后，女便张榜比武招亲。远近前来百余人皆不是女子对手。后有一少林僧前来比试，技在众上，但女心恶之；故在比试时故意鞋头著铁，狠踢僧胸，僧险些毙命。从而导致三年后，僧来复仇，碎女胸前镜。但后来一武举前来比武，武举技不如女，但女见其为美少年，心遂属之，故意退避三舍，招之为夫。该篇中少林僧与《仇慕娘》中的少林僧一样不守僧道，尽管技在女之上，但由于女恶之，女皆想方设法使之败，而对技不如己的武举，由于心甚爱之，则故意退避认输，招之为夫。

所谓比武招亲，"武"诚然是首当其冲。从上面几位比武招亲的女侠可知，"武"已开始成为部分女侠追求志同道合爱情的条件之一，但女侠又并不以此为唯一条件，而是以此为契机挑选自己的如意郎君。筝娘被深情款款的云郎打动，故不能运气，被云郎抱起；仇慕娘在较剑中钟情于卫文庄，便主动收剑认输，招之为夫；教师女技在武举之上，因心爱慕，便故意退避认输，情定武举。而那些技在女上的心术不正之辈，因女恶之，即使是狠命使术亦要想方设法使其败之。这些都说明"比武招亲"实质只是一个幌子，"武"亦只是一个由头，女子只是想以此机会来寻求情投意合者，从某种程度上体现了女侠追求爱情婚姻的自主性。

宣鼎的《谷慧儿》塑造的仙侠谷慧儿是一勇敢追求董韶秀的爱情典型，但其爱情故事最终还是借"比武招亲"这个结构为幌子。扬州董韶秀以"神童"闻名，美男子，择偶甚为苛刻，只求中意人，不以门第论，"以故年冠犹独居也"。谷慧儿随父卖艺至扬州，善演戏术，"貌艳冶，弄盆子，唱《鹧鸪》，舞《柘枝》，观者如堵墙，无不喝采。尤能纤足绳上行，耍《浑脱》浏亮，令人想公孙大娘。"[②]谷慧儿在托盘索戏值时，瞥见杂于人丛中的美男子董韶秀，"如鸡群鹤立，凝睇不忍去"，而"生亦爱其美，溜眼波焉"。二人可谓一见钟情。接下来，谷慧儿便开始主动发起一波又一波的热烈追求，使一心追求爱情的董韶秀反而显得懦弱：

① [清]徐珂：《清稗类钞》，中华书局，2003年，第2996页。
② [清]宣鼎撰，项纯文校点：《夜雨秋灯录》(上)，黄山书社，2014年，第173页。

少时，生渴思饮，女于百步外遽掷樱桃入生口，屡掷屡中，如弹无虚发。市散观止，生茕茕步芳郊，女突于身后牵衣问姓名居址，详告之。又以绣帕裹樱桃百颗赠生，且曰："郎于夜静，曷过我寓庐清谭。"生应之，而终怯物议，明日再演，不敢往。旋有媒妁诣晟告曰："戈叟爱贤郎英发，愿以息女奉箕帚。"晟却之，生不知也。[①]

这里，谷慧儿的追求可谓大胆主动，先是掷樱桃与董生之口，接着尾随董生至芳郊牵衣询问其姓名地址，然后以绣帕裹樱桃赠董生，最后还主动约其晚上来家清谈。这一系列的行为，在男女授受不亲的封建社会，可谓有伤风化，更是为父母之命媒妁之言所不容。但在这里对于流转于江湖的谷慧儿，却显得是那样自然、真诚、热烈而大方，什么伦理纲常全不在话下，体现出了与当年红拂女夜奔李靖的勇敢与大胆。面对谷慧儿的热烈追求，董韶秀反而显得拘谨懦弱，终因怯人议论而不敢往。对于董的顾忌与退缩，女又很快求媒妁前往说亲，却又遭到董生父亲的拒绝。

以上算是谷慧儿的追求董韶秀的第一回合，暂以失败而告终。但谷慧儿似乎并不气馁，一年后，重返扬州，开始了第二回合的追求：其高调设擂台，比武招亲。每晨先鼓吹，再丝竹迭奏，女方登场，每每在台上弹铗而歌，歌曰：

怕逐杨花结阵飞，好花莫当野蔷薇。蔷薇花好刺伤手，郎若无情妾自归。

水上清风天上月，云际鹣鹣波底蝶。不为卿卿我不来，好花欲折何妨折。[②]

两首民间歌谣通俗易懂，表面是比武前的开场歌，实为一而再再而三向董生表露心迹，以引起董生的注意。董生最终心动而前去打擂，打斗中女佯败认输，二人终成眷属。谷慧儿追求爱情的主动大胆、率真而执着，在文言小说中很难有女性可与之相媲美。

洞房之夜，董生大醉，梁上君子觊觎女子嫁妆丰厚而入室盗窃，抬巨箧登屋而逃，谷慧儿抽刀登屋，只身逐盗，夺回巨箧，并割盗首双耳以示惩戒；后盗贼来寻仇，人马众多，来势汹汹，"举村欲徙，女不可"，她又"智取"群盗，她以颓败的刘厉王庙为阵地，带领村人巧妙布置，星罗棋布，布下阵法；引贼

---

① [清]宣鼎撰，项纯文校点：《夜雨秋灯录》(上)，黄山书社，2014年，第173页。

② [清]宣鼎撰，项纯文校点：《夜雨秋灯录》(上)，黄山书社，2014年，第174页。

入阵后，施用法术，阴风暴雨，瓦砾横飞，击碎贼首，贼乱，自相践踏，最后全部被官兵所擒。在日常生活中她也处处慷慨助人，“时以钱米周人急，艳名贤声，溢于桑梓”。这说明谷慧儿不仅重情重义，勇敢追求爱情，还是一位智勇双全、救人厄困的女侠，集侠骨与柔情于一身，是塑造得比较成功的情侠形象。正如文末懊侬氏曰：“竿木家儿有仙材欤？怜香掷果者情也，飞行跳荡者侠也。侠得情而愈灵，情以侠而始真，然后慕寥廓之空，操吐纳之术，情亦仙，侠亦仙也。”[①]最后谷慧儿与董生更行装，“将往游太行”，超凡脱俗，远离尘嚣，不知所踪。

二、王韬笔下“武”“侠”“情”三位一体的女性情侠形象系列

在清代文言小说中，塑造侠情结合的女性情侠形象最多且质量最高的是晚清的王韬，他的侠情小说尤引人注目。王韬《遁窟谰言》《淞隐漫录》和《淞滨琐话》三部文言小说集中，涉及女侠爱情的描写篇目很多，如《仇慕娘》《女侠》《倩云》《女侠》《任香初》《李四娘》《剑仙聂碧云》《姚云纤》《倩云》《徐笠云》《盗女》《邱小娟》《剑气珠光传》《江楚香》等。这些侠情小说构思奇幻，情节曲折，语言生动，“武”“侠”“情”三位一体的特色尤为突出，对前代文言小说中情侠形象的塑造具有较大的超越，对20世纪侠情小说的迅猛发展具有筚路蓝缕之功。王韬的侠情小说具有两大特点。

（一）女侠主动追求爱情的精神实质

赋予女侠勇于追求爱情的个性，重视女侠内心情感的变化，是王韬侠情小说的主要精神实质。王韬深受西方文化影响，思想进步，主张男女平等、妇女解放等进步思想，其笔下的女侠形象多情感细腻，主动追求爱情。这类情侠中，塑造得最为成功的是《女侠》中的剑侠程楞仙和《剑气珠光传》中剑气白如虹。

女侠程楞仙“仪态万方，天然妩媚”，是五台山铁脊禅师之徒，“时于口中吐剑，指上出丸，取人首于十里之外”。大师兄法显，“双丸一剑，冠绝古今，恐天下罕其敌手”。法显“艳女美，欲得为世外眷属”。女闻之，“衔恨刺骨，思有以报之”。后女邂逅铁脊禅师又一弟子潘叔明，二人在较剑打斗中知师出同门。女爱潘英雄儒雅，便主动预约，与其成婚。婚后，女日以秘法授生，准备与法

① [清]宣鼎撰，项纯文校点：《夜雨秋灯录》（上），黄山书社，2014年，第177页。

显斗。法显知女嫁潘，大为恼怒，即下战书。大意为恋女已久，若女能秘密与他结喜缘，他则化身十万金铃，常护名花，永不相犯；若女恋他人，则将于刹那间取女头颅于衽席之上。女愤焰中烧，与潘周密安排，相约法显斗剑于相国寺。后女隐形于潘生体内，在潘生与法显斗得正酣时，化作利剑，径入僧口，六十日后，法显死，女乃还[①]。女侠程楞仙不畏强暴，自主择夫，机智勇敢地对抗天下无敌手的荒淫师兄，追求自己的爱情幸福，是文言武侠小说中塑造得最为出色的女性情侠形象。作者对女侠倾慕潘生、主动预约、留有余情的过程描写比较细致。送潘生离开后，女侠深夜悄然赠金送信的一个片段：

> 及旦，于枕函下得匕首一具，白金五十两，题曰“赆仪”，下注云：“戋戋者聊为一醉资。明岁南旋，自当敬迓道左，同作白门之游。”生始知女术远出己上，特以渊源一派，故留余情耳。[②]

这可看作女侠主动追求潘生的方式与见证，女侠倾慕潘生，不便直言，于是通过书信主动预约白门之游，这在礼教森严的清代算是勇敢之举，大胆而又不失含蓄，真诚中透露着害羞，展现了女侠丰富细腻的情感世界。故作者在行文中都不由自主感概道：“特以渊源一派，故留余情耳”。该篇首开师兄妹三角恋情之先河，这种嫉妒成仇的情节模式，亦多为后世武侠小说所借鉴。

如果说剑侠程楞仙是一位敢于与强暴抗衡而追求爱情的女侠形象，那么《剑气珠光传》中剑气白如虹则是一位敢于抵制父母之命而追求爱情的女侠形象。剑气白如虹与珠光随照乘，“两小无猜，极相怜爱”。剑气白如虹自幼作男装，“长身玉立，眉目如画，涉及猎书史，谈吐颇隽雅，能挟弹中飞鸟，舞刀槊，工击刺”，“逆旅妇人，争相媚悦”，无有知其为女者。珠光随照乘，三代单传，“延师教之徒，绝慧，一目十数行下”，“世族争欲婚之”。后来剑气随父外出经商，多年无音讯。珠光始终不婚，言必是如虹为配。后珠光借进京赶考，持虹之玉佩寻访虹之下落；终寻得虹父，乃知虹月前被父“逐令南归”，已附舟归乡。原来虹随父经商，父另娶妇，妇“有子与虹年相若，妇见如虹美，怂恿白翁，欲与女为媳。虹不愿，梗父命，子乘间调之。女怒掌其颊，阖屋宣呶，邻里知之。”女忤逆父意，父令附舟归依母，于是买舟回故乡，寻找珠光。剑气珠光相互寻找，几经曲折，终成眷属[③]。小说以剑气珠光的爱情为主线，情节曲折，悬念

---

① [清]王韬撰，王思宇校点：《淞隐漫录》（卷四），人民文学出版社，1999年，第168-172页。
② [清]王韬撰，王思宇校点：《淞隐漫录》（卷四），人民文学出版社，1999年，第170页。
③ [清]王韬撰，寇德江标点：《淞滨琐话》，重庆出版社，2005年，第121-125页。

迭起，引人入胜。女侠白如虹武功高强，英姿飒爽，在渡海南旋途中，女扮男装，仗义除盗，义救林氏母女，并护送归父署；才子珠光才华横溢、情深意重，二人爱情专一，不懈追求，终成艺林佳话。剑气敢于抵制父命，勇敢追求爱情，是王韬笔下又一位塑造得非常成功的情侠形象。男女主人公悲欢离合、几经曲折，在寻找对方的路途中行侠仗义的情节模式，也被后世武侠小说多为借鉴。

此外，在王韬的其他篇目中，《剑仙聂碧云》篇中聂碧云主动随士人成夫妇，《江楚香》中出身于拳棒名家的江楚香，“必求素有侠名者方许结同心”[①]，后情定豪富杨生；《姚云纤》中绿林女杰吴绣鸾自主选夫卫文庄；《倩云》中盗侠倩云主动追求秦雨衫，《任香初》中山中女侠应梦追求任香初等，都体现了女侠敢于追求爱情、自主择婚的主动精神。

王韬笔下的女侠勇敢追求爱情，回归女侠作为女人的本性，体现了作者的进步思想。但令人不解的是，一些小说的篇末往往又栽上一个“二女共侍一夫”的尾巴。如剑气白如虹回乡途中，女扮男装，义救遇盗的林氏母女。林氏感恩，许女兰宾于剑气。而剑气虹本为女身，故虹母便顺水推舟，将兰宾转许于珠光，约定三年后迎娶。《倩云》中倩云主动追求秦雨衫，但文末倩云仍主动劝雨衫纳师妹幼鸾为妾，还以姊妹称，不分嫡庶。这样的描写使女侠超越世俗的色彩有所减弱，表现了王韬思想深处的矛盾性。

考察王韬的生平经历，王韬这种思想的矛盾性并非偶然。王韬生活于晚清时期，正是中国社会由传统向现代转型的特殊时期。1845 年，王韬考取秀才。1849 年受英国传教士邀请前往上海墨海书馆工作，初步接触西方文化。1862 年因上书太平天国被清政府通缉而逃往香港，进一步了解了西方文化。1867 至 1868 年漫游法英等国，19 世纪中叶的西方现代文明使他眼界大开，对西方文化有了更深刻的了解与认同。王韬是较早走向世界的学者，广博的社会阅历加速了他从传统向现代的转变，成为积极倡导学习西方、变法以自强的近代资产阶级启蒙思想家。故其小说中多宣扬男女平等、一夫一妻、妇女解放等思想，其笔下巾帼不让须眉、大胆追求爱情的系列女侠形象正是这种进步思想的体现之一。但是，毕竟王韬早年接受的是封建正统教育，传统文化对他的濡染熏陶使他在向现代化迈进的过程中显得矛盾重重，难免会有保守落后的一面。基于此，我们对其笔下女侠大胆追求爱情但又未能超越 “二女共侍一夫”的尴尬结局似乎也并不难理解，这是王韬矛盾心态在小说中的真实写照，也是这一特定时代

① [清]王韬:《遁窟谰言》，河北人民出版社，1991 年，第 11 页。

文人文化心态和价值观念的折射与反映。

（二）以“武”结缘的情节模式创新

不打不相识，以武结缘、伉俪情深、患难与共是王韬侠情小说的重要情节模式。如《女侠》中貌美剑精的程楞仙与英雄儒雅的潘叔明在较剑打斗中一见钟情，女爱潘生儒雅，便主动预约成婚；后夫妻情深，共研剑术，齐心协力击毙荒淫师兄。《仇慕娘》篇中“姿容绝代”的仇慕娘比武招亲，与心术不正的少年僧比武时，鞋尖藏刀，愤恨怒踢，绝不容情；与“丰神清拔”的卫文庄较剑时，主动收剑，情定卫文庄；后伉俪甚笃，老僧前来寻仇时夫妻二人不能敌，赶紧“向空顶礼，始得无恙”[①]。《倩云》篇中秦雨衫夜入盗窟遭遇倩云，较剑打斗中秦雨衫不敌倩云，主动拜倩云为师，终至鸾凤和鸣；后夫妇合谋，智离盗窟，全身远害，化险为夷。《邱小娟》篇中邱小娟与乐崇道较武，乐崇道欲举起小娟，小娟“嫣然一笑，纤腰略转，崇道已蹲地不起”[②]，乐自知不敌，拜女为师，后几经曲折，终成伉俪；返乡后夫妻二人组织乡邻勇退巨盗，保一方平安。《李四娘》篇中剑侠李四娘与前来复仇的剑客倪生在打斗中结缘；后夫妻合力剿匪平乱，为民造福。这种打斗与“比武招亲”模式中打斗又有所不同。一般是在故事发展中男女侠客狭路相逢或者短兵相接中自然发生的，先为敌，后在打斗中惺惺相惜，相互倾慕，产生爱情。如果说“比武招亲”模式是有意为之，那么这种打斗的产生纯属偶然，完全与故事情节融为一体。

一些篇目虽然男女双方不是在较剑打斗中相识，但也多因“武”结缘。即男女侠客多以“武”擅长，由此而相互倾慕，志同道合，结为伉俪。如《剑仙聂碧云》篇中聂碧云“能飞剑取人首级于十里之外”，士人善吹铁箫，聂碧云见其用箫杀不孝子，二人相互注目甚久，聂主动曰：“余尚无偶，愿随子”[③]遂为夫妇；后夫妻配合，苦寻定海神针、降魔真杵、炼影神镜三宝，勇战毒龙，九死一生，终获大胜。《盗女》篇中吕牧“能于百步外飞槊击人，百不失一”[④]，深得盗首虬髯翁赏识；之后才有虬髯翁将女倩珠许配为妻，二人弹琴舞剑，伉俪之笃，有若漆胶；后倩珠劝夫离盗窟，免遭仇家灭门之祸，并助夫建立功业，位至江西提督。《徐笠云》篇中出生于武世家的徐笠云因射伤一兔而追踪，遇山

---

① [清]王韬：《遁窟谰言》，河北人民出版社，1991年，第43页。
② [清]王韬撰，寇德江标点：《淞滨琐话》，重庆出版社，2005年版，第68页。
③ [清]王韬撰，王思宇校点：《淞隐漫录》（卷六），人民文学出版社，1999年，第255页。
④ [清]王韬撰，王思宇校点：《淞隐漫录》（卷四），人民文学出版社，1999年，第183页。

中女剑侠，拜女为师，女悉授其剑术、内功，也生出一段情缘。

男女双方因“武“结缘，在“武”的较量中，女子的武功往往高于男子，对爱情的态度也较男方积极主动，她们既英姿飒爽，又柔情似水，可谓刚柔相济。王韬这种“不打不相识”，伉俪情深，共同行侠的情节模式成为后世武侠小说常见的爱情模式。

在王韬之前一些涉及“情”的文言武侠小说，大多模式是女侠助文弱书生（包含以身相许或者延子嗣的方式），比如《文叔遇侠》《花月新闻》和蒲松龄《侠女》等，突出的是文弱书生的奇遇和女侠的神秘。而王韬的侠情小说模式多体现的是侠与侠相见，惺惺相惜，相互倾慕，共同行侠。这与清代白话长篇武侠小说的“侠情”模式似乎有些相似，但实质区别甚大。如《三侠五义》《施公案》等写情侠，以男侠为中心，与女侠结合的主要模式是“美人+帮手”。陈平原先生曾评价说：“从‘女人祸水’到‘妻子有用’，这固然是一大进步。可女侠只是男侠的‘帮手’而不是‘情侣’。作家只对他们结合的社会效果感兴趣，而不关心他们各自的感情变化。”[①]《三门街》《儿女英雄传》等侠情小说以女侠为主，但女侠几乎成为伦理说教的传声筒。王韬的侠情小说摈弃了大量的封建说教，突破了“美人+帮手”的模式，女侠不再是礼教的传声筒，也不再仅仅是男人建功立业的帮手，小说重视侠客对“爱情”本身的追求，重视侠客特别是女侠内心情感的描写，语言生动，清新自然，努力追求武、侠、情三位一体的艺术效果，侠客形象鲜明生动。

王韬的侠情小说，不仅注重侠客“情”的描写，同时也注重侠客“武”的精彩展现。“武”是侠客行侠的重要手段，通常也是男女侠客相识相知的媒介；“武”是一种富有美感的外在表现形式，通常也是一种精神、一种文化。王韬笔下女侠“武”的展现精彩纷呈，如弹无虚发、勇敢退盗的江楚香，力大无穷、巨瓮如飞的邱小娟，善使胡家棒法的胡嫣云等；但纵观王韬侠情小说，笔下的情侠大多是剑侠，如剑侠程楞仙、倩珠、聂碧云、李四娘、倩云、粉城公主、姚云纤等都剑术高超，极富美感。后文在第四章将对女侠的武功作详细论述，此不赘述。

梁羽生曾说“‘武’、‘侠’、‘情’可说是新派武侠小说鼎足而立的三个支柱”，所说的“情”专指男女侠客间的爱情。梁氏以为此“情”乃五十年代以后港台武侠小说家的专利，但陈平原先生追根溯源视其“为三十年代以来武侠小说发展的新趋势”[②]。但我们纵观王韬的侠情小说，实际已经达到“武”“侠”“情”三位一

① 陈平原：《侠情义胆英雄志——清代侠义小说论》，载《文艺评论》，1990年第3期，第57页。
② 陈平原：《侠情义胆英雄志——清代侠义小说论》，载《文艺评论》，1990年第3期，第58页。

体的艺术效果，奠定了侠情小说的基本品格。这比之陈平原先生所说的20世纪30年代武侠小说早了差不多半个世纪，因此笔者认为王韬的侠情小说对20世纪侠情小说的发展具有重要的引领作用，在武侠小说史上应具有不可磨灭的贡献。

综上所述，清代文言小说中的女性情侠形象数量众多，使唐代以来凤毛麟角的女性情侠形象从数量上得到了大大的充实；而女侠“比武招亲”结构模式的开创，“武”“侠”“情”三位一体的女性情侠形象的塑造，对后世武侠小说中女性情侠形象的塑造具有重要的先导作用。

第五节　较武称雄型女侠

清代武侠小说中，侠客比武称雄的作品开始大量出现，武术的描写日益精彩，侠的品格也得到了多元化的展现。在这些侠客称雄、较武打斗的武侠小说中，往往不乏巾帼不让须眉的女侠形象。她们有的豁达谦让，退避内敛，体现出高尚的武德风范；有的锋芒毕露，主动请战，个性张扬。这类作品纯粹是切磋武艺，一决高下，或为扬名，或为不服，对后世武侠小说中塑造种种称雄天下的女侠形象有一定的影响；这类作品虽然女侠的侠性表现有些不足，但不少作品蕴含了深刻的武学哲理，是对唐传奇中武学哲理型女侠的大力发展。

一、豁达谦让型

这类女侠，多武功高强，但隐而不显、豁达谦让，表现出退避内敛的武德修养。如蒲松龄《武技》中的少年尼、徐珂《清霜襟剑》中的清霜女、徐珂《某夫人击周伯脑》中的某夫人等是这类女侠中的出色代表。

首先来看蒲松龄的《武技》：

武　技

李超，字魁吾，淄之西鄙人，豪爽，好施。偶一僧来托钵，李饱啖之。僧甚感荷，乃曰：“吾少林出也。有薄技，请以相授。”李喜，馆之客舍，丰其给，旦夕从学。三月，艺颇精，意甚得。僧问：“汝益乎？”曰：“益矣。师所能者，我已尽能之。”僧笑，命李试其技。李乃解衣唾手，如猿飞，如鸟落，腾跃移时，诩诩然交叉而立。僧又笑曰："可矣。子既尽吾能，请一角低昂。"李忻然，即各交臂作势。既而支撑格拒，李时时蹈僧瑕；僧忽一脚飞掷，李已仰跌丈余。僧抚掌曰："子尚未尽吾能也!"李以掌致地，惭沮请教。又数日，僧辞去。李由此以武艺名，遨游南北，罔有其对。偶适历下，见一少年尼僧，弄艺于场，观者填溢。尼告众客曰："颠倒一身，殊大冷落。有好事者，不妨下场一扑为戏。"如是宣言者三，众相顾，迄无应者。李在侧，不觉技痒，意气而进。尼便笑与合掌。才一交手，尼便呵止曰："此少林宗派也。"即问："尊师何人?"李初不言。尼固诘之，乃以僧告。尼拱手曰："憨和尚汝师耶?若尔，不必较手足，愿拜下风。"李请之再四，尼不可。众怂恿之，尼乃曰："既是憨师弟子，同是个中人，无妨一戏。但两相会意可耳。"李诺之。然以其文弱故，易之；又年少心性喜胜，思欲败之，以要一日之名。方颉颃间，尼即遽止。李问其故，但笑不言。李以为怯，固请再角。尼乃起。少间，李腾一踝去，尼骈五指下削其股；李觉膝下如中刀斧，蹶仆不能起。尼笑谢曰："孟浪迕客，幸勿罪!"李舁归，月余始愈。后年余，僧复来，为述往事。僧惊曰："汝大卤莽!惹他何为!幸先以我名告之；不然，股已断矣!"

王阮亭先生云："此尼亦殊踪迹诡异不可测。"又云："拳勇之技，少林为外家，武当张三峰为内家。三峰之后，有关中人王宗。宗传温州陈州同。州同，明朝嘉靖间人。故今两家之传，盛于浙东。顺治中，王来咸，字征南，其最著者，鄞人也。雨窗无事，读李超事始末，因识于后。征南之徒，又有僧耳、僧尼者，皆僧也。"①

该篇中曾学艺于少林僧的李超，自以为师所能者已尽能之，得意洋洋，结果与师较，被师一脚踢飞于地。一开始便给人以不谦虚的浮躁形象。后来李超学成后以武艺名，遨游南北，自认为艺精无敌。一日遇一少年尼卖艺于场，李超想卖弄其技，与尼较。才一交手，尼便知其为少林宗派。因为同宗派，尼不愿再斗，甘拜下风。可李超看尼文弱，以为易敌，再三请斗，想以此败尼而扬名。尼无奈，复与李超斗，言明同宗派人，点到为止。相斗中，尼再次罢手，李超以为怯，一腿扫去。尼五指并拢削其腿，李超腿如中刀斧。抬回家，月余始愈。后少林僧至，李超言此事，僧大惊曰："卤莽！惹他何为！幸先以我名告

① [清]蒲松龄：《铸雪斋抄本聊斋志异》，上海古籍出版社，1979年，第252、253页。

之；不然，股已断矣！”篇中少年尼身怀绝技，但在李超之傲然邀斗面前，却再三谦让，在咄咄相逼之下不得已而出手，但手下留情，教训为主，事后还笑言得罪，武林高手退避内敛、豁达谦让的武学风范昭然若见。而李超自恃武技，不懂“山外有山，人外有人”的道理，不知敛让，导致败绩，实足为习武者戒。

徐珂《清霜襟剑》中的清霜女的塑造也颇为出色。清霜为河北武陟县木栾店寨巨富宋氏之女。女幼从道姑习武，得“襟剑”的秘宗真传。“襟剑者，襟袖一挥，能百步外取人首级也。”[①]正当女出嫁的大喜日子，忽来一白发老翁挑战，欲破女术。“忽有白发翁褰裳入，举袖拂烛，烛光惨绿。入内，不见。女戒众勿喧。登楼迹之，出剑相较。但闻空中搏击声。众拾级窥之，剑光闪闪，冷气逼人，目不得视……”女与之较，一连多日，不分胜负。一日清晨，二人斗得正酣之时，女忽收剑入匣，曰：“翁回剑露隙，一着之失，吾苟相怨见忍，翁无幸矣。且翁为父辈行，宜见怜，何相逼至是？”[②]意思是老翁你回剑之时有一破绽，如果我怀怨不忍，你已不幸矣；何况你是父辈，应怜爱晚辈，何必苦苦相逼？老翁听后大惭，言“老夫昏聩，沾沾於胜败之间。既降心以相從，吾复何求。但误尔十日琴瑟，奈何奈何！”[③]老翁道歉而去，女依礼成婚。可见，武侠较武不仅要比武艺，还要比武德。老翁瞅准时机而来，可谓来者不善；但清霜沉着迎战，在武技难分高下之时，不因老翁失招而败之，足见其光明磊落、不以怨相报的比武风范。正是其宽容的胸怀、谦让的武德结束了这场无谓的争斗，让老翁真正折服，惭愧而去。

徐珂《某夫人击周伯脑》一篇也颇有趣味，周伯以武技神一州，曾经用手轻抚乳儿，竟导致儿子死亡，名愈噪。后来周伯向友吹嘘，友之夫人却不以为然。周伯请求面见夫人，夫人轻盈瘦弱，一良家妇耳。周伯请求较艺，夫人不可。周伯坚持，夫人说“略具形势，勿交以手”，周伯一边假装答应，实际却“猱进，瞥然不见夫人，乃觉脑后奇痛，发际之骨已微陷，眩却仆。夫人笑曰：‘名闻一州者，艺乃如是？’”[④]即出刀圭药令服，从此以后周伯不敢再逞强。

此外，曾衍东《折铁叉》中一纵横吴越秦晋间的善使铁叉的大盗，却败于一十五六岁的女子，自此折铁叉而为田舍翁；吴芗厈《难女》中力大无穷的标客败于一行乞弱女，灰溜溜而去等。这些篇章为我们塑造了一系列武功高强、

① [清]徐珂：《清稗类钞》（第6册），中华书局，2003年，第2952页。
② [清]徐珂：《清稗类钞》（第6册），中华书局，2003年，第2953页。
③ [清]徐珂：《清稗类钞》（第6册），中华书局，2003年，第2953页。
④ [清]徐珂：《清稗类钞》（第6册），中华书局，2003年，第2928页。

隐而不显的女侠形象。面对强手，她们毫不畏惧，交手比试中，又手下留情，教训为主。如《折铁叉》中少女败盗但不伤及性命；某夫人伤周伯脑，即出刀圭药令服等，这些都表现出女侠们宽广的胸怀与豁达谦让的武学风范。同时，这些篇章也蕴含深刻的武学哲理，即强中更有强中手，莫在人前夸海口，山外青山楼外楼，英雄好汉不外露。西脊山人曾言“天下事一层深一层，一人胜一人，然而以蠡测海，以管窥天者，适为夜郎自大而已矣!”[①]在这里来用来形容那些自持勇力、不知收敛者正是恰如其分。

二、锋芒毕露型

如果说少年尼、清霜等女侠体现的是一种豁达谦让的武学风范的话，那么清代文言小说中也不乏锋芒毕露、主动请战、巾帼不让须眉的女侠形象。

王韬《飞剑将军》中那位剑术高超的十四五岁少女，在这类女侠中极富有代表性。飞剑将军吴思演，“富而任侠，武艺绝群，尤精剑术”，远近闻名。一日，一十四五岁少女突然而至，主动请期较剑，颇为精彩：

> 吴后游楚中，一日，有老翁疏髯道服，貌甚清古，携一少女造门，请比剑术。吴延之入，视其女年仅十四五岁，发尚垂髫，容艳若桃李，而神清如冰雪，异焉。问姓名，不告，曰：“第比剑耳，奚琐屑问!”为相约于黄鹤楼前，订期而去。及期而往，女已先在，捧剑而立，绣裳宽袖，非剑妆也。吴请更衣，曰：“不必。”语次，白光一闪，剑已及顶。吴急出剑敌之，一剑又起，飞舞空际，白光旋绕不定，但闻飒沓之声，骤如风雨。女身隐跃光中，不能正视，锋芒骇疾，不离吴之左右上下也。吴愈退，剑愈迫，时观者千人，咸木立神悚，无敢出一语者。吴大惧，奋身一跃，出八九步外。曰：“神技也!止止，无过逼。”女乃止。视吴微笑曰：“君能敌我，亦大不易，无怪师云为门墙高足弟子也。”吴异其言，详诘来踪，则授女术者，即吴之师也，常道吴能，故女来一校耳。[②]

该女为吴思演同门师妹，因常听师傅云游道人夸吴生，心里不服，特前来较量。该少女剑术高超、咄咄逼人，那种初出茅庐、涉世不深的稚气、傲气、霸气描绘得惟妙惟肖，个性十足，给人以耳目一新的感觉。

---

① [清]邹弢著，王海洋点校：《浇愁集》，黄山书社，2009 年，第 132 页。

② [清]王韬：《遁窟谰言》，转引自河北人民出版社编《剑侠图传全集》，河北人民出版社，1987 年，第 174 页。

徐珂《绛绡女较剑》中，崆峒道士之徒金树云，为陇右著名剑客，剑术高超，轻功了得，“矫捷精悍，能日行五百里。佩双剑，剑不及三尺，其柔可卷为带，而能削坚石为片”[①]。金树云恃勇自负，好犯险，行迹遍天下，盗贼闻之匿迹。后有绛绡女主动请期与之较剑，场面唯美而富有浪漫主义色彩：

> 居月余，忽有扣门求谒者，金见之。伧也，手一函曰：“顷采樵山中，见女子，嘱我致书。”金发之，约舆较剑也。期于少室，如期往，遍觅不见。东峰最高，绝攀援，猿鸟不能上。闻其巅有笑声，仰视，见三女子，皆衣轻绡。一绛色，一浅碧色，一藕色。皆不施脂粉，而天然明冶。方仰视，女俯招曰：“君乃在此，胡不登眺耶？”金即出生平绝技，斜趁而上。女笑曰：“君洵可入”。金登山巅，乃平坦如镜面，出剑请试。女笑曰：“君倦矣，少息，何如？”金固请，二女者推绛衣女子曰：“妹当之，足矣！”女遂出，手一剑，长可二尺许。然不先动，惟俯首视剑跗，若羞怯者。金亦不动。旁二女曰：“金君请先举，无妨也。”金把剑，狙伏而入，绛绡者视其将近，徐举剑一拂，白光出剑芒，若秋月荡水，须臾，光四合，如流水围雪，金骇绝，几不能措手。须臾，女自收剑，金亦不敢再试。绛绡者笑曰：“君之技止此耶，向者本无意迕君，见君揭榜，度必有异，不图君乃僅视流俗高一筹耳。”金心折，愿受教。绛绡女不许。旁二女怂恿之曰：“妹收之，何妨？”绛绡者诺。山巅有草屋数楹，蔬数畦。诸女夜不宿于此，昼亦时不知所之。惟间数日或来一指点。或月夜坐峰前鼓琴一阕，琴声既终，不知所往矣。金居少室二年。一日，诸女谓曰：“汝技即此已足，于人世可无敌，不必更求矣。”挥之下山。年徐，金忽念世有所谓剑仙者，此岂是耶？方更求之，草舍如昨。居三月徐，不一见，始惘然返。[②]

篇中三女子来无影，去无踪，剑仙耳，因见金揭榜，以为必有异，故主动请期与之较剑，金树云自负前往，于峰巅较剑，三姐妹推最小的妹妹绛绡女与之较，结果金大败，彻底折服，拜女为师。这里绛绡女与金较剑时，迟迟不先动手，等金主动发动进攻时，则不慌不忙，轻快迅捷，一招制敌，一位剑术高超、飘逸美丽而又带有傲气的剑仙形象浮现眼前。通篇读来，作为绛绡女约金较剑好像亦只是一个幌子，目的更像是剑仙借此授艺于金，以便助金更好地除恶除盗。

---

① [清]宣鼎：《夜雨秋灯录》，上海古籍出版社，1987年，第597页。
② [清]徐珂：《清稗类钞》（第6册），中华书局，2003年，第2908页。

这类女侠主动请战，看似争强好胜，锋芒太露，但也个性十足，对后世的个性女侠的塑造有一定影响。

清代文言小说中大量“较武型”女侠的塑造，重点突出的是女侠的武功高强，同时也表现了作者对豁达谦让的武学风范的推崇与赞美，所谓的江湖道义、武学哲理在打斗描写中自然展现，不言自明。

第六节 惩淫治暴型女侠

在中国传统社会里，不管是出于社会原因还是生理原因，自古以来都有女不如男的说法，即女性是弱者的象征。在清代文言小说中，却有相当一部分面对强暴勇敢反抗、惩淫治恶的女侠形象。一些男子往往自视甚高，自恃勇力，欺辱弱女，结果自讨苦吃，后悔莫及。不少作品幽默风趣，给人一种轻松愉悦而又痛快淋漓之感。

钮琇《云娘》中的云娘是一位忠心护主但绝不忍辱的女侠。她为汪参将家仆人王忠之妻。汪参将解任返淮扬，取道河北时遇盗，云娘以其卓越的箭术力敌群盗，保参将一家安全到家。南归后，由于云娘相貌殊艳，参将之子心动，欲狎，云曰：“妾下走陋质，不意为公子怜，然有忠在，何忍及此?无若遣忠，而纳以礼，我乃从。”读至此，以为云娘真的是要弃夫从主了。读后文，才知是计。即让丈夫王忠先安全离开，然后在外接应，为后来云娘的离开作铺垫。公子大喜过望，便备厚礼遣忠。然后备吉席，准备娶云娘。结果云娘忽易戎服，掣所佩刀，出立堂上，斥责公子曰：“尔家忝建高牙，不能出奇报国，偶遇萑苻，尔焉胆栗。妾以一妇人，奋卫长途，迄于安吉，所以报公子者至矣。乃恣行不义，玷我贞素耶?”然后以刀逼公子作为人质，边走边说：“有追我者，我即断其头，如河北盗矣!”[①]公子惊悚丧魄。云娘行至门口，门外已有碧衫奴，控马以待，遂驰去，永不复返。篇中云娘不仅武艺高强，面对参将之子的无理要求时能机智周旋，最终全身而退，表现了女侠冷静、机智、忠贞等美好品格。

曾衍东《铁腿韩昌》中以铁腿而著称的捕快韩昌，“叱咤一方，等泗水雄”[②]，百里之间无人可敌。一夜途经一茅舍，见一二十许美妇纺绩其中，韩自恃其勇，

---

① [清]钮琇：《觚剩》，台湾文海出版社整理出版，1956年，第46页。

② [清]曾衍东：《小豆棚》，台湾新文丰出版公司，1978年，第165页。

径入相戏。韩近妇前，言语轻薄。妇支足直踢其裤裆，韩仰扑于地；韩起欲斗，少妇又以洗衣棒击其小腿，韩再扑地；韩恼怒，先后用左右腿扫妇，妇皆跃过，韩三扑地。韩大败，被妇绑缚，置于屋角。直至次日清晨，妇之丈夫归，始认得是捕快韩昌，乃释放之。纺绩少妇笑曰："幸伯伯不复饶舌，倘絮絮然，将杵断小骨子！"[①]从此韩昌豪气顿消。此篇中所谓的铁腿韩昌败于一纺绩少妇，其三扑于地的窘态，被缚之置于屋角的狼狈，让人忍俊不禁，这既突出了少妇不畏强暴、勇惩轻薄儿的精神，又揭示了习武之人不能自恃勇力、小视于人的武学哲理。

徐珂《清江女子富足力》更是幽默风趣。小说开篇便给我们描绘了滑稽而又生动的一幕："一少年张两目直视，口涎流颐，左臂侧垂，而独伸右臂，反其掌下向，若有所取携状，骈其足植门外如僵，虽五六壮夫喧哗推挽，莫能动。"[②]德清俞桐园解饷途经清江，于某舍馆门口，看见如此一幕。后经旁边老人介绍才知：该少年见一女郎翘纤足于车上，众人怂恿捏之，少年轻薄，趁女子欲欠身下车时，突然出手握其足。结果女盈盈下车，少年则立僵如故。众人惊骇，知女为异人，环女叩头谢罪求解。在场的俞桐园也代为求情，女方笑曰："轻薄儿直须扑杀，官人为好言，当释之。"[③]女翩然出户外，轻掖少年右臂，少年则忽出气，活矣。篇中女郎所用类似点穴术，并有深厚的内力。该女惩治轻薄少年，仍然是点到为止，教训为主。此篇给人以幽默滑稽的艺术效果，突出了女侠的武功高强与虚怀若谷。

另外，朱梅叔《段珠》篇中一少林僧拜访段珠哥哥段七，段七不在，段珠在楼上应之。少林僧见女美，言语轻佻下流，欲狎段珠，女怒，从楼上一跃而下，以鞋尖蹴其两太阳，洞入寸余，僧目珠突出而死。段珠对出言不逊的淫僧毫不留情，可谓一脚毙命，突出了女子武功的高强和嫉恶如仇的性格。蒲松龄《侠女》篇中娈童欲狎侠女，结果被女侠飞剑刺之；王世禛《女侠》篇中恶少夜入尼室，被腰斩；徐珂《某女郎用刀》中有贩麦客倚众欺负老幼弱女，结果被女郎手提如婴儿，抛掷于地；《卖拳女击少年肩》中某放荡少年想当众调戏卖拳女，结果被卖拳女用手轻击其肩，则坐地不能起。这些轻薄的男儿，自恃勇力，欺辱妇女，结果被女侠们手到擒来，严惩不贷。对罪大恶极或者忍无可忍者，毫不手软，体现了女侠嫉恶如仇的特点；对逞一时之强或罪不至死之人，往往又手下留情，教训为主，体现出女侠不滥杀的行侠风范。

---

① [清]曾衍东：《小豆棚》，台北新文丰出版公司，1978年，第165页。
② [清]徐珂：《清稗类钞》（第6册），中华书局，2003年，第2944页。
③ [清]徐珂：《清稗类钞》（第6册），中华书局，2003年，第2945页。

清代文言小说中，还有不少篇目是反映叛乱或者农民起义的，清文人多站在正统的角度，故笔下乱军多淫乱暴虐，扰民害民，不少女性在被乱军掳掠之后，表现出勇于与乱军头目对抗的气概，有勇有谋，堪称奇女子。

吴炽昌《智女》是一篇惩治淫恶（贼帅）的杰出篇目，其突出的不仅是女子的勇敢，更强调的是女子的智慧。

> 嘉庆初年，白莲党之扰川楚也，贼帅掠良家妇女无算。内有楚女，英英特立，秀出冠群。帅爱而欲留之。女曰："得为将军之妻，妾之愿也。但妾诗礼旧家，虽乱离中不得父母之命、媒妁之言，然花烛合卺之礼不可废也。日后为王为相时，妾叨福庇，称王妃夫人，确系堂堂配偶，得自立于人前，无苟合之讥，亦将军之光。"贼帅悦其词令，不觉首肯，使入室改装成礼。于是择掠得衣饰之美者及脂粉之类，送与添装。复使他妇数人入供役使。女退之，传命曰："今日初见良人，无须役；明日惟命。"贼以其碍羞，允之。
>
> 女乃盥沐凝妆，见有利刃，窃袖之。贼帅因久待不出，人室窃窥其新装，益增秀媚，不觉心动，突入拥抱，女以刃直刺其心，立死之。推尸床上，以己之装饰饰贼尸，傅粉涂朱，剪己鬓贴其首。加以钗钿，望之宛似女身。女乃衣贼帅衣冠佩剑，薄暮出，呼马执旗而遁。
>
> 其亲信者候之，彻夜不归。次日午刻，大营有令。众议将军昨何往，谅夫人知之，不得已，人室请命。见夫人尚卧，不敢骤近。觉血腥出于床，呼众人检之，方知装夫人者将军，将军装者不知其何往也。嗣是贼营得妇女不敢留，掠人之风，因之消戢。
>
> 芗厈曰：以甘言悦贼帅，使不备，反而刺之；此古之节烈妇女为之者不乏人。所可异者，颠倒阴阳，悠然而逝，出人意外，使不及追，且能全他人之节，何胆智之精细而雄烈耶！……①

该篇中的楚女可谓处变不惊，被贼帅掠来后，假装顺应贼帅，以美言让贼帅悦，然后顺势给贼帅下一套，即借明媒正娶拖延时间，支走所有奴婢，趁贪恋美色的贼帅不备而刺之。更让人敬佩的是楚女不再像商三官、庚娘那样惩恶后便以自尽作结，而是采用"掉包计"，给贼帅尸穿上自己的服装，自己却着贼帅装呼马执旗而去，顺利逃脱贼窝。该女沉着冷静，胆识过人，有勇有谋，非常人可比也。

① [清]吴炽昌撰，王宏钧、苑育新校注：《客窗闲话 续客窗闲话》，文化艺术出版社，1988 年，第 304、305 页。

宣鼎《大脚仙杀贼三快》一口气塑造了三个行动敏捷的大脚女子惩淫治暴的故事。宋氏被乱军贼目擒住后，假意媚态惑之，是夜将其灌醉，支走兵丁，用利剪杀之，顺利脱身。陈阿脆，被一乱军头目抓住后，乘其不备，抱贼滚入溪中，女谙水性，将贼淹死，亦顺利脱身。周氏遇一乱军头目，用计使贼将马缰拴其腿上，然后用利剪刺马臀，马负痛奔走，贼被拖死。三女皆因脚大善走，又胆大心细，临危不惧，机智勇敢，可谓奇女子。

这类女侠形象的塑造，一方面反映了清代后期混乱的社会现实，具有较强的写实意义，另一方面也反映了清代民间女子习武者日多，惩淫治暴的故事时时传为佳话。这类女子不畏强暴，面对自恃勇力的淫恶之徒，或直接扑杀，或惩治警戒，或机智周旋，这些轻薄儿往往占不到丝毫便宜，或因此丧命，或落荒而逃，或当众出丑，表现了女侠巾帼不让须眉的英勇气概和坚贞不屈的精神。

第七节　以武为业型女侠

清代武术盛行，各种以武为业的人士大量增加，如镖局的盛行，武馆的兴起，打拳卖艺者随处可见，这一社会现实在清代文言小说中亦有生动的反映。如上文提到的惠娘、筝娘、卖拳女等都是以卖艺为业、以武谋生的女侠形象。这类女侠中塑造得比较出色的是系列镖师女形象。她们武艺高强，护镖为业，与各路强盗斗智斗勇，表现出非凡的气概。

须方岳的《窦小姑》是这类女侠中的优秀篇章。

窦小姑

聊城县窦某者，乾隆间以武艺举于乡，有三子一女，皆骁勇矫捷，女即小姑也。窦尝为客商保标，以红三角旗为记，南北往来，无少差误，以是人皆信之。后踵门求保者无虚日，父子应接不暇，广请伙友，开行于城东射书台下。是时北五省绿林豪杰最多，然无不知窦家红旗标之不可犯。惟直隶某寨盗魁黄天狗者，膂力过人，啸聚颇众，不甚心服。窦偶经其地，亦加意提防，从未相值，一较低昂。

一日，省垣某达官干仆，领健骡百余头，驼银十数万金，将诣京师，限有日期，投窦行中乞保，行中人适皆派出，无一在家者。某仆绕床头顿足叠唤“奈何”？窦妻踌躇无计，欲出辞之。小姑从容起曰：“路上失标，固败吾名；标至行中而不能行，误人家事，亦败吾名也。”母曰：“然则奈何?”小姑曰：“儿亦曾从父学习弓马，雄冠而出，自问尚堪胜任。”母曰：“吾闻某寨之恶，汝父尚惮之，此去必过其地，汝能当之乎?”小姑曰：“请试之。”遂易男子装束，挟弹牵马，驱标而出。

行六七日，将过某寨，小姑见距寨十余里，有店甚大，时且薄暮，率众投之。小姑坐店外，倚弓于墙，把壶啜茗。无何，一总角小儿，以火寸爇火，嬉戏左右。小姑不以为意，小儿潜焦其弓弦而遁。及晓复行，离店数里，丛树中群盗突至，牵其驼骡而走。小姑奋臂开弓，弹丸未出，崩然一声，弦分两段，谛审之，始悟昨日火寸之有由。即策马反身而走，违盗稍远，截发接弦，试之颇固。仍跃马前来，见驼骡已半进寨门。乃厉声曰：“汝等不识乃公，而来讨死耶?”霹雳一声，一盗已倒于地。手中丸未尽，百步间，伏尸十数人。天狗知不能敌，忙摇手曰：“且勿且勿!小子无知，遽犯宝标，幸不见罪!”即回头叱去左右。已而又曰：“知足下路出寨砦，备有菲酌，能不吝光顾否?”小姑意谓不入虎穴，焉得虎子，径允之。遂与天狗并辔而进。寨外驼骡，以及夫役人等，命左右就地供给。及至其处，水陆珍羞，咄嗟而办。三巡酒后，天狗以匕首戳肉一脔，起向小姑曰：“戋戋微敬，幸不我辞。”意将伺小姑启吻，直刺其喉。小姑致声：“不敢!”以口接之，即嚼折刀头半寸许。适见燕语梁间，唾刀头刺之，燕立堕。天狗为之失色，因谓小姑曰：“虎父无犬子，信然!今日几交臂失之!敢请俯收门下，厕诸弟子之列。”且商之曰：“君家红旗，人多假冒，此后旗上，望添二白带缀之，则燕赵诸寨，无人敢正眼觑矣!”于是将所劫之物，一并送还。及出，某仆惊喘不能动，强扶上马同行。

年余后，绿林中始知为窦某之女，共相咋舌曰：“其女如此，其父子可知!”由是东昌窦家标之名噪天下，因戏呼旗上白带为窦小姑裹足帛云。①

窦小姑为一武功高强的护镖女侠。该篇故事情节曲折，扣人心弦，作者善于营造紧张的气氛来塑造和突出小姑超人的胆略和武功的高强。窦家以保镖为业，以红色三角旗为标志。北方五省多绿林豪杰，皆不敢轻易冒犯。一日窦家

① [清]须方岳：《聊摄丛谈·窦小姑》，引自陈建根主编《中国文言小说精典》，山东大学出版社，1999年，第1097、1098页。

突来一重镖，某达官驼银数十万两将诣京师，并有期限限制，到窦家镖局寻求护镖，然恰逢此时，行中人已经全部派出，无一人在家。小说以“某仆绕床头顿足迭唤奈何”，窦妻“踌躇无计，欲出辞之”来表现仆人的焦急和窦妻的无奈。仅仅两句话，就渲染了一种紧张的气氛。在这焦急无奈情况下，窦小姑出场了，她主动请缨，女扮男装，护镖前往。所谓危难之际显身手，小姑在这种紧张气氛中出场护镖，担当重任，表现出了小姑超人的胆略。然而那黄天狗非等闲之辈，小姑之父“尚惮之”，小姑将经过其地界，能否对付得了？此时读者又不得不为她悬心吊胆。渐近黄天狗地界时，黄天狗派小儿暗中烧焦小姑弓弦，导致小姑临阵弦断，这不由得又让读者紧张起来，为小姑紧紧捏一把汗。然而小姑迅速返身后退一段距离，截发接弦，沉着应战，手中弹丸未尽，百步间，伏尸十数人，表现了小姑随机应变的智慧和处变不惊的气度，其武功高强更是让黄天狗主动告饶。然而一计不成，黄天狗又新生一计，假意邀请小姑进寨赴宴。宴会上，黄用刀戳肉喂小姑，欲刺其喉，被小姑以口接之，咬断刀尖寸许。这一情节更是气氛紧张，扣人心弦。最终黄天狗大惊而折服，拜女为师。从此，小姑声名大振。小说一波三折，护镖女侠小姑敢当重任的超人胆略、临危不惧的气度、随机应变的智慧、超凡绝世的武功等在紧张的故事情节中被渲染得淋漓尽致，是一位塑造得非常成功的女侠形象。

徐珂《镖师女以碎杯屑毙盗》更富传奇性。某镖行接一重镖，镖师均他往，一十龄丫角女接镖护送。是夜，遇群盗，满伏屋顶。女一面秉烛观书，一面饮茶。茶尽，将杯捏成碎屑，随手弹之。黎明，屋顶尽尸首。一十龄丫角敢于护镖的勇气，遇事的冷静，着实令人佩服。而最超绝的是其武功，将碎杯屑随手弹出，屋顶尽尸，检查尸体，完好无损，只眼中有小血点而已。原来杯屑皆“入目而贯脑耳”[①]，足见少女内力之深厚。该篇手法比较夸张，镖师女仅为一十龄丫角女，但从护镖之胆略、除盗之淡定、内力之深厚看，似乎更像一位老江湖，并不与年龄相称。而作者故意让镖师女的年龄与其行为形成巨大反差，应是想突出其传奇性吧。

另外，徐珂《秋红使铁丸》《某妇人针刺毙人》等篇皆是写镖师女以武退盗的故事，突出的都是镖师女在与各路强盗斗争中的智勇双全。

综上所述，在清代文言小说中，女侠形象的类型十分丰富。我们可把这七

---

① [清]徐珂：《清稗类钞》（第6册），中华书局，2003年，第2905页。

类女侠分为两大类：一类为承继前人型，如“复仇”“仗义”“报恩”等类型。这些类型在清代以前的文言小说中已经出现，但总的说来数量不多，规模不大。清代文言小说中这些女侠的大量出现，首先从数量上大大地充实了女侠这一支队伍，使其声势浩荡；同时，质量也有所提高，很多女侠形象塑造在写作技法大大超越了前代，后文将作专门论述。另一类为开拓创新型，如“惩淫治暴”“较武称雄”“以武为业”等类型。在清代之前的文言小说中，这些女侠几乎没有，在清代文言小说中却大量出现，并在女侠队伍中熠熠生辉，大大丰富和拓展了女侠的行侠主题，为后世武侠小说中出现丰富多彩的女侠形象奠定了基础。清代文人笔下的女侠形象不仅将已有的女侠类型发扬光大，而且开辟了种种新类型，大大丰富和发展了女侠队伍，为女侠形象史上的一大贡献。

从女侠的行侠目的与人生追求出发，清代文言小说中的女侠形象大致可分为以上七大类型。这种分法为单纯型分法，其实清代文言小说中已多复合型女侠。如王士祯笔下的高髻女尼融“仗义”“惩淫”于一体：一方面仗义杀盗首红帩头人；另一方面对夜入其室的恶少，也腰斩掷墙外。蒲松龄笔下的侠女融“报恩”“复仇”于一体：既矢志为父复仇，又不忘报顾生母子的周济之恩。宣鼎笔下的谷慧儿既是一位勇敢追求爱情的女性情侠形象，也是一位仗义为民的女侠形象。王韬笔下的剑气白如虹既是一位义救林氏母子的仗义女侠，又是一位勇于追求爱情的情侠。粉城公主融“复仇”“仗义”“报恩”于一体：为父复仇，集众义士逃至海外；专杀贪官污吏，为民除害；受任生赠药之恩，赠婢以报恩，等等。这种复合型女侠形象更为丰满、立体，较之单纯型女侠，故事情节更加曲折，女侠性格更加复杂，在艺术上已大大跨越了一步，为后世性格复杂的女侠形象的出现奠定了基础。

第四章
清女侠武功高强，行侠手段多样化

早在春秋战国时候，韩非就有“儒以文乱法，而侠以武犯禁”[①]的说法，即强调“武”是侠的重要特征之一。侠是下层民众幻想中的救赎者，他们必须要有高超的本领、过人的能力，否则就难堪救赎之大任，因此尚武精神格外突出。而女性要行侠，则更需要一身惊人的本领与胆识；否则，就难以像男子那样立足于社会，纵横于江湖。因此，在武侠小说中，作家们总是以浪漫的笔法赋予女侠以超人的武术与能力，如唐女侠高超的剑术与轻功，宋明女侠神秘的法术等。在清代文人笔下，女侠的武术展示丰富多彩，无论是唐女侠的剑术、轻功，还是宋明女侠的法术，在清女侠身上都有生动的展现。不仅如此，清代文言小说中还出现了大量民间女侠真实的武术技击，五花八门，精彩纷呈，大大丰富和发展了女侠的行侠手段。如果按行侠的手段对清女侠进行分类的话，可分为三大类：精剑术的剑侠、善法术的仙侠、擅长真实武功技击的民间女侠。前两类属于幻想型，后一类属于写实型。幻想型武功多承袭前代，但敢于正面描写打斗过程的写作技法却具有很大的超越性；写实型的真实武功技击，是对前代文言小说中女侠行侠手段的突破与超越，是清女侠的一大特色。

但是，从研究领域看，一直以来，清代白话武侠小说比较受研究者青睐；而文言小说中的武侠篇目研究却非常薄弱；有的甚至形成偏见，认为清代文言武侠小说多承袭前代，无甚特色!其中崔奉元、陈平原先生的看法颇具代表性。20 世纪 80 年代初崔奉元先生的专著《中国古典短篇侠义小说研究》，认为清代文言武侠小说多模仿唐小说，成就不高，直接省去不谈；后来陈平原先生也认为明清文言小说家“忽略‘武的表现’，在‘侠’的观念上也没有大的突破，大致袭用唐代豪侠小说的伎俩”！然而，事实并非如此！清代文言小说中女侠形象的武功描写相对前代具有很大的超越，本章将作较详细的论述。

① 王焕镳选注：《韩非子选》，上海人民出版社，1974 年，第 10 页。

第一节 幻想型武功——飞剑与法术

一、飞剑之神奇

“剑”与侠关系最为紧密，陈平原先生曾有精辟论述：“在英雄传奇中，东征西讨的大英雄往往是十八般武艺无不精通，尤擅长枪、大刀等长兵器；而武侠小说中的侠客一般只使用短兵器，尤善使剑。”[①]我国文学史上早期的女侠多是剑侠，如越女擅长的是剑术；李寄斩蛇用的是剑；唐女侠精剑术更是不必说。清代文言小说中更是出现了一大批精剑术的女侠，描写甚是出色，如高髻女尼、侠女、齐无咎妾、张青奴、广寒宫扫花女、了奴姊妹、阿惜、绛绡女等；尤其是王韬笔下多女剑侠，如程楞仙、盗女、李四娘、聂碧云、侠女子、邱小娟、粉城公主等。清代剑侠行侠的手段虽承继前代，但剑侠剑术的正面描写相对前代却有较大的超越，真正体现了“剑”与“剑术”本身的魅力，使侠客形象更加超凡脱俗和富有美感。

（一）女侠较剑打斗场面的正面描写较为出色，突出“剑术”的魅力

清代文言小说中的女剑侠，部分行侠手段的写法仍雷同于唐女侠，多用侧笔。如王士祯《女侠》中的高髻女尼仗剑杀红帩头人，“取剑臂之，跨卫向南山径去，其行如飞，倏忽不见。……移时，尼徒步手人头，驱卫返，驴背负木夹函数千金”[②]。《齐无咎》中齐无咎妾为父复仇，“忽闻飞隼笑落一人，自屋而下，红娟裹头，大部虬髯，右手持一匕首，左手携二人头”[③]。长白浩歌子《姜千里》中剑侠阿惜为姜千里报仇，诛杀强盗吴夫妇，“阅五日，女果携二僮负两革囊以夜归，入室笑曰：‘幸不辱命，罪人皆得’”[④]。这些女侠剑术的描写主要承袭唐人的写法：不写行侠的“过程”，只写行侠的“结果”，通过侧面描写突出剑侠高超的剑术与轻功。

这种侧笔写法，虽然精练含蓄、隐而不露，使人读来也宛然有思致，但毕竟还是缺乏艺术想象力，使人有些兴味索然。正如陈平原先生所说：“武侠小说的魅力主要不在于侠客惩恶的‘结果’，而在于惩恶的‘过程’——正是这变幻

① 陈平原：《千古文人侠客梦》，人民文学出版社，1992 年，第 87 页。
② [清]王士祯：《池北偶谈》（上册，卷二十六），中华书局，1980 年，第 628 页。
③ [清]曾衍东：《小豆棚》，台北新文丰出版公司，1978 年，第 24 页。
④ [清]长白浩歌子撰，冯伟民校点：《萤窗异草》（二编卷四），人民文学出版社，1999 年，第 299-300 页。

莫测的打斗过程描写，最能发挥作家的艺术才华，也最能体现读者的鉴赏趣味。”[①]也许正因为如此，在清文言小说中，不少作家已试图正面描写较剑打斗的场面，通过打斗气氛的紧张、唯美的画面来突出女侠剑术的高超与神奇。如蒲松龄《侠女》中的复仇女侠“刺杀娈童”一节可见女侠剑术之精：

急翻上衣，露一革囊，应手而出，则尺许晶莹匕首也。少年见之，骇而却走。追出户外，四顾渺然。女以匕首望空抛掷，戛然有声，灿若长虹，俄一物堕地作响。生急烛之，则一白狐，身首异处矣。[②]

尽管娈童在奔走逃跑中变化隐形，但仍比不过侠女锋利匕首的迅捷精准，最终随着匕首一道优美的弧线而身首异处。

徐珂笔下的绛绡女与陇右剑客金树云较剑，既表现了侠客比武的谦让美德，又极富诗意与美感：

女遂出，手一剑，长可二尺许，然不先动，惟俯首视剑跗，若羞怯者。金亦不动。旁二女曰：“金君请先举，无妨也。”金把剑，狙伏而入，绛绡者视其将近，徐举剑一拂，白光出剑芒，若秋月荡水，须臾，光四合，如流水围雪，金骇绝，几不能措手。须臾，女自收剑，金亦不敢再试。[③]

绛绡女迟迟不出手，但一出手就以迅雷不及掩耳之势，白光一片，“秋月荡水”“流水围雪”两个比喻犹如影视中慢镜头，清晰而唯美，既生动写出了绛绡女剑术之轻快，又生动地展示了女侠姿态之优美，较剑场面很具有画面感和诗意性。

高继衍《剑术》中女侠剑术的展示，亦是轻快、迅捷，几乎是只见剑光，不见舞剑之人，而且剑光悠忽不定，不可端倪，令人目不暇接，头晕目眩，神思惊动：

初舞，一片白毫光如银球旋转，渺不见人。继而周承尘，四隅如白练一条。倏左倏右，不可端倪。时夜漏三下，灯光深碧，方目眩神竦，疾如鸟坠。女子已立面前，亭亭如不胜衣，仍不改如兰之息也。[④]

王韬最擅长正面描写剑侠较剑打斗或舞剑的场面，惊心动魄，使读者也不禁为之喝彩。剑侠程楞仙与师弟潘叔明首次交锋，剑法迅疾明快，盘旋转斗，

① 陈平原：《千古文人侠客梦》，人民文学出版社，1992年，第40页。
② [清]蒲松龄：《铸雪斋抄本聊斋志异》，上海古籍出版社，1999年，第89页。
③ [清]徐珂：《清稗类钞》（第6册），中华书局，2003年，第2908页。
④ [清]高继衍：《蜨阶外史》（卷二），进步书局，第10页。

咄咄逼人，潘叔明竭尽所能，也总不离女之前后左右：

女嘤咛一笑，嗤之以鼻，悬束炬于檐下，飞剑向生。生急飞剑敌之，转斗盘旋，有若万丈寒光，逼人毛发。生竭生平伎俩，挥霍纵横，总不离女之前后左右。①

侠女子与拳棒名天下的梁芷香交手，淡定从容：

（梁）尽其生平伎俩，连发九矢，若贯珠然。女子毫不惊怖，尽以手接，最后一矢，若为不见，待至，略张樱口以衔之。梁大骇，乃于车中持铁棍来斗。女手无寸刃，但启上衣露一革囊，飞出三寸许匕首，光荧若月，倏过处，径截铁棍为两，火星迸注。梁但见匕首在其左右盘旋欲下，寒凛毛发，自知不敌，……”②

梁芷香咄咄逼人，连发九矢，都被女一一用手接之，最后一矢用嘴接之；梁芷香又持铁棍来斗，结果被女之飞剑径截为两；然后女之飞剑发起反攻，在梁之左右盘旋，逼人毛发。面对强手，侠女子不慌不忙，沉着应战，最后反守为攻，梁芷香败下阵来。

某少女与“飞剑将军”吴生较剑，出手之迅疾，剑光之急迫，尤如狂风暴雨，令人不可阻挡。其咄咄逼人之势，更是精彩至极，让在场观众都看得紧张恐惧、呆若木鸡：

及期而往，女已先在，捧剑而立，绣裳宽袖，非剑妆也。吴请更衣，曰：“不必。”语次，白光一闪，剑已及顶。吴急出剑敌之，一剑又起，飞舞空际，白光旋绕不定，但闻飒沓之声，骤如风雨。女身隐跃光中，不能正视，锋芒骇疾，不离吴之左右上下也。吴愈退，剑愈迫，时观者千人，咸木立神悚，无敢一语者。③

粉城公主庭中舞剑，画面唯美，美不胜收：

遂易小装束，至庭中，鼻一吹，出两剑，长不盈寸。愈吹愈大，渐三尺有奇，一碧色，一白光，如霜雪，锋利无比。始则纵跃盘旋，继而

① [清]王韬撰，王思宇校点：《淞隐漫录》（卷四），人民文学出版社，1999年，第169页。
② [清]王韬：《遁窟谰言·侠女子》，引自马灿杰等编定《中国古代武侠小说集·续剑侠传》，中国文史出版社，1998年，第268页。
③ [清]王韬：《遁窟谰言·飞剑将军》。引自马灿杰等编定《中国古代武侠小说集·续剑侠传》，中国文史出版社，1998年，第271页。

万刃攒列，终则白如球，在庭滚跃，三跃三坠，戛然有声，均无所见。女独立庭际，鼻中两光，直贯天半如长虹，俄迅雷一瞥，光尽敛，剑亦乌有。”[①]

粉城公主舞剑时纵跃盘旋、万刃攒列、在庭滚跃、三跃三坠等这种纵横交错的弧线描写，突出了女侠的体态轻盈、灵活自如，更是突出了画面的线条美，具有诗情画意之感。

这些女侠剑术高超，轻、快、精、准，变幻莫测而又极富美感。故陈平原先生说“‘舞剑’不单可以杀敌，而且适于表演”，“作为小说家，除了考虑到精湛剑术的杀敌效果外，似乎还注意到舞剑这一行为本身可能产生的美感”。[②]也许清代文言小说家正是认识到了这一点，所以也尝试着发挥艺术想象力，正面描写剑侠的较剑打斗场面，既突出了女侠剑术的神奇与高超，又增强了小说场面描写的美感，更能激发读者的想象能力与阅读兴趣。也许这比之现当代武侠小说的剑术描写仍略逊一筹，但比之唐女侠剑术的侧面描写确实有了质的飞跃。

剑侠“剑术”高超，是潜心修炼的结果，清代文人还十分重视剑侠修炼过程的描写。如《姚云纤》篇姚云纤学剑：“尼启甲得红白丸各一，令斋戒沐浴，然后吞之。十日后，自觉身轻捷如猿猱，力能举重物。每晨于庭中舞双剑，人但见万道寒光，绝不睹其身。”[③]《女侠》中潘叔明跟随铁脊禅师学剑，先闭关练蒲团功；接着演习《易筋经》，并辅服药丸三十粒，每日一粒；久之臂力胜前数倍，禅师方授剑诀。“命生屈膝跪听。每授一句，必摩挲其顶，良久而后毕。又是晨夕受戒，凡阅一年”[④]，之后，道乃成。《徐笠云》篇中女剑侠教授徐笠云剑术，先习外功，盘旋舞剑；三年后，再学内功，授以吐纳之术；又三年，直到“迟速隐现，悉随其意”[⑤]，方算成功。剑侠修炼达到一定程度，还可人剑合一，变化无穷。《徐笠云》中女侠，“术成后人剑俱杳，然欲用时，弹指即现”[⑥]；程楞仙口中吐剑，粉城公主鼻中出剑等，都达到了人剑合一的至高境界。罗立群先生曾这样评价王韬的武侠小说：“大都构思奇幻，描绘生动，尤其是对剑侠剑术的描写更是神采具备，光怪陆离，成为清代文言剑侠小说的集大

① [清]王韬撰，寇德江标点：《淞滨琐话》(卷六)，重庆出版社，2005年，第164页。
② 陈平原：《千古文人侠客梦》，人民文学出版社，1992年，第40页。
③ [清]王韬撰，王思宇校点：《淞隐漫录》，人民文学出版社，1999年，第320页。
④ [清]王韬撰，王思宇校点：《淞隐漫录》，人民文学出版社，1999年，第169页。
⑤ [清]王韬撰，王思宇校点：《淞隐漫录》，人民文学出版社，1999年，第538页。
⑥ [清]王韬撰，王思宇校点：《淞隐漫录》，人民文学出版社，1999年，第537页。

成之作，对后世幻想剑仙小说产生了重要影响。”[①]

陈平原先生关于“舞剑”评论主要是针对白话长篇武侠小说而言的，但用在这里来评论清代文言武侠小说，也最恰当不过。陈平原先生本人认为清代文言武侠小说无甚特色，忽略“武的表现”，在“侠”的观念上也没有大的突破。认为文言小说武功的描写只满足于使用侧笔。他说：“明清文言小说家很少在这方面下功夫，大致袭用唐代豪侠小说的伎俩”[②]。然而，从上面的例子可知，事实并非如此。清文言武侠小说中已不乏正面描写惩恶“过程”的作品，不仅数量多多，而且有的描写还相当精彩。下文真实武功技击女侠的精彩描写还可进一步证明。只不过在清代长篇武侠小说的光环之下，研究者对这些文言武侠不够重视罢了。

（二）用名剑衬托女侠的慧眼与神奇，彰显“剑”的文化意义

“在所有冷兵器中，‘剑’无疑是最有文化意味的，武侠小说家对之特别青睐一点也不奇怪。”[③]清文言小说不仅用女侠较剑打斗场面的正面描写来突出女侠剑术的高超，还开始重视“剑”的文化与审美意味，剑侠所用之剑多具神奇来历和非凡功能，从而彰显“剑”本身的魅力，以衬托女侠的慧眼与神奇，剑的文化意义、审美意义也大大加强。

《童之杰》中自称为红线之流的中年妇，慧眼识宝剑，一见童之杰的剑，便知为“重宝”，小说详写了她用符水煮剑、为剑开光和警戒童之杰要正心济物的全过程：

> 妇人命取所掷之剑，拂拭再三，谓之曰：“此道家荡魔之具，非吾辈所用者，故须人力，始克奏功。若吾剑之飞腾变化，则行之无阻矣。虽然，子实负此剑，非剑之负子。吾授子口诀，再以符水煮是剑，则天下之魔，不难尽荡耳。”童益踊跃请教。妇人遂言曰：“天心正大，吾法正直，荡涤邪秽，肃清一世。”授讫，即令小鬟持剑去，以某符和某水煮之，以光起为度，且谓童曰：“剑非不利，但遭世尘埃，亦不免钝矣。”因与童坐语，历言剑侠之事，并戒童以正心济物，不然剑虽通灵，其为宝也几何！童一一敬诺。又许时，婢以剑出，则精光迸露，非复向之黯淡无

---

①罗立群：《中国武侠小说史》，花山文艺出版社，2008年，第164页。

② 陈平原：《千古文人侠客梦》，人民文学出版社，1992年，第40页。

③ 陈平原：《千古文人侠客梦》，人民文学出版社，1992年，第87页。

华。遂再拜祇受。妇人又叮嘱数言，始返内。[①]

中年妇对剑拂拭再三，曰“此道家荡魔之具，非吾辈所用者”，“子实负此剑，非剑之负子”；其用符水煮剑后，果然“光起为度”，言“天下之魔，不难尽荡耳”。此剑非中年妇所有，但其识剑之慧眼，煮剑之法术，足见女侠对名剑的惠识与爱护。同时，中年妇也警戒童之杰要正心济物，否则剑虽然通灵，也是辜负其为宝也。中年妇的教导，可见在剑侠心里，剑也是有正邪之分的，只有正心济物，才剑有所值，否则，剑的价值也无从体现。

侠因剑愈武，剑因侠愈名。所谓“剑不幸而遇庸将”[②]，故名剑配名侠，方不负剑名。名侠配名剑，方不负侠名。《盗女》中剑术高超的倩珠所用之剑为欧冶子所传名剑：

即于锦囊中出一古剑，示生曰：“此欧冶子所遗也。”上有七星，以应象纬。剑甫脱匣，秋水凝神，寒霜敛锷。女舞于中庭，若宜僚之弄丸，顷刻间，万丈寒光，逼人毛发。[③]

名剑配佳人，剑因女愈锋，女因剑愈丽，两相映衬，相得益彰。

《剑气珠光传》中剑气的双剑来历更是神奇，二宝剑仿佛通神意，寻求著名剑侠剑气而依，灵异非常：

一夕乘凉大树下，两婴忽起自足旁，互相纠结，女顺手掩执之，然而号，稍松即逝。爰即其没处掘之，得石匣一，启匣，则有双剑在焉，晶莹皎洁，銛利无比，用以削铁如朽腐。有识者相之曰：“此雌雄两宝剑也，雌曰白蛇，雄曰红霓，周时所铸，历时两千年许，殆神物也！”[④]

这里忽起于剑气脚边的“两婴”，引导剑气寻得雌雄宝剑，可视为是“剑灵”，开后世武侠小说剑灵描写的先河。名剑不仅有神奇的来历，而且功能非常。如乐钧《了奴姊妹》中了奴姐姐送给何生的飞剑，

长三寸许，淬利如霜雪。试削庭前树，未至树已断，划石，石解。意所向掷剑，剑辄往，已复还手中，盖飞剑也。何喜甚，宝之匣中，间

① [清]长白浩歌子：《萤窗异草》，重庆出版社，2005年，第358、359页。
② [清]涨潮撰，孙宝瑞注译：《幽梦影》，中州古籍出版社，2005年，第174页。
③ [清]王韬撰，王思宇校点：《淞隐漫录》（卷四），人民文学出版社，1999年，第185页。
④ [清]王韬撰，寇德江标点：《淞滨琐话》（卷六），重庆出版社，2005年，第125页。

出而玩之。岁余，剑首之环脱，其夜室中如虎啸，有白光拂牖而出，剑乃亡。[①]

此剑怪变异常，自亡之后蜿蜒于层崖之颠，青色如龙，长五六丈，了奴一招手，遽然缩小投入手中，依然小剑耳。该剑久不用，便在匣中如虎鸣，自亡而去；可大可小，变化如常，可谓神剑矣。金棒闾《女剑侠传》中的女剑侠发簪可化为利剑，飞出取人头后又自飞而回，复变为发簪，与了奴姊妹的飞剑有异曲同工之妙。

名侠得名剑，潜心修炼，达到一定程度，还可人剑合一，变化无穷。《徐笠云》中徐笠云于山中所遇的老者之女，“小女别无所好，独喜剑术，幼时居秦，来一海外异人，授以一剑，云是纯钢炼成，术成后人剑俱杳，然欲用时，弹指即现”[②]；《女侠》中女侠程楞仙能“时于口中吐剑，指上出丸，取人首于十里之外”[③]；粉城公主“鼻一吹，出两剑，长不盈寸”[④]等，都达到了人剑合一的至高境界。

由此可见，清代文言武侠小说已开始注重“剑”的来历与功能。一方面用剑的神奇与不凡来衬托女侠剑术的精良；另一方面也通过女侠高超的剑术以突出剑的不同凡响，两相映衬，相得益彰。清文人笔下之“剑”比之唐女侠聂隐娘的羊角匕、红线女的龙纹匕首等，已不可同日而语，已具有很强的形象性、传奇性与文化性，大大拓展了小说的审美空间，激发了读者的阅读兴趣，小说的文化内涵也大大加强。后世武侠小说多写名剑不凡的来历和侠客们对名剑的争夺，在这里可略见端倪。

二、法术之威力

侠客修炼得道，还可升级为仙，成仙的侠往往法力无边，如画符念咒、隐形变化、吞烟吐雾、驾云驭风等，深受道教法术的影响。这类女侠自比邱尼开先河后，有如唐女侠中的聂隐娘、樊夫人，宋至明时期更是多法术女侠，如张训妻、解洵妇、香丸夫人等。清代文言小说中这种精“法术”的仙侠亦不乏之。

① [清]乐钧：《耳食录·了奴姊妹》，引自马灿杰等编定《中国古代武侠小说集·续剑侠传》，第 257 页。
② [清]王韬撰，王思宇校点：《淞隐漫录》（卷十一），人民文学出版社，1999 年，第 537 页。
③ [清]王韬撰，王思宇校点：《淞隐漫录》（卷四），人民文学出版社，1999 年，第 171 页。
④ [清]王韬撰，寇德江标点：《淞滨琐话》（卷六），重庆出版社，2005 年，第 164 页。

自称为红线之流的中年妇，授童之杰口诀，用符和水替童煮剑，可尽荡天下之魔；授童一革囊，可尽收天壤妖魔。后来童之杰驱遣妖魔，闻名江右，即依靠此二法宝矣！浣衣妇惩治贪暴淫纵的抚军，所发神功，令人咋舌："妇入轩，顷见窗如针乱刺孔，抚视孔中出白气缕缕如丝，突出旋绕抚身，上下不绝，若网。既乃渐收渐缚，身不敢动，而芒刃往来，间不容发。""抚之发髯须眉衣裳，层层剥削，满地如尘。抚之身如剥卵；如刮瓠。"惩戒抚军后，妇"遂绕于白光中，长互向西而灭"[①]。妙手空空儿，来无影去无踪，其隐形盗黄太保项上挂珠，无人能见；后还珠于塔顶："忽见一道红光，瞥如飞电，而数珠已挂于顶。一时万弩齐发，渺然如捕风影焉。"[②]剑仙张青奴，只要受难者连呼三声"青奴"，青奴便会立即现身救赎。剑侠程楞仙可隐形于丈夫潘生体内，威力无穷：

> 届日生往，法显问："女菩萨何不来？"生曰："闺阁女子，岂容轻见方外？"语未毕，剑已突出。生急出剑相抵，两剑腾跃空中，夭矫若龙。法显口吐双丸，直奔生面，忽一剑自生鼻出，径入僧口，僧倒地称腹痛，遂罢斗。末后之剑，盖女身所化也。僧知为女所算，急诣秦中求师忏悔，半道而卒。女乃还。计女隐形法显腹中者凡六十日，技亦神亦哉！安见红线聂隐娘之流，天壤间无之哉！[③]

仙侠们神功了得，如果再有超能力的武器相武装的话，更是如虎添翼，威力无边。剑仙聂碧云对付山潭毒龙，剑术不能制，则苦寻定海神针、降魔真杵、炼影神镜三宝。定海神针可使潭水不兴，甚至干涸；炼影神镜可遍照四方，毒龙无论幻化为何物都无所躲避；降魔真杵一击则致命。在三宝的共同威力之下，聂碧云除去了神通广大的山潭毒龙。金棒阊笔下的女剑仙能发簪化飞剑，自取人头；取回的人头用一青布口袋盖上，即化为清水。《姚云纤》中绿林女杰吴绣鸾的捆仙索，可制鬼缚仙，等等。

仙侠们法术无边，神功惊人。邪恶者闻之破胆，正义者读之称快。这类女侠行侠的手段多承袭前代，只是在具体的法术使用上有所变化，无多大创举，故不再多述。

综上所述，清代文言小说女侠的幻想型武功描述丰富多彩，无论是剑术还

---

① [清]曾衍东：《小豆棚》，台北新文丰出版社，1978 年，第 23 页。

② [清]朱梅叔撰，陈果标点：《埋忧集》（卷六），重庆出版社，2005 年，第 262 页。

③ [清]王韬撰，王思宇校点：《淞隐漫录》（卷四），人民文学出版社，1999 年，第 172 页。

是法术，虽然承袭前代而发展，但明显在描写的手法上大大超越了前代，尤其是“剑”与“剑术”的正面描写，彰显了“剑”本身的文化魅力和剑侠“剑术”的高超，多为后世武侠小说借鉴。

第二节 写实型武功——真实的武功技击

清代文言小说中关于女侠武功的描写最为出色的是民间女侠真实的武功技击，五花八门，精彩纷呈，反映了清代武术的盛况。这些精通真实武功技击的民间女侠，有的善拳脚武术，有的力大无穷，有的精器械，有的善暗器，有的甚至精通内功、点穴术等，大大丰富了女侠的行侠手段，体现了清代“尚实”的风气。

一、拳脚型

所谓拳脚型女侠，指擅长拳脚武术的女侠。蒲松龄《武技》中的卖拳少年尼是一位精拳脚的少林女侠。在与李超比试中，才交手便知李超为少林宗派。在李超咄咄逼人、不肯罢休的情况下，“尼骈五指下削其股；李觉膝下如中刀斧，蹶仆不能起。”①抬回家后，月余始愈。

徐珂《僧碎某氏女胸前镜》也塑造了一位精拳脚、遇强手沉着冷静的女侠形象。某教师女善拳勇，且略有姿色，比武招亲，远近数百人前往，皆非女子对手。一少林僧技出众上，女甚恶之，用飞脚狠踢之，脚尖故意著铁，僧差点死去。三年后僧找女复仇，女与僧之较量，较为精彩：

> 未几而僧至，女命夫出见，而己为仆妇装，胸前悬一大镜，重衣袭之，捧茶出。僧熟视之，默然无语。女退，以膀靠柱，柱离礎尺许，以手正之，复如故。僧起立曰：“技至此乎，吾不敢较矣。”随以手抵其胸，女色变，少卻，曰：“三年所学，亦只平平。”僧悚然退。女急解衣，镜亦碎矣，著指处如椎凿然！②

《绳技侠女》中蕙娘与出林虎打擂，拳脚功夫也是了得，小说正面描写打斗

① [清]蒲松龄：《铸雪斋抄本聊斋志异》，上海古籍出版社，1979 年，第 253 页。
② [清]徐珂：《清稗类钞》（第 6 册），中华书局，2003 年，第 2982 页。

过程亦颇为精彩：

> 女即飞身跃上，直扑虎胸，被虎向胁间尽力一推。女趁势一跃，如饥鹰脱鞲，直人云端。虎举首仰视，瞰日晶莹，双睛昏眩，略一瞅眼，女疾飞下，莲钩一举，直中虎颌而仆。①

另外，采蘅子《妹学技》中偷学拳艺的妹妹，王韬《老僧》中比武招亲的仇慕娘等都是塑造比较出色的拳脚型女侠。另外，徐珂《某夫人击周伯脑》《卖拳女击少年肩》《墨爷夫妇精拳术》《赵绅妻踢其夫》等篇亦皆记拳脚型女侠。王阮亭曾云："拳勇之技，少林为外家，武当张三峰为内家。三峰之后，有关中人王宗。宗传温州陈州同。州同，明嘉靖间人。故今两家之传，盛于浙东。"②可见当时民间武术确很盛行。

二、器械型

清女侠中描写最精彩的是器械型女侠。弓箭、弹丸、铁锤、铁鞭、斧头、竹节鞭、绿沈枪、流星锤等，甚至生活中的拐杖、洗衣棒、挑水木杖、雨伞等皆可成为女侠手中的武器，可谓信手拈来，随心而用。

器械型女侠中，弹丸的使用最为普遍。沈起凤《青衣捕盗》中的聂书儿善使弹丸，且力大无穷。在护送粤东某公归乡的途中，遭遇当时"横行绿林、捕盗者不敢正眼觑"的二大盗，"首曰赛张青刘标，善用流星弹，一发五丸，无不奇中；次曰铁拐子朱健，善用一铁拐，曾击真武殿前石鼓，碎若粉。横行绿林，捕盗者不敢正眼觑。"书儿与他们的打斗场面极为精彩：

> 时已薄暮，闻林中鸣镝声，公股栗，夫人色如土，侍从仆御无不变色。书儿从容进曰："幺麽鼠辈，何敢犯大人驾！如渠不欲生，婢子手戮之可也。"乞公前骑，徒手而去，叱盗曰："贼狗奴！识得河南聂书儿否？"盗笑曰："我辈但要得钱儿钞儿，书儿何所用哉？"书儿怒曰："若辈死期至亦，敢戏言！"盗亦怒，骤发一弹。书儿右手启两指接之；又一弹，接以左手；第三弹至，以口笑逆之，噙以齿。盗惊，又发一弹，书儿仰卧马背，以双莲瓣戏夹其丸。第五弹至，书儿即发脚下丸抵之，铿然有

① [清]管世灏：《影谈·绳技侠女》，转引自薛洪绩、王汝梅主编《明清传奇小说集》稀见珍本，吉林文史出版社，2007年，第438页。
② [清]蒲松龄：《铸雪斋抄本聊斋志异》，上海古籍出版社，1979年，第253页。

声，去三十步远，腾身而起，吐口中丸大笑曰："贼奴技止此耶？"一盗舞铁拐而前。书儿手夺之，曲作三四，盘揉若软绵，执诸地，笑曰："而娘灶下棒，亦持来恐吓人，大可笑也！"两盗失色。书儿即出其手中丸左右弹，两盗尽毙，群盗罗拜马前乞命。书儿曰："汝等何足污我手？"喝令去。①

善用流星弹的赛张青刘标连发五弹强势攻击，书儿沉着应战，右手、左手相继接两弹，第三弹口噙之，第四弹仰卧马背，以双莲瓣戏夹之，第五弹最精彩，脚下丸抵之；善使铁拐的铁拐子朱健，舞铁拐而前，被书儿夺之，曲作三四；接着书儿强力反攻，左右发弹丸，直接毙二盗。其一招一式，你来我往，过程描写精彩至极。

与聂书儿同样擅长这种口啮之术的还有《老翁捕盗》中绿娙公主，"舟渐近，见头上立一女子，红巾蒙首，仿佛甚美。孙知是盗，飞弹击之。女笑举两指，拍堕水中；孙又随飞二弹，女一接以口，其第三弹即吐口中弹抵之。"②这个描写有点类似于聂书儿，但没有聂书儿弹丸之术描写精彩。

须方岳笔下的窦小姑也是一位善使弹丸的女侠形象。窦小姑所用弹丸似乎与聂书儿有所不同，"小姑奋臂开弓，弹丸未出，崩然一声，弦分两段"，该弹丸的使用似乎必须依仗手中的弹弓，但是聂书儿使用弹丸并未说明有使用弹弓。护镖途中，黄天狗派人暗中烧焦小姑弓弦，临阵弦断，女取已发而续弦，追杀之，"手中弹丸未尽，百步间，伏尸十数人"③。女侠弹丸技术高超绝伦，可谓百发百中。与窦小姑弹丸使用比较相似的还有王韬《江楚香》中弹无虚发、勇敢退盗的江楚香，女"取一弓仅数寸许，连发九弹，杀九贼"④，亦是一弹一贼，百发百中。

钮琇的《云娘》篇塑造了一位武功高强、精于箭术的女侠形象。云娘为汪参将的家奴王忠之妻，是一位忠心护主的女侠。汪解任返扬州，云娘护送之，汪"授其五石弓，折之如断梗，凡易数弓，悉不称意"。汪奇之，取家弓与之用。途中退群盗，云娘表现出高超的箭术：

时岁在己卯，群盗塞路。行至一荒原，云纵马而前。遥见十余骑，

① [清]沈起凤：《谐铎》，人民文学出版社，1999年，第160页。
② [清]邹弢：《浇愁集》，王海洋点校，黄山书社，2009年，第131页。
③ [清]须方岳：《聊摄丛谈·窦小姑》，引自陈建根主编《中国文言小说精典》，山东大学出版社，1999年，第1098页。
④ [清]王韬：《遁窟谰言》，河北人民出版社，1991年，第12页。

拥尘突至。飞矢拂云袖，云挥袖矢落。又一矢到，云随以手承之。即彀而发，骑骇反奔，中项扑地。又於箙中出矢，毙一骑。余皆逃遁。由是参将抵家，无寸箸之失。①

篇中云娘面对群盗之飞箭，其以袖拂箭、反手接箭、张弓发箭，反守为攻，大败群盗，可谓沉着冷静、箭术高超，动作敏捷而富有美感。

沈起凤在《恶饯》中，一口气就塑造了五位特征鲜明而又武功高强的器械型女盗侠：脚跛而善使铁拐的老祖母、颀长（高大）而善使竹节鞭的嫡母、足巨而善使绿沈抢的生母、矮小而善使双斧的寡姐、柔婉而善使双锤的嫁卢女子。该篇武打出众，“闯关”情节险象环生。卢生与虬髯翁之女成婚后，觉其行事如盗，欲带女离开盗窟。按照该家规矩，女欲离开，必须“祖饯”。“所谓祖饯者，由房而室，而堂，而门，各持器械以守，能处处夺门而出，方许脱身归里；否则，刀剑下无骨肉情也。”该篇“闯关”情节的描写极为精彩：

晨起束装，暗藏兵器而出。才离闺闼，姊氏持斧直前曰：“妹丈行矣，请吃此银刀脍去！”女曰：“姊休恶作剧！记姊丈去世，寒夜孤衾，替阿姊三年拥背。今日之事，幸为妹子稍留薄面。”姊叱曰：“痴婢子！背父而逃，尚敢强颜作说客耶？”取斧直砍其面，女出腰间锤抵之。甫三交，姊汗淫气喘，掷斧而遁。

至外室，嫡母迎而笑曰：“娇客远行，无以奉赠，一枝竹节鞭权当压装。”女跪请曰：“母向以姊氏丧夫，终年悲悼；儿虽异母，亦当为儿筹之。”嫡母怒曰：“妖婢多言，先当及汝。”举鞭一掣，而女手中锤起矣。格斗移时，嫡母弃鞭骂曰：“刻毒儿！欺娘病臂，只把沙家流星法，咄咄逼人！”呵之去。

遥望中堂，生母垂涕而俟。女亦含泪出见，曳卢偕跪。生母曰：“儿太忍心，竟欲抛娘去耶？”两语后，哽不成声。卢拉女欲行，女牵衣大泣。生母曰：“妇人从夫为正，吾不汝留。然饯行旧例，不可废也。”就架上取绿沈枪，枪上挑金钱数枚，明珠一挂，故刺入女怀。女随手接取，砉然解脱，盖银样蜡枪头耳。佯呼曰：“儿郎太跋扈，竟逃出夫人城矣！”女会其意，曳卢急走。

将及门，铁拐一枚，当头飞下。女极生平技俩，取双锤急架，卢从

① [清]钮琇：《觚剩》，台湾文海出版社整理出版，1956年，第46页。

拐下冲出，夺门而奔。女长跪请罪。老妪掷拐叹曰："女生外向，今信然矣！速随郎去，勿作此惺惺假态也！"①

女与卢生连闯闺房外的寡姐、外室的嫡母、中堂的生母、大门处的祖母四关，险象环生，但绝无血腥感，与关羽的过五关斩六将是完全不同的阅读感受。女与卢生的"闯关"情节几乎都是正面描写，甚富美感，更多像是表演，适合观赏，而且充满人情味。女与卢生出闺房的第一关是善使双斧的寡姐，动手前女子深情述说自从姐夫逝世后，寒夜孤衾，是自己替阿姊拥背三年，希望阿姊手下留情。后面寡姐几招便弃斧而遁，明显是手下留情。第二关是外室善使竹节鞭的嫡母，女又以嫡母丧婿而悲痛动之以情，嫡母表面发怒，几招后便假装不敌呵令女子快快离去。第三关是中堂善使绿沈抢的生母，生母泪如雨下，更是装腔作势，银样蜡枪头，表面进攻，实则挑金钱、明珠入女怀，仿佛是在给女儿送嫁妆，完全是母爱演绎的过场戏。最后一关是大门处的祖母，祖母表面来势汹汹，铁拐一枚，当头飞下，但面对女子的跪地求情，祖母终是一句"女生外向"，放女离开。小说短小精悍，寥寥数语，四位器械型女盗的性格特色就比较鲜明地体现出来了。而女在闯关过程中，一边用流星锤招架，一边以情动人，情真意切，终于顺利过关，随生返乡。

王韬《胡姬嫣云小传》中胡嫣云善使胡家棒法，即使一根压帐木杆在手，运用起来也甚是了得：

郡有白面孙二者，剧贼也。飞走檐壁，捷于猿猱。密结游勇中有膂力者十余人，约夤夜集于姬家左右，开门纳之入，将囊括而甘心焉。宵半拔关，贼尽涌入。姬从睡梦中惊醒，贼已入房环立，秉炬若昼，露刃若霜。姬自帐中裸体跃出，叱曰："勿惊公子！物任尔取。"一贼涎姬之美，并欺其弱，突前抱姬腰。姬手擘之，贼腕断矣。姬怒曰："鼠辈何敢尔！不识胡家棒法耶？"遽扪得压帐木杆横扫之，贼俱披靡有退志。孙二笑曰："尔曹素以勇力自诩者，今乃不能敌一弱女子，明晨将何面目见人？"众闻之，复前。姬持杆纵横挥击，悉中贼要害，有蹶而复起者，有匍匐遁走者。先是，臧获匿室暗陬，今见姬勇能制贼，俱出而呜呼，街卒巡丁闻声毕集，邻人亦来相援，贼乃奔。②

① [清]沈起风著，乔雨舟校点：《谐铎》，人民文学出版社，1999年，第64页。
② [清]王韬撰，王思宇校点：《淞隐漫录》（卷四），人民文学出版社，1999年，第292页。

剧贼孙二结伙有臂力者十余人入姬家盗窃，露刃若霜，胡嫣云利用胡家棒法运用一根压帐木杆横扫众贼，贼莫之能挡，皆中要害，或匍匐而逃，或呜呼而遁，被打得落花流水，其棒法之精略见一斑。

另外，徐珂《清稗类钞》"技击类"中多器械女侠。如《杨二姑为飞刀神手》篇中杨二姑的"飞刀"也是人莫能敌。"能于马上掷刀刺人，百发百中，中者无不立倒。刀长七寸，锋利无比，临阵时，胸前垂一革囊，囊中累累者，皆利刃也。"[①]又如《秋红使铁丸》《齐二寡妇用铁鞭》《垂髫女舞短木棍》《张氏女用铁棒》等，仅从题目可知女侠使用器械的多样性与普遍性。女侠行侠，有些武器还手到擒来，随心而用。如蒲松龄《妾杖击贼》中妾击贼时顺手用的是厨房里的挑水木杖；曾衍东《铁腿韩昌》中的纺绩少妇惩治铁腿韩昌用的是洗衣棒槌；徐珂《张氏女用铁棒》中张氏女惩罚调戏她的舂米少年，用的是随身而带的雨伞，等等。

综上所述，器械型女侠所用器械是非常丰富多彩的，这类女侠在清代文言小说中写实型武功中描写最为出色，但从这些器械的选择来看，如使用最普遍的弹丸、弓箭，或随手而起的木杖、洗衣棒槌、雨伞等，都偏轻、偏小巧，适合女性使用。

三、力量型

力量型女侠指以力大而著称的女侠。根据身体特点，女侠大多偏轻柔、灵巧，但巾帼不让须眉，清代文言小说中也不乏力量型女侠。吴炽昌《难女》中的逃难女子为一力量型女侠。逃难女子与众难者一起行乞，一轻薄少年以一钱投之相戏。女怒，言"罚汝千钱，不然吾不行也"。于是坐于轻薄少年的大门前阻人进出。当时正值脚夫运送糖包至，每个糖包重约一百七八十斤，脚夫皆力大而著称，肩扛糖包走之甚急，女挡其道，叱令让开，女不让。脚夫假装失手，用糖包压她，被女接而投掷，不甚费力。群夫哗然，用糖包共压之，女"左抵右抛，如弄丸然，纷纷飞出市头，反将群夫击退"。一镖客能掌劈卧柳，截然中断，可谓力大无穷，镖客自恃勇力，视女体弱，夸海口只需两根指头就可以把她提走，结果"女以一掌拍客胸，迭出数丈，入柜内，如菩萨座。内外哗然"[②]。小说层层推进，力大著称的群夫不是难女对手，连

---

① [清]徐珂编撰：《清稗类钞》（第6册），中华书局，2010年，第2937页。

② [清]吴芗厈撰，土宏钧、苑育新校注：《客窗闲话 客窗闲话续集》，文化艺术出版社，1988年，第254页。

能掌劈卧柳的镖客也被女一掌泰山压顶而打入柜内如菩萨状，其窘态让人不由捧腹。难女不仅武功高强，个性也非常突出，轻薄少年投一钱相戏，便不依不饶罚钱惩治，否则堵住大门不让进出，面对欺辱她态度强硬，个性倔强，对无赖之徒和恃强凌弱之徒以有力的反击，表现了难女行乞中对自我尊严的维护和抗击凌辱者的智慧。

王韬《邱小娟》篇中邱小娟流落浔阳，卖艺为生，“以两足承巨瓮，运动如飞”；与乐崇道较武，崇道仗勇力“径趋前以双手抱其腰，力举之起，绳妓故作旖旎态曰：‘勿恶作剧，请释玉手。’崇道曰：‘汝果有力量，何难自脱？’绳妓嫣然一笑，纤腰略转，崇道已蹲地不起，面色若土”[①]，也是一位力量型女侠。

另外，刘钧《杨娥传》杨娥自幼以力大而著名，习武的哥哥也不是她的对手；在平西王府一侧当垆卖酒，痛打调戏她的众兵丁，“视其壮健者提之，如提孩童置猪狗”[②]。徐珂《某女郎用刀》中女郎惩罚恃强的众贩麦客，“捽当先者如提婴儿，向众客掷去”[③]；《邓剑娥掷俄将于地》中邓剑娥掷自持勇力地俄将于地，等等。这些女侠都外表纤弱，实际却力大无穷，所谓真人不露相，露相不真人，那些自持勇力者往往以貌取人，最终在这类女侠面前狼狈逃窜。

四、暗器型

清文言小说中，不少器械型女侠使用的器械越来越小，越来越隐蔽，如绣针、钱币、襟剑、袖箭、杯屑等，实质相当于新武侠小说中的暗器。暗器型女侠在清女侠中也有生动的展现。徐珂《清稗类钞》“技勇类”中多暗器型女侠。

徐珂《某妇人针刺毙人》中某妇人为一暗器型女侠。某妇人与丈夫保镖银数百万南下。峨眉十八师兄弟，皆善绝技，欲劫之。是夜，师兄命十八郎先探之。十八郎跃登夫妇卧室之顶，见夫醉卧，妇倚灯制履，银车列榻后。十八郎伏于房顶，正当惴惴不安，恨诸兄久久不至时，“惟见妇时以针抹头上油，或就窗上刺之，既而妇忽仰首曰：‘十八郎可下。’”十八郎惊惧而下。至庭中，见十七具尸体，一一辨认，皆师兄也。十八郎急负尸亡去，“检视各尸，

① [清]王韬撰，寇德江标点：《淞滨琐话》（卷三），重庆出版社，2005年，第68页。
② [清]虫天子辑：《香艳丛书》（五集卷三），人民文学出版社，1994年，第1395页。
③ [清]徐珂：《清稗类钞》（第6册），中华书局，2003年，第2950页。

仅眉心有一刺痕，盖妇以针刺窗时，即十七人中针而殒矣。”[①]该篇中，妇人所用飞针，细小隐蔽，在十八郎毫无警觉的情况下，十七位师兄已经全部丧命，而且都是一针毙命，不仔细检视，全然不知死因，所以妇人所用飞针是标准的暗器。

徐珂《某女掷钱》中，钱币亦成为女侠手中的暗器。某生官知府，娶某提督女，女与夫舟行江上，夜遇群盗，女于无声无息中掷钱除盗，小说比较详细地叙写其过程，体现了女子掷钱之术的高超：

> 夜半，果闻有小船三五飞桨而至，生伏不敢动，但闻有人跳跃过船声，数人落水声，一人倒入舱中声。俄闻桅上有人大呼缚盗，于是舱后篙工等始取火出，见一盗在舱中，因共缚之。俄见女自外入，指挥诸人令缚盗送官，且曰：“尚有一盗，惜被逸去。”生惊问曰：“卿操何技而能如是？”女曰：“吾少在吾父署中，刺绣之暇，每喜掷钱为戏。父曰：‘汝好掷钱，盍即以此练技击。’因令缚草为人，置数丈外击之。已而人渐小，相距亦渐远，击之能中。遂于草人身上记要害处击之，乃曰：‘可矣。’顷数盗过船，吾先猱升桅上，手中取钱一掷击之，一一中要害，故落水死。最后二盗未中要害，一逃去，一倒船中，今缚送官者是矣。”[②]

小说先采用侧面描写的手法，利用暗伏舱中的某生听到有人跳跃过船声、数人落水声、一人倒入舱中声等，寥寥几笔，便把黑夜中女子与群盗交手的激烈和某生紧张恐惧的心态都生动地描绘了出来；后通过女言，详叙从小扎草人练习掷钱技击的过程，方知女擅掷钱之术；然后又通过女叙述掷钱除盗的全过程，生方知刚才听到的声音全是盗贼被钱币击中要害后的落水声、倒舱声，只有一盗见势不对，及时逃跑，方免于难。最为神奇的是逃掉的那一盗贼，后来改邪归正成为武官后，竟然成为某生的朋友，言及当年江上行盗之事时，竟感叹“顾彼时觉船中寂无声息，不知是何神术也!”[③]由此可知，在无声无息中，群盗竟然不知被何物击中，一是因为黑夜，二是因为钱币较小，与上文中的飞针相似，都是在敌人毫无警觉的情况下，就一一命中要害而丧命。

---

① [清]徐珂：《清稗类钞》（第6册），中华书局，2003年，第2923页。
② [清]徐珂：《清稗类钞》（第6册），中华书局，2003年，第2923页。
③ [清]徐珂：《清稗类钞》（第6册），中华书局，2003年，第2941页。

另外，《清霜襟剑》中清霜女得襟剑真秘，“襟剑者，襟袖一挥，能百步外取人首级也”[①]。《冯氏女发袖箭》中言“女急发袖箭，一矢出，辄殪一盗，盗连毙者十有二人。”[②]袖箭应当类似于襟剑，都是藏于襟袖间的一种暗器。《镖师女以碎杯屑毙盗》中镖师女用碎杯屑击毙群盗，皆从眼入至脑而死，而“盗双目中微有血点耳”。[③]这些隐蔽使用的微小器械，可视为清女侠的暗器。这些五花八门暗器的使用，可见暗器在清代文言武侠小说中已广泛使用，对新武侠小说中暗器的描写有一定的启示意义。

五、内功与点穴术

清女侠中还涉及内功、点穴术等功夫的描写。如宣鼎笔下的筝娘，就是一位善运气吐纳之术的女侠：“其翁教以运气吐纳诸术”。既能身轻如燕，“翘纤足作商羊舞，飞行突上柳梢头，不为之堕，堕亦三跃而下，从不假纤手挽柔条，轻借力。盖其力均运于两足故耳”[④]；又能稳如磐石，比武招亲时，无数力大无穷的武夫亦不能将其抱起离地寸许。王韬《徐笠云》中侠士徐笠云于深山中所遇女侠，不仅教徐三年剑术，还教其内功，言“孺子可教也。子今外功已成，当求内功”[⑤]，乃授以吐纳呼吸刚柔变化之妙，又三年，乃成。此外，力量型女侠之所以力大无穷，应该与其深厚的内力息息相关，善使巧力耳；暗器型女侠如果没有深厚的内力，也不可能发一针、一钱或一碎杯屑就致人于死地。

一些女侠还擅长点穴术，如前文中说到的徐珂《清江女子富足力》中清江女子以脚尖轻触轻薄少年手掌心，少年便立僵如植，数人不能动也；《卖拳女击少年肩》中卖拳女用手轻击放诞少年之肩，“少年陡觉自肩背及踵，痛楚莫可名状，遽坐于地，旁人扶之不能起”[⑥]，等等。从这些描写可见内功、点穴术等已开始引入到文言武侠小说之中。

清代文言小说中女侠的行侠手段丰富多彩，变化多端，实非前代文言小

---

① [清]徐珂：《清稗类钞》（第6册），中华书局，2003年，第2952页。
② [清]徐珂：《清稗类钞》（第6册），中华书局，2003年，第2954页。
③ [清]徐珂：《清稗类钞》（第6册），中华书局，2003年，第2904页。
④ [清]宣鼎：《夜雨秋灯录》（全二册），上海古籍出版社，1987年，第598页。
⑤ [清]王韬撰，王思宇校点：《淞隐漫录》（卷十一），人民文学出版社，1994年，第538页。
⑥ [清]徐珂：《清稗类钞》（第6册），中华书局，2003年，第3002页。

说中女侠可与之媲美。剑侠、仙侠的行侠手段多承袭前代，但在写作技法上却有较大的超越。大量具有真实武功技击的民间女侠的描写，突破了前代女侠以“幻想”型武术为主的传统格局，使女侠行侠手段大大丰富，反映了清代民间武术盛行的社会现状。同时，这种武术“尚实”的写法，使富有传奇性的女侠形象回归现实，现实性色彩大大增强，进一步拉近了读者与女侠的距离。

第五章
妇容妇工，清女侠女性特征明显化

在唐传奇中，女侠武功高强，洒脱不羁，她们身上体现出与男侠一样不受世俗羁绊的精神气质和粗旷豪放的阳刚之美，而女性本身的阴柔之美却几乎不见痕迹。作家们除了用“美妇人”“容色甚佳”等几个字简单点出其是女性以外，其他的行事和男侠几乎没有区别。故唐女侠在“侠”的一方面得到了充分的展现，但“女性”特征明显不足。清代文言小说中的女侠形象一方面继承了唐女侠“侠”的精神，另一方面也尽量弥补唐女侠“女性”特征之不足，突出女侠作为女性在容颜、情感、妇工、女才等方面的特征，使女侠与男侠真正区别开来，具有自身独特的艺术魅力。

第一节　形貌美丽，成为刀光剑影中的绚丽风景

在清代文言小说中，绝大部分女侠都形貌美丽，作者注重女侠的年龄、外貌、衣着服饰的描写，突出女侠的女性特质。蒲松龄笔下的侠女，作者先直接描写：“年约十八九，秀曼都雅，世罕其匹”；接着又借顾母之口渲染：“为人不言亦不笑，艳如桃李，而冷如霜雪”①，一位冷艳秀雅的女侠形象耀然眼前。朱梅叔笔下的空空儿：“一韶丽女子，衣绛绡衣，弓鞋窄袜，行绝壁间采女贞，于树下上如飞鸟”②，可谓天真烂漫，轻捷如飞，翩翩欲仙。莱阳王生口中的高髻女尼：“高髻盛装，衣锦绮，行缠罗袜，年十八九，好女子也”③；《女侠翠云娘传》中的翠云娘，“周身绫锦，衣履一碧，而貌亦丽艳，见者辄疑洛水神”④；宣鼎笔下

① [清]蒲松龄：《铸雪斋抄本聊斋志异》，上海古籍出版社，1979 年，第 88 页。
② [清]朱梅叔撰，陈果标点：《埋忧集》（卷六），重庆出版社，2005 年，第 262 页。
③ [清]王士禛：《池北偶谈》（上册，卷二十六），中华书局，1980 年，第 628 页。
④ [清]虫天子辑：《香艳丛书》（五集卷三），人民文学出版社，1994 年，第 1425 页。

的筝娘："西之眉，南之脸，有态必俊，无词不温，大家富儿咸为之惑"[①]；江都侠士吕牧眼中的盗女倩珠，"环佩声锵，麝兰香溢，一女子已亭亭至前。谛视之，秀容夺目，媚眼流波，天人不啻也"[②]；王韬笔下的倩云"雪肌花貌，雾鬓云鬟，神仙不啻也"[③]，等等。这些描绘中，女侠们或惊为天人，或疑为洛水神，貌若天仙，气质非凡，充分展现了女侠作为女性的天生丽质与婉转柔美。

女侠们不仅容貌美丽，装束亦绮丽。在与各路强盗歹人的打斗中，她们飒爽的英姿，成为刀光剑影中最靓丽的风景。姚伯祥《名捕传》中的名捕妇，捕盗之前，州解所见："亦短小好妇人，以皂罗覆面，手抱一婴儿"；妇追杀群盗，骑马绝尘而去，诸捕奔马随之；当诸捕到时，妇已杀死二盗，余三盗已弃银而逃，只见"此妇犹旖旎寻常，善刀藏之"[④]。刀光剑影中，一位武艺高超、玲珑优美、傲视群盗的女侠形象浮现于眼前，生动而又旖旎。徐珂《杨二姑为飞刀神手》中的杨二姑"每战，二姑辄以黄巾裹首，系大红战裙，与其夫并辔而出，冲锋陷阵，人莫敢敌"，宛然是战场上的一朵绚丽的红云，灿烂耀眼。王士禛《女侠》中高髻女尼，"可三十余，高髻如宫妆，髻上加氈笠，锦衣弓鞋，结束为急装，腰剑，骑黑卫，极神骏。妇人神采四射，其行甚驶"[⑤]；《了奴姊妹》中了奴姐姐义救何生，"倏有女子飞骑来，锦衣弓鞋，腰剑挟弓矢，即马上举足勾兽鼻，兽狂吼而奔"[⑥]；徐珂《刘三姑娘舞双刀》中的刘三姑娘"美而勇，尝披红锦袍，插双雉尾，乘骏马，舞双刀，所向无敌"[⑦]。这种头带氈笠、身披披风、锦衣弓鞋、腰挎刀剑、骑卫神驶的女侠形象，来去如风，英姿飒爽，不仅为小说平添了几分神秘，也充分展现了女侠们在刀光剑影中驰骋往来、来去无踪的英武与绚丽，冷峻优美，光彩照人，尤引人注目。

女侠们靓丽的容颜、飒爽的英姿，不仅是刀光剑影中的绚丽风景，在小说故事情节的发展中往往还发挥着重要的作用。有的因美而起祸，有的用美而复仇，女侠之美成为构建女侠故事的重要元素。云娘"貌殊艳"[⑧]，参将之子心

① [清]宣鼎：《夜雨秋灯录》（全二册），上海古籍出版社，1987年，第598页。
② [清]王韬撰，王思宇校点：《淞隐漫录》（卷四），人民文学出版社，1999年，第185页。
③ [清]王韬撰，王思宇校点：《淞隐漫录》（卷九），人民文学出版社，1999年，第428页。
④ [清]张潮辑：《虞初新志》（卷十七），上海开明书店，1932年，第273页。
⑤ [清]王士祯：《池北偶谈》（上册，卷二十六），中华书局，1980年，第627页。
⑥ [清]乐钧：《耳食录·了奴姊妹》，引自马灿杰等编定《中国古代武侠小说集·续剑侠传》，中国文史出版社，1998年，第257页。
⑦ [清]徐珂：《清稗类钞》（第6册），中华书局，2003年，第2938页。
⑧ [清]钮琇：《觚剩》，台湾文海出版社，1956年，第46页。

动而欲狎；纺绩少妇为二十许美妇人，铁腿韩昌径入相戏；庚娘“丽而贤”[①]，王十八羡其色而害死庚娘一家；程楞仙“仪态万方，天然斌媚”[②]，师兄法显艳女美而欲得之为世外眷属，等等。正是因女美，才招来祸患，才有了后来女侠们生动的惩淫或复仇的故事：云娘惩戒参将之子，参将之子险被刀拟；纺绩少妇痛打铁腿韩昌，韩昌狼狈不堪；庚娘假意周旋王十八，于新婚之夜手刃仇人；程楞仙计斗师兄法显，法显丧命等。即女侠之美成了这些故事发生的重要诱因。女侠们形貌美丽，往往也成为女侠惩恶复仇的有利条件，推动着故事情节向前发展。如商三官为父复仇，女扮男装成伶人，“貌韶秀如好女”[③]。尽管不善唱曲，但因其美且善行酒，仍得豪绅青睐，被豪绅留下过夜，从而获得接近并诛杀豪绅的机会。其自缢身死后，仍“貌如生”[④]，又才引发公人欲淫暴死之事。如果商三官之美无意中成为复仇的有利条件的话，那么《杨娥传》中的杨娥则有意而为之。为了诛杀平西王吴三桂，替永明王报仇，娥和兄于平西王府西开酒肆，欲以色近吴。娥“日施脂粉，御金翠，靓妆艳服，自当垆，纤腰玉貌，见者惊为天人”[⑤]。正是由于丽人当垆，才引发了吴三桂麾下健壮兵丁借酒相狎之事，招致杨娥痛打；正是有了娥痛打兵丁之事，才引起了吴三桂的注意；正是吴三桂欲纳娥为妾，娥才会有靠近吴三桂的机会。遗憾的是大仇未报身先死，娥刚有了接近吴的机会，却又身染重疾，抱恨而死。在这篇小说中，杨娥之美推动故事情节的发展，起着关键的作用。这种因女美而引发故事，推动故事情节的发展，既为构建女侠故事发挥着重要作用，又符合女侠作为女性本身的性别特征。

由上可知，在清文言小说中，文人们对女侠的形貌描写高度重视。他们或抓住最能凸现女性特征的容貌与服饰进行直接描写；或借他人之口、他人之眼反复渲染；或通过引发的事件侧面烘托等，充分展现女侠的女性特征。较之唐女侠“美妇人”“容色甚佳”等简单描写，清女侠更有女性的味道，写作方法技高一筹。

第二节　情感展现，凸现女侠丰富细腻的内心世界

唐代文人对女侠的刻画，多通过外在行为的描写来展露女侠刚毅果决的个

① [清]蒲松龄：《铸雪斋抄本聊斋志异》，上海古籍出版社，1979 年，第 161 页。
② [清]王韬撰，王思宇校点：《淞隐漫录》（卷四），人民文学出版社，1999 年，第 171 页。
③ [清]蒲松龄：《铸雪斋抄本聊斋志异》，上海古籍出版社，1979 年，第 157 页。
④ [清]蒲松龄：《铸雪斋抄本聊斋志异》，上海古籍出版社，1979 年，第 157 页。
⑤ [清]虫天子辑：《香艳丛书》（五集卷三），人民文学出版社，1999 年，第 1395 页。

性与超凡脱俗的气质，对女侠细腻的情感世界却不够重视。如贾人妻、崔慎思妾等复仇女侠在杀子之前内心是否充满矛盾、痛苦，小说几乎不写。清代文人在这一方面又有新的突破，他们开始注重女侠情感世界的开拓，善于用人物的表情、语言、行动等细节的描写来展现女侠丰富细腻的内心世界。

蒲松龄最擅长用人物表情、言行来展现女侠的内心世界。《侠女》篇中，侠女平时不苟言笑，“冷如霜雪”，实与侠女内心深处奇冤刻骨、时忧报仇的秘密紧密相关；当感于顾生之孝与周济之恩时，一向冰冷的侠女却对目注于她的顾生“忽回首，嫣然而笑”，很自然地传递着内心深处对顾生的感激与有意，以及对顾生眷恋的默许；面对娈童的狎戏，其“冷语冰人”，并言“再复尔，是不欲生也已”，表现了侠女内心对无礼娈童的容忍与厌恶；大仇得报，其“笑”曰“大事已了，请从此别”[①]，侠女复仇后发自内心的欣慰与快意溢于言表；之后又嘱咐顾生：“所生儿，善视之。君福薄无寿，此儿可光门间。夜深不得惊老母，我去矣！”简短几语，又将侠女临行前对儿子的眷恋、对顾生和顾母的关切之情生动地展现了出来。作者善于通过侠女表情、言行的变化展示其丰富的内心情感，使女侠形象更加细腻、丰满。《庚娘》篇中也多次利用庚娘的言行展现其隐秘的内心世界。当庚娘一家与王十八同行时，庚娘曾“隐告金曰：‘勿与少年同舟。彼屡顾我，目不动而色变，中叵测也’”，表现了庚娘善于察言观色的敏锐洞察力和内心深处的隐忧。果不出所料，后王十八害其一家，“庚娘在后，已微窥之”。亲眼看见一家人被害，但她却强忍着悲痛，故作不惊，假装不知，“但哭曰：‘翁姑俱没，我安适归！’”[②]既周旋了对方，又为日后报仇提供了契机，表现了庚娘沉着冷静、机敏坚忍的内心世界。

母爱，是女性最伟大、最高尚的情怀。唐代文人对此似乎极为漠视，女侠复仇后一般都“杀子”断念而去，这固然表现了女侠的果敢决绝、非同凡俗，但毕竟违背了人性，给读者留下的是“嗜杀”的血腥味儿。女人天然的母性荡然无存，杀子的背后隐藏着冷酷、“非人”的一面。清代文人笔下的女侠却一改唐女侠“嗜杀”的特性，伟大的母爱、天然的母性在她们身上得到生动的展现。作家们巧用一些细节描写，生动展现女侠这一博大的情怀。《恶饯》中，卢生妻欲离盗窝，必须闯过祖母、嫡母、生母、寡姐四关，所谓“祖饯”。过生母一关时，生母对女儿的博大情怀，描写生动细腻：

> 遥望中堂，生母垂涕而俟。女亦含泪出见，曳卢偕跪。生母曰：“儿太忍心，竟欲抛娘去耶？”两语后，哽不成声。卢拉女欲行，女牵衣大

---

① [清]蒲松龄：《铸雪斋抄本聊斋志异》，上海古籍出版社，1979年，第88-90页。

② [清]蒲松龄：《铸雪斋抄本聊斋志异》，上海古籍出版社，1979年，第161-162页。

泣。生母曰："妇人从夫为正，吾不汝留。然饯行旧例，不可废也。"就架上取绿沈枪，枪上挑金钱数枚，明珠一挂，故刺入女怀。女随手接取，砉然解脱，盖银样蜡枪头耳。佯呼曰："儿郎太跛麾，竟逃出夫人城矣！"女会其意，曳卢急走。[①]

生母与女儿的牵衣哭泣，表现了母子情深、难舍难分的悲痛情怀；特别是一句"儿太忍心，竟欲抛娘去耶？"表达了母亲对女儿的深深眷念与不舍，以及别后的凄怆、孤独也溢于言表；生母假意阻拦女儿，实则用银样蜡枪头挑以金钱、珠宝送入女怀，又生动表现了生母对女儿深深的疼爱与关怀，博大的母爱情怀昭然若见。作者沈起凤对这种母性的赞美与肯定也显而易见，后女之一家事败被斩，独"女之生母，孑身远遁，祝发于药草尼庵，年八十而终"。篇末作者盛赞母慈子孝，曰："天之所福，慈孝为先。女之爱母，故不作覆巢之卵；母之爱女，故不作断颈之凫。"[②]《侠女》篇中，侠女也不再像唐女侠那样违背人性，"杀子"而去；而是将子托付于顾生，以延子嗣。这一细节的改动，使侠女回归了女人的本性——母爱的博大。

女侠对爱情的渴求，对人生幸福的追求，也表现了女侠丰富细腻的情感世界。宣鼎笔下的筝娘虽是一位卖艺于大江南北的江湖女子，当父亲当众宣布比武招亲，言谁能抱女离地寸许就以女妻之时，筝娘"立庭中，面转腼腆"，女儿的羞涩情状隐隐表现。当书生宓云郎含情脉脉，秋水盈盈，"俊目斜睇，故示以情"时，"女初颇沉沉，既而颊微赭，已而樱遽绽，嫣然一笑，生即蓦地抱之起矣"。这又将筝娘面对情意绵绵、深情款款的云郎时，心意迷乱，无法集中精力运气，以及内心的羞涩、默许等内心情状惟妙惟肖地表现了出来，即如作者所言"缘芳心一动，即着不得些子力耳"[③]。王韬笔下的程楞仙对"艳女美，欲得为世外眷属"的大师兄法显，是"衔恨刺骨，思有以报之"[④]；而对英雄儒雅的潘生却手下留情，主动预约"白门之游"，愿执箕帚，生动展现了女侠追求爱情、敢爱敢恨的率真情怀。《剑气珠光传》中剑气白如虹本是一位敢于追求爱情的"情侠"，然而，当丈夫珠光欲娶兰宾时，剑气辗然（笑着的样子）曰："恐他日兰妹于归，郎之恋新人，更甚于恋妾耳，能容妾改装独去否？"[⑤]这表面

① [清]沈起凤：《谐铎》（卷五），人民文学出版社，1999年，第64-65页。
② [清]沈起凤：《谐铎》（卷五），人民文学出版社，1999年，第65页。
③ [清]宣鼎：《夜雨秋灯录》（全二册），上海古籍出版社，1987年，第598页。
④ [清]王韬撰，王思宇校点：《淞隐漫录》（卷四），人民文学出版社，1999年，第171页。
⑤ [清]王韬撰，寇德江标点：《淞滨琐话》（卷六），重庆出版社，2005年，第124页。

是一句戏言，但听之也让人心酸，足见在一夫多妻的社会制度下，女侠内心深处的隐忧与无奈。《姚云纤》中姚云纤女扮男装游于浣花草堂时，邂逅举止娴雅的少年书生孙铸君时，孙趋之为礼，“女亦答以长揖，顾盼之际，红晕于颊”①，女侠与书生一见钟情的内心世界展现无遗。

清代文人善于运用人物的表情、语言、行动等细节的描写来展现女侠丰富细腻的情感世界，使女侠女性特征更为凸显，女侠形象亦更加生动、传神。当然，我们在肯定清女侠注重情感展现这一特点时，我们也不得不正视清女侠心理描写方面的不足，即作家们很少有对女侠直接的心理描写，实为一大缺陷。

第三节　手工伶俐，多才多艺，侠女的淑女风范

唐传奇中女侠多不食人间烟火，作者一般很少涉及女侠具体生活细节的描写；但在清文人笔下，女侠多被还原于生活，多赋予传统女性的伦理内涵。如贤惠理家、女工伶俐、遵礼从俗等，女侠形象民间化、生活化色彩很浓。蒲松龄笔下的侠女善理家、懂女工。其“日常至生家，见母作衣履，便代缝纫；出入堂中，操作如妇”，“衣绽炊薪，悉为纪理，不啻妇也”②。曾衍东笔下的浣衣妇善烹饪，其烹美味“熊燔一脡”，“炙馨欲染指”③，献抚军，以此得抚军青睐而入抚军府，为惩治抚军做好了准备。宣鼎笔下的筝娘为云郎妇后，即“易良家装束”④，操持家务，侍奉婆母，鼓励丈夫读书。王韬笔下的邱小娟，力大无穷，剑术高超，随丈夫乐崇道归乡后，“女亦了无异人处，闲时专习针黹，工刺绣，姻娅往来，亦无有知其能武备者”⑤。另外，《齐无咎》中磨面为生计的齐无咎妾、《铁腿韩昌》中的纺绩少妇、《白巧儿护主御盗》中为缝纫之仆的白巧儿、《某妇人针刺毙人》中倚灯制履的护镖妇人等，都女红伶俐，充满了民间女子的生活气息。这些描写一方面突出了清文人笔下女侠的贤妻良母倾向，增强了女侠的伦理色彩；另一方面从女侠的性别特征看，这些女侠又多了几分传统“女人”的味道，女性特征明显化。

---

① [清]王韬撰，王思宇校点：《淞隐漫录》（卷七），人民文学出版社，1999 年，第 322 页。
② [清]蒲松龄：《铸雪斋抄本聊斋志异》，上海古籍出版社，1979 年，第 88 页。
③ [清]曾衍东：《小豆棚》，台北新文丰出版公司，1978 年，第 23 页。
④ [清]宣鼎：《夜雨秋灯录》（全二册），上海古籍出版社，1987 年，第 598 页。
⑤ [清]王韬撰，寇德江标点：《淞滨琐话》（卷三），重庆出版社，2005 年，第 71 页。

清文人不仅赋予女侠传统女性的伦理内涵，而且极力赋予女侠多才多艺的文化艺术内涵。《田凤翘》中鬼女田凤翘善诗才，能吟诗作赋。雌雉之怪、千年之猬欲害孝廉，化为美女与孝廉饮酒赋诗。正当酒酣兴隆之际，女为了警醒孝廉，赋诗一首：

> 长夜无灯燐自照，断魂谁伴月为俦。
> 凄凄一树白杨下，埋尽金闺万斛愁。①

"孝廉见其诗中有鬼气，咄咄逼人，不禁色变而起。"②鬼女田凤翘故意"赋诗见志，耸动君听"③，让诗中的鬼气败坏孝廉的饮酒兴致，致使宴席不欢而散，为救孝廉埋下伏笔。

邹弢《吴女诛仇》中女侠吴女不仅有出奇兵杀流寇为父复仇的"武"才，也颇具"文"才，小说后面差不多一半的篇幅是在写女侠的"文"才和对爱情的追求。

> 女有弟，齿尚樨，女抚育之，令就南村赵氏读。赵富豪有子，年甫十六，闻女美，遣冰媒之。女怫然曰："大腹贾目无一丁，欲以燕雀配鸾凤耶?"遂偕弟亡去。迁嘉兴，爱鸳湖之胜，结茅而居，日课其弟。时浙之某生，贵介也，二十未婚，有高尚风，视富贵如浮云，竹杖芒鞋，常徘徊于青山绿水间，闻女贤，托媒媪求为妇。女亦素闻生名，赋一绝示之云：
>
> 茅轩倚水敞双扉，时向空庭看蝶飞。
> 果是江湖垂钓客，不妨移艇傍渔矶。
>
> 生得诗大喜，遂结庐湖侧，名曰"小百尺楼"，择吉时，女归。炉围雪夜，诗咏花期，伉俪甚相得也。女尝为生谈复仇事辄欷歔不止。后其弟渐长，为之成室，女亦生子女各一，皆有父母风。生与女寿九十余，同日死。……④

吴女拒绝富家子求婚，原因就是该子"目无一丁"，甚至为了躲避还不惜搬家亡去；而对徘徊于青山绿水间竹杖芒鞋的某生，却异常钟情，赋诗相约，诗中描绘了愿与书生共同追寻青山绿水生活的美丽图景，算是女侠对志同道合者

① [清]长白浩歌子撰，冯伟民校点：《萤窗异草》(初编卷一)，人民文学出版社，1999年，第35页。
② [清]长白浩歌子撰，冯伟民校点：《萤窗异草》(初编卷一)，人民文学出版社，1999年，第35页。
③ [清]长白浩歌子撰，冯伟民校点：《萤窗异草》(初编卷一)，人民文学出版社，1999年，第35页。
④ [清]邹弢著；王海洋点校：《浇愁集》，黄山书社，2009年，第25页。

的表白，二人结庐湖侧，白头偕老。从这则故事可以看出，清代文人对女侠形象的塑造不再是简单地记述其单一的复仇故事，而开始追求多元的审美价值：女侠不仅“武”才、“文”才兼备，体现了清代小说重“女才”的审美倾向；同时女侠还大胆地追求志同道合的爱情，具有高蹈的隐逸之风，这些都不能不说寄寓了作者的审美追求与情怀。

另外，林云铭笔下的林四娘、娄东羽衣客笔下的周栎园姬等都善诗才，能赋诗联句。徐珂《杨二姑为飞刀神手》中杨二姑不仅在战场上莫人能敌，同时也精通文墨，丈夫不识字，簿书皆委之二姑，小说中还实录了一篇出自二姑之手的安民告示，“二姑自命通才，意谓不必有人相助也，凡被掳之能文者辄杀之。”①

王韬笔下多文武双全、多才多艺的女侠形象。《盗女》中的盗侠倩珠不仅剑术高超，而且琴棋书画，吟诗作赋，样样皆精。文中有一段意境优美的描写：

> 生日在山中，无可消遣，惟以书史自娱。屋后有小园，花木繁绮，池石清幽，生日登徙其间。或偕女觅句联吟，敲棋读画。一日，独出散步，从石洞出，渡一小桥，则有一轩在焉。轩中陈设俱备，鼎彝古雅，笔砚精良。几上有恽贴四册，题曰“倩珠女史清玩”，知为女子之书室。近窗胆瓶中供梨花一枝，清芬四袭。悬一楹联，云“宝剑有时思出匣，玉人何处教吹箫。”乃女所自书，笔致娟秀，不让南田也。生方拟再观，而女已从旁室入，笑曰：“郎亦在此耶？”生赞女文事之妙。女笑曰：“郎亦解弹琴乎？”爰解壁间所悬古琴，为弄数曲，其声清越以长。②

该段描写体现了女侠高雅的情趣。女侠的后园花木繁绮，池石清幽，配以桥、轩，古朴雅致；轩中陈设俱备，精良的笔砚，几上的恽贴，女侠自书的楹联，壁间悬挂的古琴，再加上女侠清越悠长的琴声等，俨然一书香门第，让人完全忘记了这是在深山中的盗窝。

《姚云纤》中的姚云纤是瑞莲庵主持尼碧修之高徒，不仅剑术了得，还善词曲，尤善音律琴瑟，被称为“曲圣”：

> 幼不喜操女红，独好弄弦缦，唱歌曲，一学便工。隔邻蒯氏兄弟，皆游冶子，延曲师教习，长夏无聊，辄曼声度曲，按拍依腔，引商刻羽。女凿壁偷听，得其指授，无人时转喉学唱，音韵抑扬，不爽累黍，诸善

① [清]徐珂：《清稗类钞》（第6册），中华书局，2003年，第2938页。
② [清]王韬撰，王思宇校点：《淞隐漫录》（卷四），人民文学出版社，1999年，第185页。

才聆之，悉以为弗及也，因是呼女为“曲圣”，更从事于丝竹，铿锵嘹亮，益复可听。一日，有穷措大携书求售。女父适他出，女问何书。曰：“此纳书楹《缀白裘》也。”女睹旁行斜上之字，知即所填工尺，欣喜如获至宝，立拔头上钗质钱易之。于是循音求字，渐能通晓。再读诗词，恍如夙习。女性既慧警，貌尤娉婷，邻里戚串中诸女子，自叹弗如。父母爱之不啻掌上珍。……[①]

姚云纤喜爱曲艺，凿壁偷学，诸善才都自觉不及，被称为“曲圣”；后又得《缀白裘》（清代刊印的戏曲剧本选集）进行研习，更是通晓音律，无人能及。

《剑气珠光传》中的剑气也是文武双全，不仅“能挟弹中飞鸟，舞刀槊，工击刺”；也“涉及猎书史，谈吐颇隽雅”；书法更是了得，其游于鼎湖罗浮西山，“辄纵笔大书，题诗石上，以志游踪，必令石工镌刻，深入数分许，远近慕其字者，争拓之，珍若拱璧”。[②]

在这些女侠身上，“女子无才便是德”的教条亦明显不在。女侠们多才多艺的文化艺术内涵，体现了清代文人重女才的审美取向，这也明显可见明清之际才子佳人小说对清代武侠小说的影响。

综上所述，清文言小说注重女侠作为女性在容颜、情感、妇工、女才等方面的特征，女侠具有了明显的传统淑女风范。这些描写不能说绝对进步，但在客观上至少产生了两个艺术效果：一是将女侠形象还原于生活，更加生动、传神，民间化、生活化色彩更浓，使读者与女侠距离进一步拉近；二是女侠形象女性化特征更加凸显，从而使女侠真正回归性别本位。

---

① [清]王韬撰，王思宇校点：《淞隐漫录》（卷四），人民文学出版社，1999 年，第 320 页。

② [清]王韬撰，寇德江标点：《淞滨琐话》（卷三），重庆出版社，2005 年，第 121-125 页。

第六章

忠孝贞烈，清女侠精神内涵伦理化

第一节　侠的文化探源——墨、道、儒的融合与改造

我国侠文化源远流长。对于侠究竟源于何家何派，许多研究者进行了研究与探索。近年来出现了不少以侠文化为研究主题的各种专著，如前文已提到的曹正文的《中国侠文化史》、韩云波的《中国侠文化：积淀与传承》、王立的《武侠文化通论》等。他们比较一致地认为，侠作为一种特殊的文化现象，是中国传统文化的综合产物，与儒、道、墨等各家都有着这样或那样的联系，呈现出一种较为复杂的形态。

罗立群先生在《中国武侠小说史》中认为侠主要受益于墨侠文化，兼受儒、道二家影响：

> 古代武侠小说作为一种类型模式，在题材选择、内容表达方面，主要受益于墨侠文化，表现侠者的血性气质——见义勇为、豪爽刚直。但儒家的忠孝节义、仁政礼教，道家的清心寡欲、浑然忘我，都在武侠小说中得到充分的展现。于是，小说中的侠客，既可啸聚山林，做绿林盗侠，又可接受招安，与清官为伍，为皇家捕盗治安；既任性而为，不拘礼法，又与儒家礼教联结一气；既有天下人管天下事的积极入世精神，又常常表现出仙风道骨，否定现世生命和功利，大有归隐出世的超脱意味。①

稍后曹正文先生在《中国侠文化史》专用一节《诸子百家论侠》，较详细地论述了侠与儒、道、墨三家的关系。他不仅分析了侠与三家思想的相合之处，还重点分析了侠与三家的不同与对立，认为：“中国之侠的成长，都从某一方面继承了中国传统文化思想的一部分，但又与三家学说持相对立的态度。”首先，

---

① 罗立群：《中国武侠小说史》，辽宁人民出版社，1990 年，第 28 页。

儒与侠有两点相合：一是都看重刚毅勇敢的品行："可杀不可辱"；二是都把名誉和信诺看得比财物和生命更宝贵。但从儒家的基本思想而言，认为儒与侠又是两个相对抗的阶层,"儒家代表了士大夫的道德观,而侠代表了平民的道德观,他们的社会地位与人性气质上的相异,导致了儒与侠处事行事上的不同出发点,这种出发点也就形成了两种不同的人生观。"道家的崇尚自然，追求逍遥自由，不受世俗、礼教约束等也与侠相通。但二者处世观又相对立："老子、庄子取清静无为、与世无争的行为规范，这与侠的刚猛好争的风格截然相反。再从两者的精神世界去探索，道家追求的自由是指精神上的逍遥游，而不同于侠客希冀在现实中获得平等自由的社会地位。道与侠的冲突，说到底是古代知识分子与平民意识的冲突。"墨家对侠的行为影响最大，曹先生从五方面进行了比较：墨家敢于死、勇于牺牲的精神与侠轻生无畏相合；墨子所倡的仗义疏财、勉力助人与侠之风近似；墨子弟子与侠都属平民；墨子集团严格的家法与侠的江湖帮规有共同之处；墨与侠都有强烈的正义感，都乐于助人，都讲究忠诚与信义。但墨与侠也有相对立的地方：一是墨家倡"非攻"，反对用武力解决问题；但侠则主张恩仇必报，用个人武力解决问题。二是墨家生活简朴、严于律己；而侠往往任性自由、无拘无束，甚至花天酒地、挥金如土。曹先生较全面地分析了儒、道、墨三家对侠的影响，但认为侠与三家从本质上相对抗，属于一个独立的阶层。①

韩云波的《中国侠文化：积淀与传承》专章分析中国传统文化对侠的影响，明确提出"侠与侠文化，乃是中国文化共同的综合产物，而不单单属于一家一派"。比较系统地分析了儒、道、墨三家对侠文化的影响，认为三者并不是在同一角度、同一层面上对中国侠文化发生影响的，而是各有不同的侧重：

> 在儒、道、墨三足鼎立的中国本土文化主体格局中，儒代表了以道德伦理为主体的文化形态，墨代表了以小生产者意识为主体的民间下层文化理想，道则由对宇宙人生的探索而最终成为宗教。它们都对中国侠文化产生了重要影响，儒的影响主要在道德意识形态上，特别是对"正气"和"大丈夫"气概的强调；墨主要影响于侠的行为文化，特别是"兼爱"和"力强"观念的树立；道主要影响于侠的人格个性，一种与隐士理想相结合起来的个性自由追求，一种与宇宙自然之道及神话意识结合起来的"仙侠五花剑"的神奇武功和艺术幻想。在儒、道、墨文化的共

① 曹正文：《中国侠文化史》，上海文艺出版社，1994 年，第 8-12 页。

同影响下，侠，作为中国本土很早就有了的文化形态，数千年来，一直都在我们的民族文化中大放异彩！[①]

以上专著对中国侠文化的探源，可谓层层深入，愈来愈成体系。总的说来，侠作为我国本土很早就有的文化形态，是儒、道、墨等家思想共同影响与作用的结果，是一种综合性很强的文化形态。因前人论述已很清楚，且本节的重点是研究清女侠的文化内涵，故此不再赘述。

第二节　清女侠的文化内涵——偏重于儒家的精神内涵

以上专著的研究者都是立足于现在，对整个侠文化进行探源。即从先秦游侠到现当代的武侠小说是作为一个整体来观照的。而笔者本节研究的重点是清文言小说中女侠的文化内涵，因此我们不得不将视点缩小到古代文言小说中女侠形象体系这个范畴。侠受墨、道、儒三家思想的影响，女侠自然也受三家思想的影响。女侠自由叛逆、洒脱不羁的人生态度，仗义行侠、抱打不平的精神气质，以及她们神奇莫测的剑术与法术等，主要是受墨、道两家思想影响的结果；女侠也讲忠孝节义，遵从礼教等，自然又是受儒家思想影响的结果。

唐传奇中的女侠形象，受儒家伦理道德观念的影响其实并不明显。尽管早在汉代，随着董仲舒在“天人感应说”基础上提出的“三纲五常”的定性与弘扬，那些专为女性而设的“三从”“四德”“七去”等伦理道德观念已经形成，女教也逐渐形成系统化的理论；但相对而言，这些在现实生活中的影响还是不太大。尤其在自由开放的唐代，礼教对女性的约束更是宽松，故唐代文人笔下的女侠多自由叛逆，洒脱不羁，不拘礼法，婚姻自主，受儒家伦理道德观念的束缚很小。女侠们行事多以自我为中心，侠举灵活自由；所谓忠孝节义，体现更是不明显。

女侠真正受儒家伦理思想影响比较明显的是宋代理学兴起以后。随着宋代理学的兴起，宋明女侠的这种伦理道德意识已初见端倪[②]。在清代文言小说中，这种伦理道德意识在女侠身上更加浓厚，体现了文人对当时社会提倡的伦理纲常的自觉维护与劝世精神。正如《守宫砂序》中作者对文中侠客的概括：“其中

① 韩云波：《中国侠文化：积淀与传承》，重庆出版社，2004年，第2-18页。
② 参见第一章第二节。

皆是劝人为善，为臣者当尽忠，为子者当尽孝。奉劝世上之君子，当以忠孝二字为立身之本，至于行侠好义，亦生人不可少评。宜就其力量之可耳。”[①]即忠孝节义既是所谓君子的立身之本，也是侠客必须遵循的道德规范。这是对清代长篇武侠小说中侠的形象的概括和总结，其实也可以看作是对清文言小说中女侠形象的一种概括。相对前代文言小说中的女侠形象而言，清女侠的文化内涵更侧重于儒家的精神内涵，伦理化倾向愈来愈明显。

一、女侠多表现儒家的正统观念

在清文人笔下，女侠的侠义精神发生了根本性变化，他们摒弃了前代女侠们侠举的随意性与自我性，而是按儒家的正统观念赋予其正义的合法外衣。

对于复仇女侠，小说总是突出复仇女侠家人被冤杀或者被乱贼所杀的过程，交代女侠复仇的缘起，以突出女侠复仇的正义性。如商山官之父被“豪族家奴乱捶之。舁归而死”；[②]庚娘亲眼目睹家人被王十八推下水去、无辜被害的场景；吴女父亲被匪寇王十七杀害，弃尸于野；粉成公主的父亲为奸臣所害；姚云纡父母被乱贼裹胁而去等。较之唐女侠，如贾人妻、崔慎思妾等只言复仇，不言为何复仇，或者复仇后才简单交代奇冤刻骨等，其突出的是女侠的神秘性；而清文言小说中复仇女侠一般是直接描写女侠复仇的缘起，女侠是否“奇冤刻骨”？其复仇是否具有正义性？完全蕴含于字里行间。当读者读到这些权贵、乱贼欺负百姓、陷害忠良、草菅人命的时候，都会愤愤不平而生惩恶之心，更何况女侠本人呢？后文女侠惩恶复仇自然也就顺理成章，这既满足了读者惩恶的期待，又彰显了女侠复仇的正义性。

仗义女侠惩罚的对象总是或贪、或暴、或淫、或恶，她们是为正义而行侠。如高髻女尼斩杀的是行盗窃之事红梢贼目和夜入其室的淫恶少年，张青奴惩治的是强占民女的霸道权贵少年，云娘惩戒的参将之子是好色之徒；空空儿警示的黄太保为瞒上欺下的贪暴之徒，浣衣妇惩罚的抚军为道路以目的骄恣之徒，金陵女子惩戒的朝贵是淫纵霸道之徒等。这些仗义女侠或为个人，或为他人，或为天下人，仗义行侠，惩戒这些贪暴淫恶之徒时女侠往往还有大段的说辞或者书信以示警戒，或历数其条条罪状，或警戒其勿贪勿暴勿淫，或劝勉其忠君报国、当为天下离骚民为重等，其正义性更是不必言说。

① [清]无名氏:《守宫砂》，载孙再民主编《中国古典孤本小说宝库》本，中央民族大学出版社，2001 年。
② [清]蒲松龄:《铸雪斋抄本聊斋志异》，上海古籍出版社，1979 年，第 156 页。

报恩女侠报答的大都是正直廉洁的清官，如聂书儿、孙壮姑、倪惠姑等报答的恩公都是为父昭雪冤案的清官，表达了广大民众渴望清官的强烈愿望；惩淫制恶的女侠惩戒或者杀害的都是恃强凌弱之徒或者好色之徒；护镖女侠与各路盗贼进行不屈不挠的斗争等，都体现了其行侠的正义性。

即使是盗侠，作者也尽力强调其为盗的无奈和渴望皈依正途的强烈愿望。如粉城公主为盗是因为父亲被奸臣所害，一门被戮，被迫无奈逃至海外，聚众义士为盗；但他们又专杀贪官污吏，并劫其钱财，“迹虽绿林，然尚怀忠义之心”，[①]所谓只反贪官不反皇帝的倾向非常明显。女侠程楞仙一家为盗，是因为其兄“曾为武进士，受职督阃，不睦于营员，以是罢官”；其父“好结客，江湖术士至其门有所丐贷，无不立应，有‘小孟尝’之称，坐是落其家”。[②]《姚云纤》中的吴绣鸾为盗，是因为：“父曾官守备，以发逆窜临清，失机褫职。”[③]父死，无奈流落为盗。《盗女》中吕牧出生武世家，以第一名科登武解元第。后落入盗窟与盗侠倩珠成婚后，终日沉溺于山中生活，倩珠有一段规劝之话：“君以胪唱第一人获登侍从之班，荣亦极矣，恩亦至矣，致身功名，当思自奋。此盗窟也，安可久居？郎其速作归计，妾愿相从。”[④]即在盗女眼中，远离盗窟，“致身功名，当思自奋”[⑤]方是正道。儒家的富贵功名、建功立业思想可见一斑。《恶饯》中卢生妻抛弃亲人，险过四关，冒着生命危险也要远离盗窟，随夫返乡，一方面表现了女子嫁夫随夫的封建意识，另一方面也表现了盗侠渴望皈依正途的强烈愿望。这些女盗侠大多因为不得已的种种原因为盗，一旦有回归正途的渠道，便毫不犹豫离开盗窟，儒家所谓的名分思想、忠义思想比较明显。

武侠有正邪之分，正即为正义行侠，邪即当被诛之。清代文言小说亦非常强调女侠行侠的正义性。如女侠程楞仙、潘叔明和大师兄法显都为铁脊禅师之徒，然当法显约斗程楞仙、潘叔明时，师父铁脊禅师并没有加以阻止，实质是因为大师兄法显不守僧道，淫纵霸道，应是师父默许另二徒弟清理门户吧！正邪不言自明。又如仗义除害的女侠李四娘即使为妓，亦知道为正义行侠方名垂千古，正如她对兰仙所说的一段话：“人固有一死；死或重于泰山，或轻于鸿毛，亦视其所死何如耳。子苟能舍此一身，除暴救民，则盛烈垂当时，芳名流后世，岂不善哉？”[⑥]

① [清]王韬撰，寇德江标点：《淞滨琐话》（卷三），人民文学出版社，1999年，第163页。
② [清]王韬撰，王思宇校点：《淞隐漫录》（卷三），人民文学出版社，1999年，第170页。
③ [清]王韬撰，王思宇校点：《淞隐漫录》（卷七），人民文学出版社，1999年，第324页。
④ [清]王韬撰，王思宇校点：《淞隐漫录》（卷四），人民文学出版社，1999年，第185页。
⑤ [清]王韬撰，王思宇校点：《淞隐漫录》（卷四），人民文学出版社，1999年，第185页。
⑥ [清]王韬撰，王思宇校点：《淞隐漫录》（卷三），人民文学出版社，1999年，第179页。

二、赋予女侠新的历史使命：替天行道与民族气节

唐传奇中的女侠或为家人复仇，或报他人之恩，多为个人而行侠。其中聂隐娘、红线女虽已融入除暴安良的美学价值，但从作者创作的主观意图而言，她们主要还是为主人效劳的刺客或保护神，并没有真正着眼于政治大局或黎民苍生，则唐女侠行侠的主要目的，多囿于个人的小范围。之后宋元明文言小说中的女侠篇目多融入战乱、思乡等题材，社会批判力度日益增强，但女侠行侠也多为资助受难士子或者文弱书生。到了清代，文言小说中除暴安良、为民除害的女侠形象大量增加，她们仗义行侠，或惩贪除暴，替天行道，如高髻女尼、空空儿、浣衣妇、张青奴、粉城公主、金陵女子等；或斩妖除怪，为民除害，如聂碧云、李四娘、剑仙中年妇等。原来多为个人恩怨而行侠的小我情怀渐渐升华到为黎民苍生而行侠的大我情怀，即女侠行侠的目的由“为个人”向“为天下”发生着转变。这种转变足见儒家关注苍生、积极济世的思想在清女侠身上发挥着重要的作用。

侠之大者，为国为民。晚清时期，国势衰微，列强入侵，一些女侠在国难当头、国破家亡之际，表现出非同寻常的家国之忧与民族气节。如秋星的《女侠翠云娘传》就塑造了一位面临八国联军入侵、国破家亡之际而愤然崛起、勇于抗击西兵的女侠形象。翠云娘从小随父卖解，流转江湖，行踪几遍南北。曾卖技于上海，其父受人诬陷而被洋人拘捕。女前往申诉，结果“捕房例严禁华人，不许有所陈”，亦被囚，备受苦楚，翠云娘对蛮横洋人切齿痛恨，愤然曰：“吾国官吏，往往不免冤诬人，吾每谓之暴，窃窃不平，然尚容人辩诉也。不意西人乃若此！”这让女深深感受到列强入侵、华人屈辱的社会现实。罚钱释放后，女愤然加入义和团，抗击洋人。然团内纪律松散，行事有类盗贼，女颇忧之；可大势所趋，独力不能挽。后联军入京师，团众皆逃窜，独女激励其部下英勇奋战，并严惩团中卖国求荣者：

> 联军长驱入京师，团众逃无踪。女愤甚，激励其部下人，咸愿效死。遂与某国兵巷战，竟日，西兵死伤者颇多，女部下人亦伤亡略尽，乃耸身登屋逸去。后团中领佐，大半为西兵向导或仆役，且藉西兵之势，劫夺枪杀，无恶不为。女慨然曰：“吾误与若辈共事，事胡能成然？此耻不可不一湔也！”乃约会饮于某处。众素倾慕女。是日，到者甚众，女遂宣言曰：“吾向谓若辈人也，不意乃狗彘之不若。今君出国亡，皆若辈之罪。

吾谨以若辈谢天下。”割然出长剑骈戮之，遂去，不知所终。[①]

翠云娘带领部下对西兵开展巷战，西兵死伤颇多，直到部下伤亡略尽方耸身离去；之后她又对团中那些卖国求荣、仗西兵之势而欺辱百姓者的痛骂杀戮，体现了女侠疾恶如仇特点和国难之际的家国情怀与民族气节。

无独有偶，徐珂收入《清稗类钞》战事类的《冯婉贞胜英人于谢庄》也塑造了一位智勇双全、英勇抗击英军的女侠形象。冯婉贞故事的背景是英法联军第二次自海上入侵中华，清朝统治者屈服于英、法、美、俄四国，签订了丧权辱国的《北京条约》。这样就更是激起了民愤，广大民众纷纷起来反抗和打击帝国主义及其走狗，英法侵略者也不断遭到失败。根据著名史学家杨天石先生在其《世上并无冯婉贞》一文的考证，本故事纯属虚构，发表于《申报》，作者陆士谔，后被徐珂收入《清稗类钞》。该篇写圆明园旁边谢庄人民不畏强暴、抗击敌寇、保卫家乡的故事，塑造了智勇双全的女侠形象冯婉贞，表现了广大民众反帝的决心和巨大力量。

冯婉贞生活于谢庄，离圆明园十里，是猎户冯三保的女儿，年十九岁，姿容妙曼，自幼跟随父亲习武，习无不精。冯三保 “勇而多艺”，被乡人推举为谢庄团练，率领庄民在要隘之处筑建石寨和土堡防御外敌入侵。一日，探子探得一英国军官率领大约一百名印度兵前来，等敌军靠近石寨进入火药枪射程范围内时，冯三保带领庄民痛袭敌军，敌军纷纷落马。在第一次击退英军，冯三保和庄人都沉浸在喜悦之中时，唯独冯婉贞很忧愁，说：“小敌去，大敌来矣”。她认为如果大敌携火炮前来，整个村庄危矣！当父亲问计时，她极其客观冷静地分析了当时的形势：“西人长火器而短技击，火器利袭远，技击利巷战。吾村十里皆平原，而与之竞火器，其何能胜？莫如以吾所长，攻敌所短，操刀挟盾，猱进鸷击，或能免乎。”[②]她认为“以吾所长，攻敌所短”方是上策。然而谢庄精于技击之人仅区区百人，冯三保不同意冯婉贞的建议。但是婉贞势必要尽全力拯救谢庄，保卫谢庄，于是召集精于技击的少年去村外森林里埋伏。与英军大部队遭遇后，场面颇为英勇壮烈：

婉贞于是率诸少年结束而出，皆玄衣白刃，剽疾如猿猴。去村四里有森林，阴翳蔽日，伏焉。未几，敌兵果舁炮至，盖五六百人也。挟刃奋起，率众袭之。敌出不意，大惊扰，以枪上刺刀相搏击，而便捷猛鸷

---

① [清]虫天子辑：《香艳丛书》（五集卷三），人民文学出版社，1999 年，第 1425 页。

② [清]徐珂：《清稗类钞》（第 11 册），中华书局，1986 年，第 869 页。

> 终弗逮。婉贞挥刀奋斫，所当无不披靡，敌乃纷退。婉贞大呼曰："诸君！敌人远吾，欲以火器困吾也，急逐弗失！"于是众人竭力挠之，彼此错杂，纷纭拏斗，敌枪终不能发。日暮，所击杀者无虑百十人，敌弃炮仓皇遁，谢庄遂安。①

婉贞带领敢死队在村外四里的森林里埋伏，待英军五六百人经过时，出其不意，攻其不备，与敌人近距离展开刀枪搏击；当敌人想后退用以火炮时，婉贞又指挥大家奋力阻挠，并错杂于敌军之中，使敌军火炮无用武之地。最后婉贞队伍以少胜多，击杀敌军百十人，英军弃炮逃跑，从而保住了谢庄。

婉贞虽为一纤纤女子，但武功高强，而且精于谋略，可谓智勇双全，敢作敢为，一庄之安皆得力于她的周密部署与指挥，是一位保家卫国、富有民族气节的女侠形象。在国家危亡之际，女侠为了民族的大义而救亡图存，赋予了晚清女侠新的精神内涵。

徐珂《邓剑娥掷俄将于地》《邓剑娥出芬兰人于死》两篇都是写女侠邓剑娥的，实可合为一篇，也塑造了一位武功高强、极富民族气节的女侠形象。邓剑娥出身镖师之家，其父邓魁是张家口知名镖师，继承祖业，善剑术枪法，邓剑娥深得父亲遗风，练就一身本事。父亲死后，俄军南下，火器盛行，武技衰落，剑娥母改行退居守田，矢志不嫁。《邓剑娥掷俄将于地》篇极为精彩，剑娥大有弱国之女不可辱的英雄气概：

> 庚子，娥年二十余矣，俄军南下，奉母避田野。母旋卒，未及葬，一日，俄将入其家，见娥，将拥之以行。娥微笑曰："能抱我起，当从汝。"俄将竭其力，迄不能撼。须臾，娥稍振其衣，俄将顿颠出十步外，大怒，叱之，从足争趋而前，娥植立如故，卒皆仆。俄将出小枪将发，娥亟夺之，握之于右手，而左手则挟俄将，力掷之于地，使跪，复蹈其背，俄将方哀免之。从足已回营，告其武，须臾，众至，俄将伏地呼曰："若曹今惟乞和耳，否则吾先不免。"俄将之妻方为看护妇，亦在军，因随众而至，为之再三乞哀，娥令立誓，旋释之。②

剑娥母卒，尚未下葬，一俄将侵入她家，仗势欺人，欲狎亵剑娥，结果被剑娥颠出十步外；俄将大怒，旋拔小枪，剑娥右手夺枪，左手挟俄将，抛掷于地，

① [清]徐珂：《清稗类钞》（第11册），中华书局，1986年，第869-870页。
② [清]徐珂：《清稗类钞》（第6册），中华书局，2003年，第2998页。

复蹈其背，就地制服，直到俄将跪地求饶方罢手。剑娥动作之迅捷，武艺之高超，寥寥数笔，便昭然若见；其严厉惩治恃强凌弱的俄将，维护了自己作为弱国之女的尊严，表现了女侠的自尊、自爱与自护。

《邓剑娥出芬兰人于死》中俄将之妻见剑娥武功不凡，便邀请赴宴，剑娥在俄人贵宾前的从容镇定、不卑不亢，对华人同胞的友爱与尊重，令俄人也大为惊叹：

> 俄将之妻以剑娥言词温婉，遽倾心焉，乃使所佣华仆告剑娥，邀与偕往。剑娥念不去且示怯，即与同诣西餐馆。大开夜宴，多贵宾，剑娥雅能矜持，众皆啧啧称异，宵分送归。俄将以剑娥之母卒未葬也，使役夫六十人来为营葬。剑娥问役夫皆俄将拘以来者，则悉遣之去，往谓俄将妻曰："此曹皆吾同种，何忍役之？勿再遣来也。"俄将妻大惊叹。剑娥自负土成坟。一村皆以剑娥故，得免俄兵之扰，无不感之。于是俄军自统帅以次，其携妻室以来者，皆愿从剑娥受技击焉。①

当俄将派役夫六十人来帮助剑娥葬母时，剑娥不肯役使华人同胞，自己负土成坟，表现了剑娥对同胞的尊重，对华人尊严的维护。后来俄将邀请剑娥教习俄人技击，剑娥"往往授其粗而匿其精"，不得已应付而已。后文中，剑娥目击俄人欺凌华人，"心愤甚"，但又不能救，只能暗中设法笼络俄军中亡国而有复国之志的波兰人、芬兰人、犹太人等，她与其中的芬兰母子最为交好。芬兰母子于俄军中宣传虚无主义，险遭危难，剑娥又挺身而出，义救母子，帮助其逃跑。剑娥对俄人的憎恨，对同胞的友爱，对受难国芬兰母子的帮助，都体现了女侠爱憎分明、坚贞不屈的爱国情怀与民族气节。

另外，吴炽昌笔下的查氏女也是一位勇敢抵制倭寇的女侠形象。万历年间，"日本国王正妃卒，王思中华女子艳丽，遣将入寇，沿海掳掠有查氏女者，年已及瓜，慧中秀外，久失恃。"当倭寇至盐官州时，官吏皆弃城逃窜。父兄亦都同众奔避之时，只有查氏女毅然留下；后被倭寇掳掠到日本，因其容貌倾城而被献与日本王。在合欢宴上，女善用药，计害日本王，并偷得兵符，救下所有华人女子，一并离开日本回到中华。女回到盐官州后，州官警戒，对查女所说狐疑未决，女又计杀日本兵，官不废一矢而得倭将首级，遂报大捷。该篇中的查女亦是一位颇具胆略的民族女侠。吴炽昌篇末评论曰："奇伟者女，无耻者官！

① [清]徐珂：《清稗类钞》（第6册），中华书局，2003年，第2844页。

寇至则逃窜，寇退则警备，始终雌伏可也，奈何冒查女之功而膺爵赏!吾见其衣冠楚楚，与拜受巾帼等耳。”①

清文言小说中大量替天行道、为民除害、富有民族气节女侠的出现，足见文人们日渐赋予女侠新的历史使命。儒家关注社会政治、关注国家命运、关注黎民苍生的积极济世思想在女侠身上得到生动的体现。特别是晚晴时期，由于国事衰弱，外敌入侵，时局动荡，这类敢于抵御外辱，具有民族气节的女侠大量增加，为女侠注入了维护民族尊严，为民族大义而行侠的精神内涵。

三、女侠的“忠孝”观

清文言小说尽管篇幅短小，故事情节相对简单，但在简短的叙述中，作者又总是不由自主地对女侠融入儒家传统的“忠孝”观。

“仁义礼智信忠孝悌节恕勇让”是儒家思想的核心，是我国古代文学反复渲染和讴歌的传统美德。其中“忠”即忠君报国、忠君报主。刘钧《杨娥传》中杨娥是一位忠君报国、忠君报主的女侠典型。杨娥的祖父、父亲都是云南黔国公沐府中的武艺教习。杨娥貌美，从小学艺于父、兄，力大无穷，又矫捷过人，兄长杨鹅头也不是她的对手。十六岁嫁沐府护卫美少年张小将为妻。隆武二年，黔国公沐天波奉永明王。这年，安南土酋沙定洲叛乱，昆明失陷，天波出奔楚雄，杨娥夫妇紧密跟随；第二年，流寇孙可望入滇，天波又奔滇西侥外。后来永明王兵败奔云南，吴三桂追之，永明王和天波逃往缅甸，天波命令杨娥夫妇护卫永明王，当时流寇四起，道路堵塞，夫妇忠心追随，奋力捍御，护送永明王至缅甸。然吴三桂追踪永明王甚急，缅甸王迫于形势终交出永明王，天波与从臣数百人皆被处死，永明王也被吴三桂所弑。杨娥的丈夫张小将因此悲愤而死。杨娥随兄返回昆明，发誓报仇，于平西王府西侧卖酒，欲以色艺接近吴三桂。娥日施脂粉，丽质天人，当垆卖酒。吴三桂麾下的兵丁纨绔子弟者多有饮者，醉酒后恃众调戏杨娥，被杨娥当众痛打，此段颇为精彩：

> 娥遂从兄归昆明，卖酒平四王府西，日施脂粉，御金翠，靓妆艳服。自当垆纤腰玉貌，见者，惊为天人。吴藩帐下纨绔子弟闻丽入当垆皆来肆中饮，饮既醉，游谈谑浪，稍稍侵娥。娥视其壮健者，提之如提孩童，置诸狗，窦沸汤浇之。群惊起来夺娥，略以手挥之，皆倒地负痛逸去。

① [清]吴炽昌，清凉道人:《客窗闲话·听雨轩笔记》，重庆出版社，1999年，第9页。

明日聚恶少数十人，噪而来。娥出之街中，群聚围娥，娥耸身一跃疾於鹰隼，自众头上飞出，立於围外。众相顾惊愕不敢动，视娥，则神色不变，意甚暇。众遂散，娥亦不复卖酒矣。[①]

该段描写表现了女侠疾恶如仇的特点，同时也呼应前文，突出杨娥的武功高强，体现在两个方面：一是杨娥力大无穷，对浮浪兵丁，视其壮健者，提之如孩童，置诸狗，用沸汤浇之；二是杨娥矫捷过人，当恶少数十人于街中围困她时，她耸身一跃疾於鹰隼，便从众人头上飞出，立於围外，而且神色不变，可谓轻功了得，恶少不战而散。

由于杨娥当众痛打众兵丁，从而引起了吴三桂的注意。吴三桂欲纳之为妾，杨娥终于等来了接近吴三桂的机会；但遗憾的是娥却身染重疾，于永明王和丈夫的灵位前抱恨而死，一腔复仇雄心化为流水。小说中杨娥一家皆为尽忠报主之士，作为女流之辈的杨娥更是让人肃然起敬。在永明王和沐天波生前，她与丈夫奉命随之颠沛流离，百般护卫；沐天波和永明王相继逝后，虽势单力薄，但她仍不遗余力伺机复仇。这既是对主人黔国公的无限忠诚，也是对永明王的赤胆忠心，算是女侠中忠义的典型代表。

另外，清文言小说中的仗义女侠也有反贪官不反皇帝的倾向，体现了创作者们“忠君”的思想。空空儿警戒黄太保，其列罪行之一为“挟术以欺君上”，[②]警戒他不要再欺君瞒上；粉城公主“迹虽绿林，然尚怀忠义之心”，组织义士专杀贪官污吏，某大帅被抓来就是因为卖官受贿、贪渎殃民，女侠完全是在替朝廷行道；金陵女子惩戒淫纵霸道的朝贵，言“国家倚毗公等，外御边疆，内循郡邑”[③]，即劝戒朝贵忠心报国等，这些女侠实质都体现了“忠君”的特质。

女侠的“忠”还体现为“忠心报主”。如前文所述的富户之妾、白巧儿、云娘、聂书儿等，她们地位低下，多为侍婢仆妾，有的甚至还常受家庭主子的虐待、凌辱；但在危难之际，她们不计前嫌，大显身手，英勇除盗，或保主人财产安全，或保主人性命无忧，无不体现一个“忠”字。当然，这种“忠”多少有点奴化的色彩，但女侠不计前嫌、大局为重的宽容精神又具有积极的意义。

百善孝为先。清文人笔下的女侠又多孝女，这类“孝侠”主要有以下三种情况：

第一类为不惜牺牲自己、为父复仇型，如商三官、齐无咎妾、侠女等。当

---

① [清]虫天子辑：《香艳丛书》(五集卷三)，人民文学出版社，1994年，第1395-1396页。

② [清]朱梅叔撰，陈果标点：《埋忧集》(卷六)，重庆出版社，2005年，第262页。

③ [清]吴陈琰：《旷园杂志·琵琶瞽女》，引自马灿杰等编定《中国古代武侠小说集·续剑侠传》，中国文史出版社，1998年，第254页。

父亲被冤害之后，她们将个人的爱情、性命等均置之度外，活着的唯一理由似乎就是复仇。商三官之父被豪绅打死时，“三官年十六，出阁有期，以父故不果”；一年后，两兄出讼仍无果，婆家再次催婚，母亲欲许之，三官却言：“焉有父尸未寒而行吉礼？彼独无父母乎？”[①]后亡去半年，女扮男装入仇人府邸手刃仇人。为不连累家人，又自缢而死。齐无咎之妾为报父仇隐姓埋名，嫁齐无咎暂且栖身，报仇后则杀子断念而去。侠女亦为父复仇而隐姓埋名三年，复仇后亦飘然远去。三官本可完婚过安稳日子，但她却选择了为父复仇的艰难道路；齐无咎妾本可和丈夫、儿子享受天伦之乐，继续过着幸福快乐的生活，但她仍义无反顾为父复仇；侠女本可以与顾生喜结连理，安定生活，但她仍矢志复仇。为父复仇，她们或牺牲个人爱情，或牺牲个人性命，可谓大孝。

第二类为肝脑涂地、替父报恩型，如报恩女侠聂书儿、孙壮姑、倪惠姑等。为报答恩公救父之恩，她们被父亲送给恩公作侍婢或小妾，却毫无怨言。她们纯粹为报救父之恩而被当作礼物送给恩公，并非个人意愿，更无从谈起爱情。即使被虐待与凌辱，也绝为怨言。但在危难之际，她们仍肝脑涂地以报之，绝不以怨报德。这类女侠不惜牺牲自己的青春与爱情，替父报恩，亦为大孝矣。这类女侠作者多渲染其武功的高强和孝顺贤德，个性色彩不够突出。

第三类为殷勤侍母型，如蒲松龄笔下的侠女、《绳技侠女》中惠娘等。侠女迟迟未能报父仇，就是因为老母在堂，无人奉养。尽管艰难糊口，但其仍然殷勤侍母。直至老母逝，则立报大仇。《绳技侠女》中惠娘母亲生病时，因无钱治疗，女割股为药等。这些都生动表现了女侠的一片孝心。

这些女侠或为父复仇，或替父报恩，或殷勤侍母，无不体现女侠之孝，具有较强的伦理色彩。

“忠孝”观是儒家强调的伦理道德之一，往往也是评判侠客的重要道德标准之一。于是在清文人笔下，即使是女侠也亦然是忠孝的典范。在今天看来，有的女侠甚至是带有愚忠愚孝的味道，但作者仍不失为津津乐道。这充分体现了当时社会儒家伦理观念的根深蒂固和对文人的深刻影响。

四、女侠的“贞烈”观

饿死事小，失节事大。贞节观念在清女侠身上体现更是明显。在清文言小说中，女侠大多冰雪其身。筝娘色艺双全，卖艺为生，但贵游子弟无人能狎，

① [清]蒲松龄：《铸雪斋抄本聊斋志异》，上海古籍出版社，1979年，第156页。

“臂上守宫砂可验贞节耳”[①]。游走江湖、善演戏术的谷慧儿，追求爱情热烈主动，新婚之夜，作者仍然不忘强调“犹处子也”[②]。林四娘死前为一贞女，因父疑与表兄有私，上吊以明贞烈；死后成神，化为美女，与陈公饮酒赋诗，相处甚洽，“惟不及乱而已”；一士人悦其姿容，欲淫，四娘“喝令杖责”，士人“号痛求哀”[③]，都表现了女侠的洁身自好。复仇女侠庚娘，为了报仇，与仇周旋，假意从之，于新婚之夜手刃仇人。仇人至死未能得逞，女侠始终冰雪其身。庚娘一类复仇女侠的结局一般是功成身尽，以全名节。值得一提的是商三官，其报仇自缢而死后，守候她尸体的二公人，见色生欲淫，一人刚抱尸，结果“忽脑如物击，口血暴注，顷刻已死”[④]。三官死后还幻化为神明惩淫，这既增强了女侠的传奇色彩，又保住了女侠的冰雪之身，可见作者之匠心独具。王韬笔下的姚云纤女扮男装在浣花草堂邂逅少年孙铸君，可谓一见钟情；但孙铸君不知姚为女身，终日与之联诗斗酒，舞剑唱曲，甚是相谐；二人同行去都门，姚云纤首先约法三章：“虽同寓不同室”，所谓“卧榻之侧，岂容他人鼾睡”，直至后来姚云纤在齐鲁之界碰上师父碧修和师妹幼鸾，身份暴露，孙铸君方知其为女身。姚云纤与孙铸君类似梁山伯与祝英台的赶考历程，也体现了女侠冰雪其操的特点。

在清文人笔下，即使是托身为妓的女侠，也都冰雪其操。如王韬笔下的李四娘，“托业为女妓，日与贵游子弟狎，人但见其旖旎风流，而不知花月其容，冰雪其操也。”有同里的傅公子，“风度潇洒，仿佛张绪当年。闺阁名媛，愿为夫子妾者无数，生俱土苴视之，独于女也爱之，尤欲得之，以供捧砚役。”女亦与他两心相印，但“惟侑酒持觞而已，从不轻荐枕席”[⑤]。公子多次借故欲留，女必再三促归，公子以为憾事。后来女小病，公子是夜前往探视，趁机欲强之，结果女施法术，帐后起火，公子狼狈而逃，被救火者当作抢火贼而逐之。酉阳《女盗侠传》中的黑衣妓，其父为响马领袖，女常年作为父亲的香饵，引诱过往商客；但女“守身甚严”，有起意乱之者，“立刃之，今犹处女也”[⑥]。

对于那些自恃勇力的轻薄淫恶之徒，女侠们痛恨切齿，严惩不贷。如娈童欲狎侠女，结果被侠女飞剑刺之；恶少夜入高髻女尼之室，结果被尼腰斩掷墙

---

① [清]宣鼎:《夜雨秋灯录》(全二册)，上海古籍出版社，1987年，第598页。
② [清]宣鼎撰；项纯文校点:《夜雨秋灯录》(上)，黄山书社，2014年，第175页。
③ [清]张潮辑:《虞初新志》(卷五)，上海开明书店，1932年，第74-76页。
④ [清]蒲松龄:《铸雪斋抄本聊斋志异》，上海古籍出版社，1979年，第157页。
⑤ [清]王韬撰，王思宇校点:《淞隐漫录》(卷四)，人民文学出版社，1999年，第178页。
⑥ [清]虫天子辑:《香艳丛书》(五集卷三)，人民文学出版社，1994年，第1422页。

外；铁腿韩昌调戏纺绩美妇，结果被妇痛打捆缚；参军之子欲狎云娘，结果险被云娘刀拟；健壮兵丁恃众狎杨娥，结果被娥如提孩童般抛掷开去，并用沸汤浇之；轻薄少年欲狎清江女，结果被女点穴惩之，险遭扑杀；轻薄儿调戏卖拳女，结果被女轻击其肩，则坐地不起矣，等等。这些淫恶轻薄之徒，或被痛打落荒而逃，或命丧黄泉，休想占得女侠半点便宜。这既突出了女侠的武功高强，又体现了女侠的洁身自好。

“贞烈”是中国传统论理对女性的道德要求之一。尤其是礼教深严的明清时期，这几乎是女性最重要的道德规范。从上面的分析可见，很多女侠也并未超越这一伦理规范，相反，文人们对女侠守身如玉、冰雪其操津津乐道，对女侠惩治淫恶也百写不厌，也足见清代文人站在男性的角度对女侠贞节观念的维护与赞赏。

综上所述,清文言小说中的女侠形象的文化内涵更侧重于儒家的精神内涵，关注苍生，积极济世，忠孝贞烈，尊礼从俗。一方面与清代中后期国家孱弱、社会混乱黑暗的现实密切相关；另一方面又是理学在清代进一步强化的直接结果。清女侠这种侧重于儒家的精神内涵，使女侠的伦理化色彩大大增浓。尽管女侠尊礼从俗的一面对女侠形象的塑造有一定束缚，影响着女侠自由洒脱的精神气质，使女侠个性不足；但女侠关注家国与苍生的大我情怀，使女侠们行侠的目的由个人的恩怨向天下的正义发生着转变，这对女侠超越自我有着积极的意义,对新武侠小说中那些以家国之难为己任的女侠形象的塑造亦有一定影响。

第七章
驰骋江湖，清女侠江湖环境明晰化

一说到武侠，自然就会联想到江湖。用陈平原先生的话说 “谈武侠小说，无论如何绕不开‘江湖’。‘江湖’与‘侠客’，在读者心目中早就联在一起”，“‘江湖’属于‘侠客’；或者反过来说，‘侠客’只能生活在‘江湖’之中。”[①]那么何谓江湖？所谓“江湖”，最早应该只是一个地理名词，泛指江河湖海，意思指向很实；后来在传统诗文中的“江湖”，多与“庙堂”相对，如杜甫《竖子至》诗中的“欲寄江湖客，提携日月长”，杜牧《遣怀》诗中的“落魄江湖载酒行，楚腰纤细掌中轻”，范仲淹《岳阳楼记》中的“居庙堂之高，则忧其民；处江湖之远，则忧其君”等，这里的“江湖”意义开始走向抽象化，并具有一定的文化意义，应是指远离朝廷的平民社会，往往是失意文人的归隐之所。而我们这里要说的是武侠小说中的“江湖”，这个“江湖”不是简单指向平民社会，而是指游离于正统主流社会秩序之外的另一个世界，用陈平原先生的话说就是“法外世界”或“化外世界”，这里是侠客活动的主要场景，这里有侠客必须遵守的道义规则，这里有侠客复杂的师承渊源关系等，具有一定幻想性、虚拟性、文学性，充满浪漫主义色彩。

第一节　清代之前女侠篇目的江湖场景描写

唐代传奇首先将女侠构置于“江湖”这一活动背景之中，尽管涉及篇目不多，但是具有开辟意义。如《谢小娥传》中“小娥父蓄巨产，隐名商贾间，常与段婿同舟货，往来江湖……父与夫俱为盗所杀……便为男子服，佣保于江湖间”[②]。

---

① 陈平原：《千古文人侠客梦》，人民文学出版社，1992 年，第 130 页。
② [宋]李昉等编：《太平广记》(卷 491)，中华书局，1981 年，第 4030、4031 页。

又如袁郊《红线》："（红线）某前本男子，游学江湖间，读神农药书，而救世人灾患。"[①]这里出现了"江湖"这一词，但具体指向还不是很明确。而相反，皇甫氏《车中女子》中虽然没有明确说是"江湖"，但具体指向却比较明确："抵数坊，于东市一小曲内，有临路店数间。舍宇甚整肃，二人携引升堂，列筵甚盛……"[②]，这就是属于这个盗劫团伙的世界，这个世界珍馐列宴，秩序井然，车中女子就是老大，完全是现实世界之外的一法外小世界。《聂隐娘》篇中江湖环境的描写对后世武侠小说具有更重要的指向意义：

> 隐娘初被尼挈，不知行几里。及明，至大石穴之嵌空数十步，寂无居人，猿狖极多，松萝益邃。已有二女，亦各十岁，皆聪明婉丽，不食。能于峭壁上飞走，若捷猱登木，无有蹶失。[③]

这个虚拟的深山老林远离都市，不知方位，人迹罕至，只有老尼和三个徒弟，只有猿猱、虎豹、鹰隼为伴，展现的完全是和现实社会隔绝的另一世外之境。这里悬崖峭壁，树木茂密，是女侠练习轻功的绝佳之地；山中的生物，迅捷灵活，是女侠修习剑术的绝佳对象，"一年后，刺猿狖百无一失。后刺虎豹，皆决其首而归。三年后能飞，使刺鹰隼，无不中。剑之刃渐减五寸。飞禽遇之，不知其来也。"[④]到第四年，隐娘基本学有所成后，尼又带她入世锻炼，"至四年，留二女守穴，挈我于都市，不知何处也。指其人者，一一数其过曰：'为我刺其首来，无使知觉。定其胆，若飞鸟之容易也。'"[⑤]很明显，老尼带隐娘到都市行刺有罪之人，这是隐娘学成后在师父的引导下第一次入世实践；第五年，老尼又令隐娘独立刺杀有罪大僚，这应算是一次独立的实践，实践成功后尼认为其术成，将其送回。如果从长远一点说，后面隐娘投刘以报知遇之恩，也应算是入世锻炼的一个历程，完成后隐娘最终回归山野，不知所终。这个江湖世界很具有文化意义：一是这里的江湖背景明确指向人迹罕至的深山老林；二是这个世界相对独立，老尼掌控一切；三是女侠出世修行的目的完全是为了入世，而入世锻炼最终还是为了出世，即入世锻炼完全就是一场历练，历练完成后，女侠似乎也都重归化外。《聂隐娘》江湖环境和闯荡江湖历程的描写，开辟了一条新的江湖文化道路，后来明清很多武侠小说写男女主人公出于偶然或者必然

---

① [宋]李昉等编：《太平广记》（卷 195），中华书局，1981 年，第 1462 页。
② [宋]李昉等编：《太平广记》（卷 193），中华书局，1981 年，第 1450 页。
③ [宋]李昉等主编：《太平广记》，中华书局，1981 年，第 1457 页。
④ [宋]李昉等主编：《太平广记》，中华书局，1981 年，第 1457 页。
⑤ [宋]李昉等主编：《太平广记》，中华书局，1981 年，第 1457 页。

原因到与世隔绝的世外之境练剑修行的过程,又是如何在现实世界去行侠仗义，最后又是如何悟道回归世外世界的模式，应该在《聂隐娘》这里略见端倪。

宋元明时期的文言小说，在女侠形象伦理色彩增强的情况下，女侠活动背景多回归家庭，如侠妇人、解洵妇等。但侠妇人借助虬髯客之力相继送丈夫和自己返家，而虬髯客缘何如此卖力？侠妇人说是她曾有恩于虬髯客，虬髯客报恩耳。这里我们读者不由自主就会追问，侠妇人和虬髯客来自于哪里？小说并没有交代，我们只能说他们来自于江湖。侠妇人目前的状况是似乎已经脱离她原来的江湖，回归家庭；但只要需要，她随时都可以寻找江湖中的朋友相助。解洵妇更是如此，为何具有如此厉害的法术？杀掉负心汉解洵后，“潜率壮勇三千人出追捕，无所获”[①]，何去？回归剑侠世界也。这些篇目都让我们感受到，这些侠客在我们熟悉的现实世界之外，还有一个完全属于他们的“世界”，尽管小说并没有明确的具体指向，但冥冥中我们读者能够感受到这个江湖世界的存在。

总体来说，清代之前文言小说中女侠行侠的江湖场景描写比较薄弱，大多都是简言提之，甚至不言，很多时候我们读者只能借助自己的联想，因此相对“情节”和“人物”这两大要素，“环境”要素最为薄弱。

第二节 清代女侠篇目的江湖场景描写

在清代文言小说中，由于女侠数量众多，所处的江湖环境自然也随之大大拓展，具体指向更加明确，描写更具有想象性和文学性，特别是晚清王韬的文言武侠小说，尤重江湖环境的描写，这为后世武侠小说光怪陆离江湖世界的描写，具有重要的启示意义。尽管清代文言小说比之清代长篇小说江湖环境的描写还是略逊一筹，但比之前代文言小说江湖环境还是大大改观与进步了。概言之，清文言小说中女侠关于江湖环境的描写主要有山林僻野、江河水域、酒店客栈、寺院庙宇等，具有较强的文化意义。

一、主要的江湖场景

（一）山林僻野

在清代文言小说中，女侠出入山林僻野的江湖场景描写最多，也最具象。

---

① [宋]洪万撰，何卓点校：《夷坚志》（补卷第十四，第四册），中华书局，1981 年，第 1676 页。

如钮琇笔下的云娘护参将回家，取道河北，于一荒原处遇群盗，展开一场大战；沈起凤笔下的聂书儿护送主公南下广州途中，在一片枣树林与书赛张青、铁拐子二巨盗展开大战；须方岳笔下的窦小姑在护镖途中，与黄天狗及手下展开大战也是在一片丛树林中等，这些山林僻野，人烟稀少，远离尘世，往往是盗频繁出没的地方，而清代文言小说中有着不少仗义除盗或者护镖除盗的女侠，就在这一类场景中不断上演着行走江湖的一幕幕活剧。

如果说上面关于山林僻野的江湖场景描写只是女侠偶尔路过，作为行侠场景出现的话，那么下面这些江湖场景则是描写女侠生长、生活或者是习武修炼之地，相对固定，也相对独立，更有远离现实社会“法外世界”的味道。如朱梅叔《空空儿》中妙手空空儿住勾曲山后一极其隐蔽之所，县令微服私访，苦苦寻觅，方至此地，悄悄尾随方寻至其住处：

> 数日，至勾曲山后，遇一韶丽女子，……伺其归，尾至溪边，入一洞穴，某亦蹴入。其中大可数亩，而幽折蛇旋，迥非人境。穴将尽，有茅屋数间，门外槿篱萦绕。[①]

此勾曲山已极难寻觅，而空空儿之住处还要从一洞穴入，极其幽折隐蔽，几乎与世隔绝，宛然有寻找“世外桃源”之感。小说中提到了空空儿的母亲，仅就一句女明日将还珠于塔顶，可以想象该母也许是比空空儿更厉害的世外高手，只是真人不露相，故空空儿言听计从。曾衍东笔下的浣衣妇也自称：“我处曲山颠，……千里万里，能呼吸至。”[②]可以说这些女侠隐居于此种类似与世隔绝之处，修炼成仙，但又洞察世事，随时入世行侠，替天行道，而后又随时返回，来无影，去无踪，呼吸至，善恶是非、一切规则都完全自我掌控。

徐珂《绛绡女》篇中，绛绡女与崆峒道士之徒金树云较剑的绝顶山巅，可谓更是人迹难至，环境清幽、画面唯美：

> 东峰最高，绝攀援，猿鸟不能上。闻其巅有笑声，仰视，见三女子，皆衣轻绡。……山巅有草屋数楹，蔬数畦。诸女夜不宿于此，昼亦时不知所之。惟间数日或来一指点。或月夜坐峰前鼓琴一阕，琴声既终，不知所往矣。[③]

此峰险不可攀，峰顶只有三女子，虽有茅屋、蔬菜，但三女并不宿此，唯鼓琴、

① [清]朱梅叔撰，陈果标点：《埋忧集》（卷六），重庆出版社，2005年，第262页。
② [清]曾衍东著，盛伟校点：《小豆棚》，齐鲁书社，2004年，第33、34页。
③ [清]徐珂：《清稗类钞》（第6册），中华书局，2003年，第2908页。

练剑之处，鼓琴一阕，琴声既终，人亦不知所往矣。此为险峰绝顶，连著名剑客金树云上去都颇费周折，普通人自然很难至此，三女子在这里修炼，无人干扰，自由自在，也算是一远离尘世的世外之境了。

王韬对这类江湖环境的描写就更是妙笔生花了。王韬笔下多盗侠，如倩云、倩珠、程楞仙、龙鸾史等，她们的生活住处大多在外人极难寻找到的深山老林之深处，几乎独立于现实世界之外，作为超然于主流社会之外的这类江湖场景更具有独立性、想象性和文学性。王韬以丰富的想象、浪漫的笔法细致地描绘着这一个又一个"法外世界"。

《任香初》篇中由于边事告急，任香初父亲请缨赴边，道路阻塞，家书难传。任香初拟投父营，途中，行于乱山之中，几乎迷路："生行数日，皆在万山中，危峰峻岭，跋涉为艰。甫至平地，跨马渡涧，忽闻山畔有呜角声呜呜然，自远而近。"[①]生在万山中跋涉为艰，不知该何去何从之时，遭遇戎装乘马的龙鸾史及部下，生因不敌而被俘获，女慕其为"中华文士"，解去其缚，并邀请他光顾敝庐小驻："行十许里，峰回路转，瞥睹村落。村之南有巨宅一，高凌霄汉，彷佛王者居。女偕生登堂，群来参谒。"[②]乱山丛中，峰回路转，突然出现一个村落，女家巨宅高凌霄汉，仿佛王者居住的城堡，生以为女为越中豪族，女却自言：

> 非也。旧日龙家土司也。明季失国，避居此间。妾家山中良田万顷，广厦千间，富可与王侯埒。佃余田者，约数千人，皆以兵法部勒，每岁春夏习耕，秋冬讲武。衣租食税，足以自给；弋飞射走，足以自娱。二百年来安居乐业，越人不敢过而问焉。[③]

不难看出，这完全又是一"世外桃源"，该村落从明灭避难至此已经两百多年，村内以兵法部勒，春耕秋收，自给自足，越人不敢过问。任香初到此后，与女相谐，终成伉俪。任香初终日无事，登山涉水，四处游览，他发现此"世外桃源"不仅丰足，还意境优美，山水如画：

> 山中有园一区，广斥异常，楼台亭榭，岩壑陂池，曲折高下，无不引人入胜。女偕生日夕游其中，登山涉水，揽异探幽，几莫穷其境。有时鸟语花香，泉流月照，生凄然辄动乡思……[④]

---

① [清]王韬撰，王思宇校点：《淞隐漫录》(卷八)，人民文学出版社，1999年，第390页。
② [清]王韬撰，王思宇校点：《淞隐漫录》(卷八)，人民文学出版社，1999年，第391页。
③ [清]王韬撰，王思宇校点：《淞隐漫录》，人民文学出版社，1999年，第391页。
④ [清]王韬撰，王思宇校点：《淞隐漫录》，人民文学出版社，1999年，第392页。

后边事已了，任父欲撤兵，约任生于交界处相见。任生与女偕往，共住驿馆，由于行李辉煌，辎重之车约百辆，当夜，附近山贼劫之，任生及父皆被火枪打死。女返回家中，聚甲士，于半路截杀山贼，为夫复仇。该女英姿飒爽，武功高强，小说浓墨重彩地描绘其生长、生活的环境，俨然世外一独立江湖耳。

《徐笠云》篇中徐笠云深山打猎，追寻一兔，迷路山中，苦寻出处，在一神秘老者的指引之下进入一世外之境：

> 尝从父猎于深山，臂鹰牵犬，纵其所如。忽有一兔，起于马前。犬逐之不得，生发一矢，中其背。兔带箭而逸，生不能舍，策马往追之。入山渐深，兔倏不见。徘徊四顾，暮色苍然。欲出山，迷其路径。勉行数百步，觉离旧程渐远。
>
> 正傍徨间，遥见一老扶杖而来，鹤发童颜，类有道者。既近，生揖问："何路可出山？"老者笑曰："君从何处入，即从何处出，奚问为？"生见其语涉机锋，必非凡品，拱立道旁，意态转恭，复询山中可有驻足处，得以少息行踪否。老者曰："敝庐距此颇不远。若弗嫌亵，请降玉趾。"因即携杖为生前导，生自后从之。老者步履从容，生竭力接武，追随恐后，几莫能及。
>
> 行二三里许，忽得一境，清溪屈曲，架以略的，茅屋三椽，双扉临水。老者偕生过桥，以杖叩门。内有嗷声以应者，音清脆如莺啭幽林。门启，见一十五六岁女子，素服淡妆，艳丽若仙。……
>
> 晨起，老者犹未出。散步后庭，自山石下穿而过，忽得一圆洞。探身径入，则见楼台亭榭，雾阁云窗，别有一天，胸次顿为开豁。方绕回廊而行，猝闻草际悉索声，一兔突起如前状，谛视之，箭犹在背，见生急窜。生步逐之。兔入一亭，径投女子足下。……①

徐笠云跟随老者来到深山中"茅屋"，山中茅屋，似乎也并不让人惊奇；但颇让人惊奇的是生散步后庭，经一石洞，便进入一别洞天：楼台亭榭，雾阁云窗，让人心胸开朗。看见一兔犹如当时追杀之兔，方知该兔为山中女子之宠物。山中女子为一剑侠，宠物兔也非同凡品，无怪乎被徐笠云射伤后还能悠忽不见，生追之不及耳。山中女子剑术高超，其剑为海外异人相授，说是纯钢炼成，术成后人剑俱杳，欲用时，弹指即现。后生拜山中女子为师，在山中练剑三年，修习吐纳之术又三年，由于思父情殷，方返回尘世。山中女子在这"化外之境"

① [清]王韬撰，王思宇校点：《淞隐漫录》，人民文学出版社，1999年，第536-537页。

继续修炼，后终登仙籍。登仙籍的山中女子和空空儿、浣衣妇一样，也一样插手世间之事。当徐笠云登科任知县时，杀掉妻子莼香（山中女子之妹）师伯之淫徒，惹下大祸，莼香求助山中女子，方解徐之危。可见这些看似独立的世外“江湖”，实际又和现实世界发生着千丝万缕的关系，或与尘世有姻娅来往，或与尘世有师徒关系，或入尘世惩恶杨善。而这些“法外世界”只是生活与修炼之所。

《倩云》篇中，秦雨衫护镖经过一茂密丛林，遇盗侠倩云兄妹，辎重丢失，秦雨杉独自策马追寻，进入盗薮，亦为一隐蔽难寻之所：

> 遂策马独行旷野中，天色已暮，星月微茫。忽睹林薄中漏有灯光，爰趋就之，则一巨宅也。门外列树千章，粗俱拱把；石狮对峙左右，高可隐人。生意如此荒郊，何来阀阅大家？必盗薮也。勿先叩门，使之有备。猱升树杪，俯瞰室中，历历皆见。西偏一堂，窗棂四敞，灯烛交辉，盗与女子据案对坐，群婢环侍，容并妖冶。生念入而与斗，必不能胜；不如俟其睡而杀之。乃自树登墙，复隐身于庭畔山石下……①

《女侠》中盗侠程楞仙的住处也极为隐蔽：

> 复至前处，纵马向荒僻所行约十余里，径益险隘，乃舍骑步行。逶迤里许，遥见林薄中漏有灯光，急趋就之，得一大院落，四周环以河，无略可渡。生一跃竟过，回视二人，惴然不敢越……②

《盗女》中吕牧取道济南，行至一荒野处，“林木蔽亏”，遇群盗，车辆行李被劫，吕牧单枪匹马追寻，“疾行三十里许，山路崎岖，松杉丛杂，马不得前。”吕牧正在踌躇无计之时，在虬髯翁派出的手下四五人的接应帮助下，“抵一甲第，榱桷峥嵘，宛同阀阅”，“生日在山中，无可消遣，惟以书史自娱。屋后有小园，花木繁绮，池石清幽，生日登徙其间……”③

这些江湖场景的描写在王韬的笔下屡见不鲜，大多为深山老林中了无人迹处中忽现一城堡，实为女侠的独立王国，尽管这些描写也有些程式化倾向，但其细腻的笔触构筑的一个个世外之境，或说是“法外世界”，在文言小说中算是首屈一指的。

（二）海河水域

海河水域也是女侠行侠的又一重要江湖背景。如剑气白如虹大战群盗、义

① [清]王韬撰，王思宇校点：《淞隐漫录》，人民文学出版社，1999年，第429页。
② [清]王韬撰，王思宇校点：《淞隐漫录》，人民文学出版社，1999年，第169页。
③ [清]王韬撰，王思宇校点：《淞隐漫录》，人民文学出版社，1999年，第185页。

救林氏母子是在返乡途中的海上舟中；徐珂《某女掷钱》中某女惩治群盗，亦是在水上舟中，“夜半，果闻有小船三五飞桨而至，生伏不敢动，但闻有人跳跃过船声，数人落水声，一人倒入舱中声”[①]；剑仙聂碧云与山潭毒龙决斗是在阆中蟠龙山下的深潭之中，“乃抵阆中，登蟠龙山以眺望。见灵山一峰，峭拔干霄汉，气色葱蔚，下为神物之所居”，“但见潭方广约数百亩，水清澈底，游鳞可数，风水成纹，涟漪荡漾”[②]；李四娘与鼋鳖大战是在鄱阳湖，湖面“波浪汹涌，高腾数丈”，“鼋欺女弱，以背负女舟，舟坏。女溺，急取双帕踏之，鳖奋其利喙，啮女后踵。女连发九丸弹之，鳖张口吞之尽，乃悠然而死。回视鼋犹死斗不休，亦发九丸……”[③]这些仗义女侠的行侠背景大多为海河水域，她们或与水路强盗斗智斗勇，或与水中巨怪斗术斗法，在这一江湖背景之下女侠也同样演绎着可歌可泣的动人故事。

另外，粉尘公主于海外集结义士，专杀贪官污吏，更是远离朝廷的“法外世界”。其所在的海外小岛，道路偏远，外人几乎寻找不到。任生因海上遇险，惊涛骇浪中飘零至此：

> 山势壁立，藤蔓数十丈，直垂海面，其下水仅没股，虔石巉巉，矗立如笋，急舍木攀藤，蹲伏浅渚。四顾削壁，无路可升，海中骇浪惊涛，声如奔马。[④]

任生呼救无应，落入山怪之手，山怪飞奔绝迹，瞬息已过十余山。后任生被粉城公主手下救下之后，又经过曲折山路，不知几十里，才到粉城公主的城堡：

> 旋至一处，月明中见城堞参差。甫进城，见峻墙高墉，雕梁刻桷，类宫殿。进西首一门，有武士数倍，若司阍者，问曰：“来乎？”二人曰：“来矣。”即释肩挽任入，一路灯光璀烁，历二三重门，入后殿，见堂中灯火如昼，地上亦烧短烛，武士甲胄，鹄立无哗。旋传进见，二人令任膝行入，微视堂上，环列艳婢数十人，中坐美女子，年约二十以来，雪貌花颜，锦衣窄袖……[⑤]

这是粉城公主的王国，金碧辉煌，秩序尽然，粉城公主就是王。粉城公主海外

① [清]徐珂：《清稗类钞》（第6册），中华书局，2003年，第2923页。
② [清]王韬撰，王思宇校点：《淞隐漫录》，人民文学出版社，1999年，第256页。
③ [清]王韬撰，王思宇校点：《淞隐漫录》，人民文学出版社，1999年，第181页。
④ [清]王韬撰，寇德江标点：《淞滨琐话》，重庆出版社，2005年，第162页。
⑤ [清]王韬撰，寇德江标点：《淞滨琐话》，重庆出版社，2005年，第162页。

之城堡，其偏远，估计让任生再一次到海上寻觅，估计也再难寻到。

（三）逆旅客栈

逆旅客栈是女侠行侠的又一常见江湖背景。徐珂《镖师女以碎杯屑毙盗》中，一十龄丫角女接镖护送，用碎杯屑杀尽屋顶的盗贼十数人，是在潼关一道路旁的大客栈；“抵潼关犹未暮也，女命停车，指道旁一大逆旅曰：‘可止此。’及入店，则已有伟丈夫十数人，耽目视银车。宦大骇，女坦然若未睹，命将银车入。”[①]《某妇人针刺毙人》中某妇人杀死峨眉师兄弟共 17 个，亦是在关内某逆旅。“旋知镖抵关内一逆旅，众议即夜劫之，漏初下，命余先往探。既至，跃登其卧室之屋顶，窥知其夫醉卧，妇方倚灯制履，银车列榻后。”[②]《红娥舞双剑》中红娥义救周济，亦是在逆旅客栈之中等。逆旅客栈主要为过往客商歇驻之地，自然也是盗贼频繁出没的地方，所以这也是女侠除盗惩恶常见的江湖环境。

这类江湖环境描写最为出色的是吴芗厈的《孙壮姑》，孙壮姑护送钱尹返乡途中，大战马铁头为首盗窃团伙，就是在一家黑店：

> 是时钱已去五六百里，至鲁界之朗月镇。觅宿地，得旅店后屋三楹，墙垣高峻，周匝仅容一门出入。尹喜其完固，必欲居之。壮姑知非善地，然已卸装矣，勉从之，谓钱尹夫妇曰：“妾观此宅，似为谋禁客商之所，夜或有异，主君与夫人请卧观之。幸毋高声，妾有以处若辈。尹虽唯唯，然未知其能，甚战栗也。[③]

孙壮姑一到旅店便对旅店形势进行仔细观察，墙垣高峻，仅容一门出入，便判断此非善地，表现了她行走江湖之阅历丰富，同时这也算是对旅店外在形势的具象描写。后面孙壮姑充分利用这家黑店的结构特点，周密部署，在悄无声息中让马铁头的打探者一个个有去无回，并一举击败马铁头，体现了女侠的智勇双全。

另外，清代，尼僧习武非常普遍，故寺院庙宇也是女侠行侠之地，如高髻女尼、德州尼斩杀盗贼等均在尼庵；女侠抱打不平，出手相助，街区闹市往往也是行侠之所，如张青奴于街市助冯生惩治豪族少年、绳技侠女董惠娘于闹市与出林虎打擂救下秋娘等。

---

① [清]徐珂：《清稗类钞》（第 6 册），中华书局，2003 年，第 2905 页。

② [清]徐珂：《清稗类钞》（第 6 册），中华书局，2003 年，第 2923 页。

③ 沈起凤著，乔雨舟校点：《谐铎》，人民文学出版社，1999 年，第 160 页。

二、江湖场景的审美特点

在清文言小说中，女侠行侠的江湖场景大大拓展，不少场景还描绘得绘声绘色；特别是那些具有相对独立性的“法外世界”的描写，具有较大的审美价值。概括起来，清文言小说中的江湖场景主要有以下几个特点：

第一，突出“难寻”，很多江湖场景远离尘世，具有相对的独立性，很多男主人公都是因为偶然的因素，机缘巧合来到这里。例如空空儿住处是因为县令查案苦苦寻觅方至，徐笠云是因为打猎迷路经老人指引而到山中女子处，任香初是因为赴边经过乱山丛中时与龙鸾史相遇，秦雨衫是因为辎重被抢穷追不舍方至盗薮等。

第二，突出这些江湖场景大都是“法外世界”，往往都远离朝廷，甚至远离现实社会，这里有他们自己的规则与秩序，即使是将相官吏到此也必须遵守这里的规则与秩序。比如贪渎大僚被粉城公主抓到海外小岛后，一切都只能听从粉城公主的发落，就连任生遇海难到此，亦差点被衅剑；龙鸾史的村落在她的辖治之下，越人不敢问津。

第三，江湖场景描写具体，指向较明确。这些江湖场景的描写不仅具体指向很明确，而且描写细腻，往往以大段的描写把场景很具象地展现在读者眼前。这种正面描写比之前代文言小说的简言提之已有很大进步。不少江湖场景的展现往往和女侠行侠活动的正面展示同步进行，充分利用环境特点来衬托女侠的智慧和武功高强。如孙壮姑、十龄丫角女、某妇人都是充分利用客栈结构特点顺利除盗。

第四，这些“法外世界”表面独立，但又总是与尘世发生着千丝万缕的关系。他们或入尘世惩恶扬善、抱打不平，如空空儿、浣衣妇、粉城公主；或与尘世之人有姻缘往来，如嫁卢生的盗女、剑侠程楞仙、倩云、倩珠、龙鸾史等；或与尘世之人有着师徒关系、报恩关系等，如山中女子教习徐笠云内功和外功，俨然师徒关系矣；粉城公主最后不杀任生并送婢护周全，源于任生对她有续骨重生之恩等。

第五，强调师承渊源关系和同门情谊。尽管文言小说短小精悍，但在这个江湖世界中，强调师承渊源关系和同门情谊，在这些江湖场景之上宛然还有另一个剑仙世界的存在。王韬的文言武侠中，基本都有一个超越剑客之外的一个剑仙世界，而女侠行侠，往往得到这些剑仙的指点与帮助。如聂碧云父亲出于许玉林门下，被山潭毒龙所害后，聂碧云基本是在许玉林的指点下苦寻三宝，最后力敌山潭毒龙，以为毒龙已死之时，许真君又及时现身，掷钵下潭，收走毒龙。又如李四娘托业为妓，后在许玉林指点下，改邪归正，于鄱阳湖勇除鼋鳖之害，在鼋鳖即将逃匿的关键时刻，一匕首望空而下，径斩鳖首，女仰视之，许真君飘然而下，女愿皈依为弟子。又如《女侠》盗侠程楞仙与潘叔明交手，便知其师出同门，亦为五台山铁脊禅师之徒也，不仅立即叫停手，还归还潘生所运之金，并盛情邀请入庄作客。姚云纡与吴绣鸾同出瑞莲庵主持尼碧修门下，亦是交手便知师出同门。另外蒲松龄武技中的少年尼与李超才一交手，尼便知其为少林宗派，因为同宗派，尼不愿再斗，甘拜下风。后来在李超的咄咄逼人之下，亦手下留情。可见在文言小说描绘的江湖世界，师承渊源关系和同门情谊，也有一定体现。

综上所述，在清代文言小说中，女侠行侠的江湖场景的描写比之唐女侠亦有大大的进步，使文言武侠小说“环境”这一要素大大增强，使唐传奇中环境描写不够具体的缺点亦得到了弥补与修正，具有一定的价值意义。

影响篇

第八章
清女侠在武侠小说史上的文学意义及艺术缺陷

第一节　传承文化，集前代女侠形象之大成

一、从宏观的角度看清女侠对前代女侠形象的继承

从本书的第三章至第七章可知，清代文言小说中的女侠形象对之前女侠形象兼收并蓄，具有集大成之特色。从宏观的角度看，前代武侠小说中的女侠形象所呈现的行侠主题、行侠手段、精神内涵等，在清女侠身上都有充分的展现。

1．从行侠主题看，女侠“复仇”“报恩”“仗义”等类型多承袭前代

清之前文言小说中的女侠形象主要以“复仇”“报恩”“仗义”三种类型为主，“情侠”“武学哲理”型女侠略见端倪。以上五种类型的女侠在清文言小说中都有生动的展现，且在数量上远远超越前代。

蒲松龄笔下的隐姓埋名的复仇女侠有崔慎思妾、贾人妻的影子；庚娘、商三官的忍辱负重的复仇方式也明显受谢小娥的影响。曾衍东笔下的齐无咎之妾为了复仇“嫁夫托身”、复仇后“杀子断念”等情节几乎就是崔慎思妾、贾人妻复仇故事的翻版。“报恩”女侠聂书儿、孙壮姑、倪惠姑等忠心护主，多少有点红线女、聂隐娘的影子，只是超凡脱俗的气质不比红线女与聂隐娘，但写实性的武功描写成就较高。“仗义”女侠高髻女尼、张青奴等，路见不平，拔刀相助，与抱打不平的荆十三娘和义救受难母子的侠妪有些类似；仗义除暴、替天行道的女侠空空儿、浣衣妇、粉城公主等，在刺某有罪大僚的聂隐娘那里略见端倪；仗义除害、斩妖除怪的女侠李四娘、聂碧云等，魏晋时期《搜神记》中的李寄、唐传奇中樊夫人就已开先河。对于清以前已经出现、但数量极少的一些女侠类型，在清代也广泛出现，并发扬光大。像红拂女这样的“情侠”，在清之前实属凤毛麟角；但清代文言小说中的谷慧儿、吴女、女侠程楞仙、剑气白如虹、倩

云、倩珠、吴绣鸾、龙鸾史等都是争取爱情自由、婚姻自主的“情侠”形象。借女侠来阐发“人不可貌相”“人外有人，天外有天”武学哲理的篇目，在唐《张季弘逢新妇》篇略见端倪；清代，这类篇目却大量出现，如《武技》《折铁叉》《铁腿韩昌》《清霜襟剑》《某夫人击周伯脑》等。由此可见，清代文言武侠小说中大量女侠形象的出现，首先在数量上大大充实了女侠队伍，质量上也大大提高。前文第三章已作详细论述。

2. 从行侠手段看，女侠中的剑侠、仙侠多源于前代

唐女侠多剑侠或剑仙，最大的特点就是具有神秘的剑术和轻功。聂隐娘能白日刺人于市，无人能见；崔慎思妾、贾人妻都是用匕首取仇人头，身如飞鸟；红线一夜能行七百多里；车中女子如飞鸟一样从深数丈的坑中腾跃而出；三环女子疾如飞鸟地飞上塔顶等。这些功夫在清女侠身上都有生动的展现，如侠女飞剑刺白狐，疾走如闪电；高髻女尼仗剑取红帩头人人头，其行如飞；齐无咎妾携二仇人头，如飞隼而下；空空儿还珠于塔顶，瞥如飞电，飞箭也奈之不何；女侠程楞仙、剑仙聂碧云精于剑术，能取人首级于十里之外等，无处不见类似于唐女侠的剑术与轻功。

宋元明女侠擅长法术，如能用阴风杀人的解洵妇、能出入别人梦境的张训妻、能用香烟取人首级的香丸夫人、能置人于神像耳孔的侠妪等。这些神秘莫测的道教法术，在清女侠身上也有生动的体现。如能用白烟缚人的浣衣妇；能隐形盗人项上珠的妙手空空儿；能化剑入仇人腹的剑仙程楞仙；能用捆仙索制鬼缚仙的盗女吴绣鸾等。这些女侠威力无边的法术运用，也明显受前人的启发。

3. 从精神内涵看，女侠的侠义“精髓”始终未变

清文言小说中女侠形象虽具有伦理化倾向，但这只是相对唐传奇中的女侠形象而言，其实作为“侠”的行侠仗义、抱打不平、敢爱敢恨、机智果断、柔韧坚强等侠的“精髓”却始终未变。复仇女侠庚娘、商三官等，她们处乱不惊、果敢决绝的精神，与谢小娥、申屠氏等一脉相承；仗义女侠高髻女尼、张青奴等，她们路见不平、拔刀相助的精神，与荆十三娘、侠妪等紧密相承；报恩女侠聂书儿、了奴姊妹等，她们知恩图报、忠心报主的精神，与聂隐娘、红线女等紧密相连。唐女侠敢爱敢恨、洒脱不羁的精神气质，清女侠中其实亦有之。如神龙见首不见尾、来去如风的高髻女尼；来无影去无踪、惩戒贪暴的仙侠空空儿；行踪不定、其行如飞的金陵瞽女；敢爱敢恨、自主择夫的女侠程楞仙；复仇后飘然入道、一去不返的剑仙聂碧云等。这些女侠受世俗约束较少，体现

了清女侠对前代女侠敢爱敢恨、洒脱不羁的精神气质的继承。

清女侠多知书达理，忠孝节义，具有较强的伦理化倾向。这种“贤良”的倾向在宋元明女侠那里已见端倪。这实质是理学兴起后，在清代更加强化的结果。

二、从具体的篇章看清女侠受前代女侠形象的影响

从微观的角度看女侠的具体篇章，清代亦不少模仿、改写之作。从人物类型、情节模式、故事主题等都体现了对传统的继承，其中对唐女侠的摹写尤为突出。

1. 通篇具有传承关系的篇目不少

侠女、齐无咎妾与贾人妻、崔慎思妾，都是女侠身负大仇，却隐形埋名，嫁夫生子，伺机复仇，复仇之后，便销声匿迹、无影无踪。商三官、庚娘与谢小娥，本都是柔弱女子，当大难降临，家人遭害时，她们都沉着冷静、处乱不惊，凭借自己的机智与勇敢以弱胜强，报仇雪恨。浣衣妇与红线女，都是身为奴仆，但都武功高强，感主人优待之恩，惩治豪强，主动为主人分忧除难，又为民解难。以上主要是“复仇”“报恩”类的传统女侠，通篇都具有明显的传承关系。

2. 部分篇章袭用前代女侠形象的身份

清代文言小说中，一些女侠袭用前代女侠的身份。如《空空儿》中妙手空空儿与唐传奇中聂隐娘师妹空空儿同名；《童之杰》中的剑仙中年妇自称为红线之流；《姜千里》中姜千里亦称女侠阿惜，“此殆红线者流”[①]。有的女侠自称为前代某女侠之徒。汤用中《卫女》中的剑侠卫女自称为聂隐娘之徒；《张青奴》中剑仙张青奴自称为空空儿之徒等。这种身份的袭用，也体现了清女侠对前代女侠的继承。

3. 部分篇章袭用前代女侠故事的情节或细节

清文言小说中，部分篇章袭用前代女侠故事的情节或细节。唐传奇《潘将军》中三环女于慈恩寺塔顶取珠：“疾若飞鸟，忽与相轮上举手示超，歘然携念珠而下”[②]；朱梅叔笔下的空空儿还珠于塔顶：“忽见一道红光，瞥如飞电，而

① [清]长白浩歌子撰，冯伟民校点：《萤窗异草》(二编卷四)，人民文学出版社，1999年书，第299页。
② [宋]李昉等编：《太平广记》(卷194)，中华书局，1981年，第1471页。

数珠已挂于顶。”[①]空空儿于塔顶挂珠的情节明显受三环女于塔顶取珠的启示。王韬笔下的女侠多具有独创性，故事情节生动曲折，但一些情节或细节仍承袭前代，受《聂隐娘》篇的影响较大。女侠程楞仙幼得铁脊僧授术，能“口中吐剑，指上出丸，取人首于十里之外”[②]；剑侠李四娘自幼得奇人授以剑术，“飞行绝迹，隐显通神，能以寸铁杀人于百步之外”[③]；剑仙聂碧云幼遇异人授剑术，“能取人首级于十里之外”[④]。这些细节与聂隐娘幼得奇人授术、白日刺人而不见极相类似。吴绣鸾窥见武状元卫文庄从门前经过，曰“此真吾婿也”[⑤]，遂成吉礼；剑仙聂碧云与士人遇于五老峰下，曰：“观子行踪，亦浮家泛宅流也。余尚无偶，愿随子。”[⑥]遂为夫妇。这些女侠婚姻自定的情节与聂隐娘指磨镜少年为夫有异曲同工之妙。姚云纤学剑于瑞莲庵主持尼，“尼启箧得红白丸各一，令斋戒沐浴，然后吞之。十日后，自觉身轻捷如猿猱，力能举重物。”[⑦]这与尼给聂隐娘药一粒，服后“渐觉身轻如风”[⑧]，也具有明显的渊源关系等。

综上所述，清女侠对前代女侠的各个方面都兼收并蓄，传承发展，体现了女侠形象的历史性。清女侠数量众多，类型丰富，前代女侠的任何一种类型、任何一种精神、任何一种行侠手段，在她们身上都有生动的体现，在文言武侠小说史上真正具有集大成之功，具有传承文化的重要意义。

第二节　改造与创新，确定清代女侠形象之文学地位

任何文学作品具有历史性，也必然具有时代性。清文人全方位、多角度地继承前人，但并不囿于前人，固步自封，而是在前人的基础上大胆突破，开拓创新，使清代文言小说中的女侠形象具有新的时代特色。

从本书第三、四、五、六、七章这五章可知，清女侠在五大方面对前代女侠体现出创新性与超越性[⑨]：

---

① [清]朱梅叔撰，陈果标点：《埋忧集》（卷六），重庆出版社，2005年，第262页。
② [清]王韬撰，王思宇校点：《淞隐漫录》（卷四），人民文学出版社，1999年，第171页。
③ [清]王韬撰，王思宇校点：《淞隐漫录》（卷四），人民文学出版社，1999年，第178页。
④ [清]王韬撰，王思宇校点：《淞隐漫录》（卷六），人民文学出版社，1999年，第255页。
⑤ [清]王韬撰，王思宇校点：《淞隐漫录》（卷七），人民文学出版社，1999年，第324页。
⑥ [清]王韬撰，王思宇校点：《淞隐漫录》（卷六），人民文学出版社，1999年，第255页。
⑦ [清]王韬撰，王思宇校点：《淞隐漫录》（卷七），人民文学出版社，1999年，第321页。
⑧ [宋]李昉等编：《太平广记》（卷194），中华书局，1981年，第1457页。
⑨ 参见本文第三、四、五、六、七章。

第一，从行侠主题看，女侠的类型大大拓展，女侠数量大量增加。“复仇”“报恩”“仗义”三种类型多承袭前代，但也有发展与创新，如剑仙聂碧云寻宝复仇的模式就很具有开创性；粉城公主、吴女等女侠善于发挥群体力量复仇，又代表着女侠群体意识的觉醒；民间女侠董蕙娘曲折生动的报恩故事亦算是对传统“忠心护主”型报恩女侠的突破；仗义女侠“为天下”而行侠的大我情怀比之唐女侠多“为个人”而行侠的小我情怀也更具有进步意义。清文言小说中大量女性“情侠”形象的出现，无论是“比武招亲”新型模式下的女侠情侠，还是王韬笔下武、侠、情三位一体的系列女性情侠形象的塑造，对 20 世纪侠情小说的兴盛都起到一定的先导作用。至于清代文言武侠小说中“护镖”“惩淫”“较武”等新兴女侠类型的出现，更是令人耳目一新，诙谐幽默，生动活泼，与传统女侠的凝重风格截然不同，大大丰富了女侠的行侠主题。

第二，从行侠手段看，“飞剑”与“法术”多承袭前代，但女侠打斗场面的正面描写、修炼的过程和剑的文化意义的探索等写作技法却对前代具有大大的超越。五花八门的真实武功技击描写又是清女侠对传统行侠手段的一大突破，女侠的行侠手段更加丰富多彩，女侠的民间化色彩亦愈浓。

第三，从女侠的女性特质看，清女侠注重形貌、情感、女工、女才等特征描写，实为清女侠对前代女侠不重视女侠女性特质的一大突破，使女侠的女性特征得到了真正的坐实，将“女”与“侠”充分融合一体。

第四，从女侠的精神实质看，清女侠侧重儒家的精神内涵，一方面女侠的伦理色彩大大增强，另一方面女侠又更多地成为寄托作者的主观理想的载体。女侠行侠目的由个人的恩怨向天下的正义发生着转变，开始融入关注苍生、关注家国的大我情怀，具有积极的意义。

第五，从女侠活动的江湖场景看，小说关于江湖场景的描写日趋丰富、细致，使女侠活动的江湖场景明晰化，使清代文言武侠小说的“环境”要素大大加强。

清女侠除了在以上五大方面有创造性的改造与发展外，还有三方面也体现了对前代女侠形象的超越：

一、对女侠形象类别的拓展

清女侠的形象类别，有传统意义的仙侠、剑侠，如空空儿、浣衣妇、高髻女尼、张青奴、了奴姊妹、聂碧云、粉城公主等，但更多的是民间的普通女侠，如护镖女窦小姑、十龄丫角女，绳伎侠女董蕙娘、邱小娟、谷慧儿，替父报恩的聂书儿、孙壮姑、倪惠姑，卖拳的少年尼、卖拳女，为女仆的云娘、白巧儿，猎户的女儿冯婉贞，卖解的翠云娘，纺绩的少妇、打水的妇人、名捕的妻子等。应接不暇的民间女侠形象，实为清女侠对传统女侠形象类别的一大突破。除此之外，还有三类女侠形象值得我们注意，即鬼狐之侠、残疾之侠与丐侠，这里略作简述与补充。

1. 鬼狐之侠

写鬼狐之侠最知名的是蒲松龄，“其《聊斋志异》写鬼神以寓世情，有强烈的批判精神。他以鬼狐为侠，颇有新意。”[①]如狐女小翠为了替母报恩，嫁于王家的痴儿为妇，甘愿忍辱挨骂，为王家解除政敌，消灾除难；又为给王家续香火，忍痛割爱，为夫娶妻，自己却只身离去。又如鬼女小谢、秋容不畏强鬼，强忍脚伤之痛，四处奔走，救助遭受冤狱的陶生。

长白浩歌子《田凤翘》中鬼女田凤翘，为了救堕入妖窟的孝廉卢生，诵《金刚经》、斗法力，力拒专啖人脑髓的雌雉之怪和千年之猬等老妖，救孝廉离妖窟；后又助孝廉解除官司。林云铭笔下的林四娘辅助陈公之政，“遇久年疑狱，则为廉访始末，陈一讯皆服”[②]，为冤者洗冤；又助陈公避祸。

在这些鬼狐身上，同样具有侠的精神，她们或仗义助人，与强鬼恶妖作斗争；或知恩图报，为恩人解难等，为女侠中特别的一族。由于本书侧重的是“武侠”，故“鬼狐之侠”这里不作详细叙述。

2. 残疾之侠

残疾女侠中最有名的是吴陈琰《琵琶瞽女》中金陵女子。该女双目失明，却挟琵琶遍游宇内，“飞浮水面，衣袖皆无沾渍”；其惩戒淫纵而霸道的朝贵更是身手不凡：

> 忽夜半所居四壁皆琵琶声，或前或后，或闻或不闻，举家惊悸，不知所从来。日出，忽大声砰然起空中，一琵琶落枕上，分裂为二，内得书一札，字迹端劲。云：“天下驿骚民，命如倒悬，公等安享作奸，贪得靡极。妾虽女子，能断公首”，朝贵得书惶悚，不久因他事下狱弃市[③]。

该女双目失明，以琴为武器，其卓越的轻功、深厚的内力，可谓一流。

① 曹正文:《中国侠文化史》，上海文艺出版社，1994年，第78页。

② [清]张潮辑:《虞初新志》(卷五)，上海开明书店，1932年，第75页。

③ [清]吴陈琰:《旷园杂志·琵琶瞽女》，引自马灿杰等编定《中国古代武侠小说集·续剑侠传》，中国文史出版社，1998年，第254页。

沈起凤《恶饯》中的老祖母，足跛，平时拄铁拐而行；但其动起武来，却铁拐如飞，“如泰山压顶，稍一疏虞，头颅糜烂矣”[①]。

这些残疾女侠的成功塑造，为新武侠小说出现一些残疾武林高手开了新路。新武侠小说中多瞎眼、驼背、断臂、跛足的武林高手，明显受清残疾侠客形象的影响。

3. 丐侠

吴炽昌《难女》中的逃难女子可视为丐侠：

> 余舅金氏，以大海之洋行为业，自置洋船五，在东西洋贸易。每船必有镖客，以御盗贼。甲子春，船将开行，大宴镖客，招优演剧，甚盛设也。镖客自然首坐，傲睨一切。余舅命其子侄陪宴，皆少年好事之辈，见客倨甚，切切私议，欲试其能。半酣小歇，肃客入园散步，坚请试其技。客左右顾，见道旁有卧柳，曰：“此碍步，请为公子去之。”迅以掌劈柳，木截然中断，如斧劈者，众皆咋舌。
>
> 当其时，有淮阴难民过境，沿肆乞钱。内有处女，矫矫不群，亦随众募化。至洋行，轻薄之伙以一钱投之。女怒，叱曰：“视汝姑为何如人，而以一钱戏之耶？今日罚汝千钱，不然，吾不行矣。”随坐大门槛，以阻人出入。时脚夫运糖包至，每包约重百七八十斤，皆壮而多力者。肩之疾趋，至大门，见女碍路，喝之起。女故张其肱阻之。脚夫怒，作失手势，以糖包压之。女接而投掷，不甚费力。群夫大哗，佥以糖包共压之，女无惧色，左抵右抛，如弄丸然，纷纷飞出市头，反将群夫击退。女大怒曰：“汝曹欺压孤女，使之内伤，罪在不赦，非多给钱养伤，事不能已矣。”时吆喝声达于内，主人止戏，客亦出现。少年共议曰：“可以观客之长矣。”随激客曰：“我等观此女之力，恐无敌于世，客能退之否？”客视女弱甚，曰：“吾以二指提之出矣。”攘臂而前，女以一掌拍客胸，跌出数丈，入柜内，如菩萨座。内外哗然。老主人出，命仆扶客入，以千钱赠女，好言慰之去，方叱少年滋事。入视镖客，已从后户遁矣。……[②]

该篇柔弱胜刚强，旨在说明强中更有强中手，不可小视于人的哲理。逃难女子沿肆行乞，看视体弱，实则武功高强，力大无穷。恃强群夫的败退，恃力标客

① [清]沈起凤：《谐铎》，人民文学出版社，1999 年，第 64 页。

② [清]吴芗厈撰，王宏钧、苑育新校注：《客窗闲话 客窗闲话续集》，文化艺术出版社，1988 年，第 254 页。

的狼狈，足以说明“真人不露相，露相不真人”的道理。该女为我国古代女侠中第一位成功塑造的丐侠，为新武侠小说中女丐侠之先声。

二、对前代故事的改写，写作技法更加高超

综合来看，清文人在继承前人的基础上，对女侠形象的塑造手法也更加完善。前文我们已从宏观的角度详细论述了清女侠在写作技法上对前代女侠的四大超越[①]：一是女侠的武功描写多采用正面描写，既突出了武术自身的美感，又增强了小说的可读性；二是注重女侠形貌的描写，使女侠的女性特质更加突出，女侠形象亦更富有美感；三是注重细节的描写，展现女侠丰富细腻的情感世界，使女侠形象更加丰满；四是注重江湖场景的描写，利用“环境”要素衬托人物形象。除此之外，还有一方面值得我们注意：清代文人对前代故事的改写，写作技法更加高超。

清文人笔下的女侠多模仿、改写之作，但他们绝非机械地复制与摹写。而是在前人的基础上进行更好地改造和艺术处理，使女侠形象更加鲜明；故事情节更加曲折；反映时代的精神，更能体现作者的审美理想与创作意图。这里我们试举两例。首先我们来看曾衍东《齐无咎》篇中齐无咎妾复仇的故事：

齐无咎

齐无咎，字冠卿，金陵人。性谨持，举优贡。客京师之粉坊胡同南口。邻多隙地，近苇塘。

初夏午凉，齐独步，见一板扉，内败屋数间。无男子，有少妇年二十许，好容色，一女奴。齐数见而访之，为孀。嘱媒妪通其意，求为妻。媒告妇，妇曰：“齐，贵人，非吾偶也。吾非大家世族，恐贻他日羞，不可。”后齐求为妾，许之。妇归，齐诘其邦族姓氏，妇曰：“买妾可不知其姓。”终不肯言。

妇不苟于言谈，而事齐颇勤。谓齐曰：“郎君客囊萧索，京城米珠薪桂，居大不易，且食指又增，当思所以治生者。”妇乃买磨一具、驴二头、麦数斛。磨得面，辄用驴驮，自鬻于市。至晚归，则麦囊中垂垂皆钱也。

---

① 参见第四、五、六、七章。

齐入课成均，多不家，又复得膏金。妇善生理，由是齐之客旅将丰于其家，从无柴米拮据。

一日，墙外有腰斩一尸，无上段，京师汹汹然，而客坊初不以为齐妇，即齐亦断不以为妇之为之也。逾年未缉获，事宕。后妇产一子，齐肄业将满。每言欲与妇同归江南，妇但微哂，亦不答。时夜半，齐寝，闭户垂帏，忽失妇所在。齐惊怪，以为有奸，颇发怒愤。问其女奴，曰："娘子每常如是，不知所为，郎君特不知觉耳。"

齐起立庭院，旁徨蹀躞，月色如昼。忽闻飞隼突落，一人自屋而下，红绢裹头，大部虬髯，右手持一匕首，左手携二人首。齐方惊顾，其人相对摘须，乃妇也。妇曰："郎君无怪也。"遂入室，告齐曰："妾父宦于闽之长汀，为上官所枉，奇冤刻骨。数年以来，此仇已报，刻不可留。"齐视其二首，则已劓鼻抉睛，糊不可辨。妇更以白练束身，取灰革囊函首携之，曰："妾幸托小星得所栖止，报我大仇。女奴是妾数年所抚，郎可纳之，以代我任，且育汝子。"言讫收泪，逾重垣，莫知其向。齐甚惊愕。少顷妇却至，曰："适去忘哺得孩子。"良久出，便对齐拱手去。齐悚立一晌，入室不闻儿啼，视之，儿已身首异处矣。呼女奴，询其故，女奴曰："妾十岁，父母鬻于娘子。娘子育之五年，而不知娘子为谁也。"齐令女密其事，纳之为妾。

是年，齐得官，为东川云阳丞。后终不闻妇之音问也。传奇中《锁云囊》有女盗挂须髯，绝相类。[①]

曾衍东《齐无咎》中齐无咎妾的复仇故事几乎就是对唐崔慎思妾、贾人妻复仇故事的翻版，女侠的类型、主要情节模式与主题表现都大致相当。但曾衍东对一些细节进行了再处理，体现了高超的改写能力。其改写主要有以下几处：

第一，复仇女侠社会地位的改变。崔慎思妾原为崔慎思租赁房屋的主人，贾人妻有亡夫留下的产业，她们都属于有产者，有较稳定的生活保障与一定的社会地位；而齐无咎妾不再有物质保障，住于破屋，属于无产无业者，社会地位低下。这样的改写，更加突出了女侠复仇的艰难性和下文嫁夫托身的必要性，也侧面反映了清代女人社会地位低下的社会现实。

第二，"嫁夫"的目的不同。从贾人妻、崔慎思妾看，她们嫁夫似乎并非只是为复仇而托身，而同时又是为自己的产业寻找一个继承人，为日后报仇而去

① [清]曾衍东：《小豆棚》，台北新文丰出版公司，1978 年，第 24 页。

作准备；而齐无咎妾无产无业，嫁夫的主要目的就是为复仇栖身，正如其言："妾幸托小星，得所棲止，报我大仇。"[1]这样的改写，使女"嫁夫"的情节更合乎情理。

第三，营生手段的改写。齐无咎妾与贾人妻一样都善于营生。《贾人妻》中主要采用侧面描写，只说亡夫留有旧业，日赢钱三百，贾人妻早出晚归，回来皆携米肉钱帛而归，生活颇丰；却不说贾人妻究竟从事何种"旧业"，又如何打理，给人以神秘甚至不可信的感觉。而齐无咎妾善营生，作者直接采用正面描写："妇乃买磨一具，驴二头，麦数斛，磨得面，则用驴驮，自鬻於市。至晚归，则麦囊中垂垂皆钱也。"[2]叙述清楚而又文笔简洁，富有生活气息而又真实可信。其良家妇的身份使其复仇更具有隐蔽性，突出了清女侠的民间化色彩，也体现了清代"尚实"的风气。

第四，复仇情节的增加。崔慎思妾、贾人妻都是丈夫夜半发现"忽失其妇"[3]，女则提人头而归，言奇冤刻骨，大仇得报。而齐无咎妾在这基础上，增加了一复仇情节，即妾在生子前有一情节："一日，墙外有腰斩一尸，无上段。京师汹汹然……。踰年，未缉获，事宕。"[4]这一情节的增加，既使小说的故事情节更加曲折，又增强了小说的悬念，此人为谁所斩？与齐无咎妾是否有关联？读到后文，我们读者可以初步判定应是齐无咎妾复仇的阶段性结果，进一步突出了女侠复仇的阶段性与周密性，使故事情节更加跌宕起伏，更易激起读者的阅读兴趣。

以上四处细节的改造，使仇女侠的形象更加鲜明；使事情节更加曲折，也更合乎情理；处处围绕"复仇"而展开，小说结构更加严谨、周密，体现了作者高超的改写技法。

蒲松龄的《侠女》也模仿崔慎思妾、贾人妻而作，但改造技法与曾衍东又有所不同，更是体现了蒲松龄高超的笔力。主要体现如下：

第一，注重女侠外貌气质的描写。"年约十八九，秀曼都雅，世罕其匹，……，而意凛如也"，"为人不言亦不笑，艳如桃李，而冷如霜雪，奇人也"[5]。寥寥几笔，一位冷艳、雅丽的女侠形象便生动地展现于读者眼前，让人过目不忘。这比之仅说"有容色"的崔慎思妾和"美妇人"的贾人妻，生动、鲜明得多，给人

---

① [清]曾衍东：《小豆棚》，台北新文丰出版公司，1978年，第24页。
② [清]曾衍东：《小豆棚》，台北新文丰出版公司，1978年，第24页。
③ [宋]李昉等编：《太平广记》(卷194，第四册)，中华书局，1981年，第1456页。
④ [清]曾衍东：《小豆棚》，台北新文丰出版公司，1978年，第24页。
⑤ [清]蒲松龄：《铸雪斋抄本聊斋志异》，上海古籍出版社，1979年，第88页。

留下的印象也深刻得多。这又自然为后文顾生的眷念、狐男的狎邪埋下了伏笔。

第二，故事情节的增加。《侠女》篇故事情节更加复杂，侠女复仇前主要增加了“小心奉母”和“飞剑刺狐”两大情节。小说中不少篇幅写女侠复仇前对老母的殷勤奉养，对顾母的悉心照顾，充分体现了侠女“孝”的一面和知恩图报的精神。“飞剑刺狐”情节的增加，不仅突出了侠女“贞”的一面，更是突出了侠女武艺的高超。这两大情节的加入，不仅使故事情节更加曲折生动，增强了小说的可读性；同时较之单一复仇的崔慎思妾、贾人妻，侠女形象更加丰满、立体。

第三，“嫁夫”与“杀子”情节的改变。崔慎思妾、贾人妻都曾“嫁夫”，突出的是女侠的“隐”。蒲松龄对这一情节大胆改动，侠女负老母出，生计困顿，常得邻居顾生照顾；为报顾生周济之恩，女替顾生生子延子嗣。即侠女并未“嫁夫”，只是为了报恩而为顾生生子，突出的是侠女的知恩图报。复仇后，崔慎思妾、贾人妻都“杀子”绝念而去，以突出女侠的超人性。对这一结局，蒲松龄又作了大胆的改变。侠女复仇后不再是“杀子”而去，而是“托子”而去。二情节的改动既符合侠女报恩的故事逻辑，又使侠女形象真正人性化，回归女人天然的母性。

从这些创造性的改造我们不难看出，蒲松龄笔下的侠女不再仅仅是复仇的工具，而是有血有肉有感情，生动鲜明，贴近生活；同时又集“孝”“勇”“贞”“义”等诸多美德于一体，寄托了作者的审美理想与情趣，体现了时代的精神。

三、开始注重悲剧的审美价值

侠是社会下层民众理想中的救赎者，一般都有高超的本领、过人的能力。故在细民理想中，他们通常是无所不能的强者，他们或惩暴，或除恶，或扶弱，或济困，通常以胜利者的姿态再现于小说。纵观文言武侠小说中的女侠形象，也同样如此。大多女侠都身怀绝技，都能如愿以偿地按她们的意志办事；即使是弱女，最终也都以弱胜强，一般都以功成而结局。前代女侠特别是唐女侠的最终结局一般都是功成身退，飘然远去，深受道教思想的影响。在清女侠中，这种方式的结局也不乏之。如侠女、齐无咎妾复仇后飘然远去，杳无消息；浣衣妇惩治抚军后不知所去；云娘惩戒参将之子后，飘然远去；聂碧云复仇后“入娥眉山学道，一去不返”①；李四娘除害后“偕倪入山修道，不知所终”②，等等。这类多为仙侠之结局。

① [清]王韬撰，王思宇校点：《淞隐漫录》(卷六)，人民文学出版社，1999年，第259页。
② [清]王韬撰，王思宇校点：《淞隐漫录》(卷四)，人民文学出版社，1999年，第182页。

清代民间女侠形象多以过上安定、幸福的生活为结局，表现了民间女侠对安定幸福生活的向往。如《青衣捕盗》中聂书儿为报救父之恩而为恩公婢，常受夫人鞭挞，在护主返乡途中英勇除盗后，终得公与夫人认可，被纳为侧室，生子，过上合家欢乐的幸福生活。绳妓邱小娟终随丈夫乐崇道归乡，过着稳定的平民生活。盗侠从"良"后，更是过着安定、和睦的生活。如《恶饯》中盗侠卢生妻终与卢生归故里，过上稳定的小贩生活，当女一家尽斩于市时，女幸免于难；盗侠倩珠、倩云等随夫皈依正途后，最终都夫贵妻荣，过上了美满的生活，等等。

清文言小说中的女侠除了以上两种结局以外，还有一种情况值得引起我们的注意，就是悲剧结局。清之前文言小说中的女侠几乎没有功不成的女侠，体现了下层民众的美好愿望。但清女侠中开始出现一些悲剧女侠，是对前代女侠故事结局的重大突破。

1. 清女侠悲剧结局的四种表现

清女侠的悲剧结局主要有以下四种：

一是功未成、身先死的。如《杨娥传》中的杨娥，其于平西王府旁边开酒店，意欲以色艺接近吴三桂，为永明王、沐天波和丈夫报仇；结果刚得到吴三桂的青睐就身染重疾，大仇未报身先死，抱恨而终。

二是遭敌手暗算的。如徐珂《张氏女用铁棒》中张氏女，家贫，于城中某富家为佣。一日购物而归，经米市口，米肆中约有三百余春米少年，多为无赖。其中一性佻者，见女美，戏之。女警告不听，以伞尖挑其腹，少年应声而倒。春米者群哄而至，言女白昼杀人，各执杖群起而攻之，女"但以一伞护其身，上下飞舞，众皆辟易"[①]。女回主人家后，春米者又群哄而至言复仇，女执大铁棒而出，"运用如拾芥然"，众知不敌，不斗而走。女家有老母，住乡下，女常往来于城市与乡下之间。一日，回家途中，于密林处被春米者暗中用火枪打死。

又如王韬《胡姬嫣云小传》中善使胡家棒法的胡姬嫣云也是死于暗算之手。巨盗孙二集结盗贼十余人入姬家行盗，被胡姬嫣云用胡家棒法打得落花流水，落荒而逃。此役中，孙二未受创，对胡姬是衔恨刺骨，思以报复。一夕，从女房顶揭瓦缒绳而下，把用油浸过的豆子偷偷洒在嫣云的床前，然后故意在院中大呼"有贼"，嫣云从床上跃起，纤足踩豆而滑，扑倒在地，孙二趁机从上推巨

① [清]徐珂：《清稗类钞》（第6册），中华书局，2003年，第2959页。

石下，砸中嫣云背部；嫣云立举台上锡灯奋力抛掷，击中孙二一目，孙二逃遁。但从此嫣云背部隐隐作痛，应是内伤所致；后遍寻良医医治无效，食后则咳，继而呕吐，病情日重，终香消玉殒。

三是功成即逝的。如《绳技侠女》中惠娘虽然通过打擂赢了出林虎，获得了婢女秋霞，报答了周生的馈赠之恩；但惠娘在打擂时因被力大无穷的出林虎一掌击中，内伤过重，一周后死去。

四是功成身尽的。如商三官、庚娘之类的复仇女侠，她们尽管成功报仇，却是以自己的生命作为代价。这种结局固然有保全女侠名节的作用，但也体现了弱者复仇的悲剧价值。

2. 利用环境描写，烘托悲剧气氛

文人们在写女侠悲剧结局时，总是重笔浓抹，利用环境描写、场景描写等烘托气氛，增强女侠的悲剧性。如杨娥病逝的描写，极为悲凉：

> 娥忽中寒疾，疾亟。鹅头往视之。时已深夜，入其房，一灯碧色，寒风飒然，床头设永明王与其夫张之灵。鹅头呼妹不应，就视之，奄奄然仅存一息。鹅头抚之泣。娥忽躍然推兄曰："汝亦健儿，何作女子态耶！"遂启其襟，飕然出一匕首，寒光射人，不可逼觀。娥左手把兄袖，右手执匕首，东向指曰："吴三桂逆贼，杀吾王，致吾夫死绝域，誓不与之共天地，故觅此报仇物，以待之计。我之貌与艺足以动之，故忍耻自眩，冀老贼闻而纳我，吾计成矣。不幸疾死，此天不欲我为国家报仇也。"言已，一恸而绝，犹握匕首东指云。①

碧色的孤灯、萧索的寒风、逝者的灵位等描写，烘托了凄清、孤冷的环境气氛；奄奄一息的杨娥对吴三桂的恸诉，逝世前犹握匕首向东指的场景又大有"出师未捷身先死，长使英雄泪满襟"的悲剧气氛，使读者亦为之抱恨。

徐珂笔下张氏女之死，亦气氛苍凉：

> 时夕阳西下，林树苍茫，径少人迹，乍闻轰然一声，则铳弹已中女股，第二弹继至，复中其腹，遂倒地。母妹适采樵返，见之，急负归，女急怒目视曰："杀儿者仍米佣也。"言已始逝。②

西下的夕阳，苍茫的树林，罕人迹的山径，为张氏女之死烘托了苍凉的悲剧气氛。

---

① [清]虫天子辑：《香艳丛书》（五集卷三），人民文学出版社，1999年，第1396页。
② [清]徐珂：《清稗类钞》（第6册），中华书局，2003年，第2959-2960页。

这种以悲剧结局的女侠篇目虽然不是很多，但却表明一种倾向：清文人在文言武侠小说中也开始注重悲剧的审美价值。女侠也不总是以胜利者的姿态出现，她们也有失败，她们也有遗憾，她们也有可能不能顺利脱身，由“神”的本质回归“人”的本质。

第三节 清代女侠形象的艺术缺陷

清文言小说中，女侠形象取得了较高的艺术成就。一方面继承前代女侠，集前代女侠之大成；另一方面又超越与发展，将前代女侠发扬广大，使女侠在古代文学中成为不可忽视的一群，为新武侠小说中形形色色女侠的出现起着先导作用，在武侠小说史上具有较高的文学价值。前面我们用大量篇幅分析论述了清女侠的文学与审美价值，但由于受时代、文人自身等诸多因素的影响，清女侠也有不可忽视的缺陷。

一、思想内容之缺陷

1. 从精神实质看，清女侠具有反贪官不反皇帝的行为价值取向

纵观清文言武侠中女侠形象，无论是惩恶除暴的仗义女侠，还是忠君报主的报恩或复仇女侠，都体现出反贪官不反皇帝的行为价值取向。空空儿历数黄太保的条条罪行，其首条便是“挟术以欺君上，挟势以辱长史”[①]。浣衣妇惩治骄恣贪婪的抚军，固然是“为豫章人洩忿”[②]，但其对政多美誉的总藩的维护，也可见其只惩贪官的倾向。粉城公主桃花奴专杀贪官污吏，其审讯某大僚，“汝为大吏，贪渎殃民，试想三尺法，可轻恕否？”[③]固然代表了下层民众的心愿，但也大有为君护法的味道。永明王为南明最后一位抗清帝王，实无法再力挽狂澜；但杨娥不惜性命为其复仇，实忠心可鉴。女侠翠云娘力诛洋人，对投靠洋人的汉奸大开杀戒，固然大有民族气节和爱国风范；但其念叨的仍是“今君出国亡，皆若辈之罪”[④]等。这些女侠替天行道、仗

① [清]朱梅叔撰，陈果标点：《埋忧集》（卷六），重庆出版社，2005 年，第 262 页。
② [清]曾衍东：《小豆棚》，台北新文丰出版公司，1978 年，第 23 页。
③ [清]王韬撰，寇德江标点：《淞滨琐话》（卷七），重庆出版社，2005 年，第 164 页。
④ [清]虫天子辑：《香艳丛书》（五集卷三），人民文学出版社，1994 年，第 1426 页。

义惩贪、忠君报主，对君权或多或少地体现着认同与维护，体现了创作者思想的时代局限性。女侠在下层民众心中是自由、叛逆、无所不能的象征，但对于至高无上的君权，仍无法超越，这实质体现了清代文人对君权的自觉遵从与维护。

2. 从伦理内涵看，个别女侠形象成为封建礼教的传声筒

清女侠偏重于儒家的精神内涵，具有明显的伦理化倾向；但个别女侠身上封建说教意味太浓，几乎成为封建礼教的传声筒，使女侠形象大打折扣。蒲松龄《妾击贼》中富户之妾身怀绝技，不啻百人敌。一夜群盗入户，富户与妻皆丧魂落魄，束手无策。妾执挑水木杖出，"妾舞杖动，风鸣钩响，立击四五人扑地；贼尽靡，骇愕乱奔。墙急不得上，倾跌咿哑，亡魂失命。"①一位武功高强的女侠形象跃然眼前。但在日常生活中，该妾常受正妻的凌辱与鞭挞，却俯首忍受，奉事唯谨：

> 邻妇或谓妾："嫂击贼若豚犬，顾奈何俯首受挞楚？"妾言曰："是吾分也，他何敢言。"闻者益贤之。②

此篇中蒲松龄一方面极力描写女侠武功高强，另一方面又借女侠大肆宣扬嫡庶之礼，认为这是女人之本分，以维护一夫多妻制度下家庭的和睦与稳定。

徐珂《红娥舞双剑》篇中女侠红娥更是宣扬封建礼教的典范。红娥是一位仗义女侠，当见二巨盗深夜偷袭好任侠除盗的周济时，便仗义出手，挺身相救：

> 一女子自窗外飞入，径奔二盗。是盗刃将及济，间不容发，突觉有人袭其后，大惊，急还刃，返身迎斗。女舞双剑敌二盗，夭矫若长虹。刀光闪倏中，一盗丧其元，立仆，其一知不敌，欲夺门遁，女挥剑击之，亦毙。③

从这段精彩的描写可见女侠武功高强，仗义助人。这是小说前半部分，着力表现红娥之"侠气"；小说后半部分则致力于封建礼教的宣传：

> 女又曰："虽然，妾以一念不忍，夜入君室，非礼孰甚，人其谓我何？事已至此，不可别字，请从君。"济谢曰："卿言良是，顾仆有室矣，奈

① [清]蒲松龄：《铸雪斋抄本聊斋志异》，上海古籍出版社，1979年，第238页。
② [清]蒲松龄：《铸雪斋抄本聊斋志异》，上海古籍出版社，1979年，第238页。
③ [清]徐珂：《清稗类钞》（第6册），中华书局，2003年，第2908-2909页。

何？”女毅然曰：“无伤，妾我亦可。”济大感，许之，女遂去。

翌日，见女母，解佩为贽。及娶之，偕返，济妻素悍妒，见夫挟美妾归，大怒，旦夕诟谇，待女尤酷，日鞭挞之。然女性和顺，未尝有怨言。或讽以略显技勇藉警妒妇，女正色曰：“恶是何言！庶之事嫡，礼固宜是。虽受谴责，顾皆有以自取，何与夫人事而仇之耶？”①

女因救周济而夜入济室，便认为“不可别字，请从君”；济言有妻室，女却自愿为妾；返家后，对济妻的诟谇鞭挞，女逆来顺受，毫无怨言；有人劝以技勇惩戒其妻，女还正色斥责：“庶之事嫡，礼固宜是。”这里，女侠之洒脱与叛逆荡然无存，俨然一谨遵礼教的封建妇女之典范，女侠风采大打折扣，反映了作者的妇女观和对一夫多妻制度的自觉维护。

才子佳人小说中常常出现的“二女共侍一夫”的法则在女侠身上也同样实现，而且妻妾情同姐妹，和谐相处。庚娘自杀后，丈夫金生另娶唐氏；庚娘起死回生后，终与丈夫破镜重圆，与唐氏姐妹相称，共侍金生；《剑气珠光传》中剑气白如虹本是一位勇于争取爱情自由婚姻自主的情侠，但最终与自己救起的兰宾共侍珠光；《了奴姊妹》中了奴姐姐亲自教丈夫何生接近妹妹之法，二女共侍一夫；《倩云》中倩云主动劝夫纳师妹幼鸾，以示其贤，二人姐妹称，不分嫡庶。清女侠中主动愿为妾者也为数不少，如《姜千里》中的阿惜、《青衣捕盗》中的聂书儿《红娥舞双剑》中的红娥等。这些女侠叛逆精神大大减弱，受礼教束缚的痕迹很重。二女共侍一夫，居然还能情同姐妹；为妾者虔心侍嫡、甘心受辱，这实质违背了人性，在现实生活中很难做到。《金瓶梅》《红楼梦》等经典著作对这种人性的真实性就有生动展现，如西门庆妻妾间的残酷斗争，王熙凤计害尤二姐等，都可见一夫多妻制度下造就的女性大都是怨女妒妇，其斗争往往是你死我活。清文人笔下这种武功高强、充满侠义，又谨尊礼教、自觉维护一夫多妻制度的女侠形象，实属文人心中的幻想。一方面，他们希望有女侠能紧随左右，随时为之解难除厄，确保性命、财产安全；另一方面，他们又希望女侠能谨遵一夫多妻的制度，自觉遵守嫡庶之礼，以维护家庭和睦。文人们从现实的需要、男性的角度塑造着这种寄寓双重理想的女侠形象，带有浓厚的时代痕迹。他们通过传奇性手法实现了这种理想化的女侠形象的塑造，但读者读来却感觉缺乏真情实感，具有严重的道具化倾向，远离了“人性”的味道。

① [清]徐珂：《清稗类钞》（第6册），中华书局，2003年，第2909页。

二、艺术效果之不足

1. 女侠丰富细腻的情感世界挖掘不够，个性不够突出

唐代文言小说家往往满足于在故事的叙述中去突出女侠的侠肝义胆与超人本领，而忽略了她们心灵世界的刻画，从而导致不少女侠形象缺乏“人”的色彩。如贾人妻、崔慎思妾为了解除后顾之忧，竟然亲手杀死自己的儿子。这虽然突出了女侠的果断和非凡，但母爱的天性却荡然无存。俗话说“虎毒不食子”，这样违背人性的描写，对人物形象的塑造大为不利。

清文人笔下的女侠在前人的基础上已有好转，他们开始通过人物的表情、动作、语言等细节的描写来展现女侠的情感世界；但总的说来，还远远不够，尤其很少有直接的心理描写，导致女侠形象不够丰满，有的甚至显得单薄、粗糙。例如蒲松龄笔下的侠女是清女侠中塑造比较出色的一人物形象，但侠女对顾生的感情，仍扑朔迷离。从文字表面来看，侠女似乎是为了报答顾生周济之恩而委身，为其延续子嗣。但从字里行间看，似乎又不尽然。侠女对顾生的蓦然回首，“嫣然而笑”，与顾生“欣然交欢”等，又给读者留下侠女“有意”的印象。但小说对侠女委身于顾生只作事实陈述，而侠女究竟是何种心态？对顾生究竟是怎样一种感情？其委身顾生前是否也有心理矛盾？诸多问题小说不言，篇末只言侠女为报恩而委身延子嗣。这样对女侠情感世界的处理，似乎过于简单，有点落入为报恩而报恩的巢臼。又如聂书儿、孙壮姑、倪惠姑替父报恩，被父亲直接送给年迈力衰的恩公作侍婢或小妾，她们是否乐意？她们是否也有自己的爱情追求？小说从不言及，只为了突出女侠的武功高强和知恩图报，而对女侠的真实情感就忽略不顾了。那些主动劝夫纳妾的女侠更是有违女性的情感真实，那只是男性作家的美好愿望，而非女侠真实情感的表现。这些对女侠情感的简单处理，往往使女侠形象缺乏人的七情六欲，缺乏人的真实感情，道具化倾向严重。究其原因，一是可能受文言小说篇幅的限制，作者不便于长篇累牍进行心理描写；二是因为这些女侠形象都是出自男性作家之手，他们创作时多凭借个人的想象，按照自身的需求、现实的需要进行塑造，而没有站在女性的角度真正展现女性细腻而丰富的人生情怀与感受；三是这些作品多为文人茶余酒后的休闲猎奇之作，强调突出的是“奇”，其他方面自然不甚推敲，故不免使一些女侠形象失之于单薄和粗糙。因此，清文人在塑造女侠形象时，突出强调的还是“侠”的共性；而对女侠的个性虽有一定的展现，但仍挖掘不够，故不少女侠呈现出来仍是一种

单一、稳定的美，多元立体的个性之美展现不够。

2. 女侠性格形成的原因揭示不够，人物性格多呈静止状态

纵观清文言武侠中的女侠形象，或许受篇幅的限制，许多女侠一出场便以“侠义”的面目亮相，而女侠这种“侠义”从何而来，是怎样形成的，很少有人言及，即性格成因揭示不够。例如侠女父官司马，可谓大家闺秀，其高强的武功从何而来？是从小习武而成，还是父亲冤害后卧薪尝胆、拜师求艺而成？小说未作介绍。故何守奇发出疑问：“此剑侠也，司马女何从得此异术！”[①]。妙手空空儿究竟是人还是仙？其隐身幻术从何而来？师承何家何派？小说也不提及。金陵女子，双目为何失明?其超绝的轻功、深厚的内力如何练就的？跟谁学的？小说未言及。还有，这些女侠成长于什么样的环境？果敢决绝、刚毅干练的侠义性格又是如何形成的？小说一般不作交代。文人们似乎习惯于单记某一侠义事件，或某几个侠义事件的组合，突出强调的是“侠义”本身，而关于“侠义”形成的过程往往忽略。这固然给人以悬念与神秘感，但毕竟缺乏前因后果，人物形象缺乏动态的发展过程，使女侠的性格特征多呈现为静止状态，人物形象意蕴的广度与深度不够。在清代晚期的文言武侠小说中，这种缺陷有所弥补。如王韬笔下的女侠一般都要简单介绍其师承何方，剑侠程楞仙师承五台山铁脊禅师，姚云纤为瑞莲庵主持尼碧脩之弟子等。这样的介绍虽很简略，但毕竟开始涉及女侠的武术渊源以及同一师门下不同弟子间复杂的恩怨关系，对后世武侠小说有一定影响。

第四节　清女侠对后世武侠小说的影响

清代文言小说中女侠形象不仅数量众多，而且质量也较高。无论是行侠主题的扩展，还是行侠手段的丰富；无论是女性特征的凸显，还是文化内涵的变迁，以及江湖场景的描写，既体现了对前代的继承，又体现了对前代的超越。清女侠“护镖”“惩淫”“较武”等新兴类型的出现，大大丰富和拓展了女侠的行侠主题；清女侠精彩纷呈的真实武功技击，又大大丰富了女侠的行侠手段；清女侠注重形貌、情感、女工、女才等描写，使女侠真正回归了性别本位；清女侠侧重儒家的精神内涵，使女侠能更多地寄托作者的主观理

① 张友鹤辑校：《聊斋志异会校会注会评本》（一），上海古籍出版社，1978年，第216页。

想；清女侠江湖场景的描写，使女侠的江湖世界更加丰富；清女侠形象的塑造手法更加丰富多样、细致完善，女侠形象开始走向多样化、立体化。笔者认为，正是由于这多方面的超越与发展，清女侠并不逊色于唐女侠。相反，她们在继承唐女侠的基础上，大胆地开拓创新，成为唐女侠的发扬光大者，使文言武侠小说系列的女侠形象从数量上得到了充实，从质量上得到了提高；使自唐以来不够丰满的女侠队伍得到了真正的壮大；为文言武侠小说画上了圆满的句号。清代文言武侠小说中女侠形象承前启后，对现当代的新武侠小说亦影响深远。

清女侠类型的丰富与拓展，为新武侠小说中出现丰富多彩的女侠形象奠定了坚实的基础。如金陵女子这样的“残疾之侠”、逃难女子这样的“丐侠”，在新武侠小说中开始大量出现；如窦小姑般“以武为业”的护镖女侠、筝娘类的“比武招亲”的女侠、绛绡女类“较武称雄”的女侠、清江女类的惩淫女侠在新武侠小说中更是普遍存在；犹如少林尼、清霜女类具有高尚武德的女侠形象，在新武侠小说中亦不乏之。王韬笔下大量武、侠、情三位一体的女性情侠形象的塑造，对 20 世纪侠情小说的兴盛具有筚路蓝缕之功。

清女侠行侠手段的丰富，剑侠关于“剑术”的正面描写和“剑”的文化意味的挖掘为新武侠小说剑客五彩缤纷剑术描写和各种宝剑的神奇来历与非凡功能描写具有一定的启示意义。特别是精彩纷呈的真实武功技击，对新武侠小说有着重要的启示意义，如各类器械、暗器、内功、点穴术等在新武侠小说中被广泛运用；金陵女子开以乐器为武器之先河，新武侠小说中便出现了诸多以琴、笛、箫、琵琶等为武器的侠客形象。

清女侠侧重儒家的精神内涵，注重忠孝节义，对新武侠小说亦有一定的影响。如翠云娘、冯婉贞、邓剑娥般具有家国情怀与民族气节的女侠形象，对新武侠小说中关心黎民苍生的女侠形象起着先导作用；类似杨娥这种忠君报国的女侠形象，在新武侠小说中也不乏其人；而像空空儿、粉城公主这种仗义为民的女侠形象在后世武侠小说中也大有人在。

清女侠行侠的江湖场景描写日趋丰富，山林僻野与各路强盗斗智斗勇、江湖水域勇除各种鳖鼋水怪、逆旅客栈的抱打不平、街区闹市的惩淫治恶、险峰绝顶的较武论剑、“法外世界”的学艺成亲等，这些江湖场景的具象描写，使读者对“江湖”有了更深刻的了解和理解，对新武侠小说中奇幻的江湖世界描写具有一定的先导作用。

清女侠不少故事情节曲折，一些故事情节模式对新武侠小说亦有较大的影响。如王韬《女侠》篇中剑侠程楞仙与师兄弟的三角恋情及爱恨情仇模式，多被新武侠小说中采用；所谓“不打不相识”，如程楞仙与潘叔明在打斗中一见钟情的爱情模式，成为新武侠小说常见的爱情模式；《剑仙聂碧云》篇中聂碧云夫妇历尽千辛万苦苦寻“三宝”复仇的情节模式具有开创意义，后世武侠小说多有效仿。《恶饯》中卢生妻欲离盗窝，勇闯祖母、嫡母、生母、寡姐四关，情节生动，险象环生，后世武侠小说侠客闯关多借鉴效法。清女侠对后世武侠小说的广泛影响，亦足见其在武侠小说史上的重要意义。

参考文献（按作者姓氏音译排列）

古代文献：

[1]　[汉]班固. 汉书·艺文志[M]. 北京：中华书局，1962.

[2]　[清]长白浩歌子. 萤窗异草[M]. 冯伟民，校点. 北京：人民文学出版社，1999.

[3]　[清]虫天子. 香艳丛书[M]. 北京：人民文学出版社，1994.

[4]　[明]冯梦龙. 情史[M]//彭诗良.《中国古代禁书文库》本，呼和浩特：远方出版社，2001.

[5]　[晋]干宝. 搜神记[M]. 北京：中华书局，1979.

[6]　[清]管世灏. 影谈[M]. 笔记小说大观本. 台北新兴书局有限公司，1984.

[7]　[宋]皇都风月主人. 绿窗新话[M]. 周夷，校补. 上海：古典文学出版社，1957.

[8]　[宋]洪迈. 夷坚志[M]. 何卓，点校. 北京：中华书局，1981.

[9]　[唐]康骈. 剧谈录（二卷）[M]. 上海：古典文学出版社，1958.

[10]　[清]李斗. 扬州画舫录[M]. 汪北平，涂雨公，点校. 北京：中华书局，2004.

[11]　[宋]李昉，等. 太平广记[M]. 北京：中华书局，1981.

[12]　[唐]李肇. 国史补（卷中）[M]. 上海：上海古籍出版社，1983.

[13]　[唐]李复言. 幽怪录 续幽怪录[M]. 北京：中华书局，1982.

[14]　[元]龙辅. 女红馀志[M]. 北京：中华书局，1991.

[15]　[清]钮琇. 觚剩[M]. 台北：台湾文海出版社，1956.

[16]　[宋]欧阳修，宋祁. 新唐书[M]. 北京：中华书局，1975.

[17]　[清]蒲松龄. 铸雪斋抄本聊斋志异[M]. 上海：上海古籍出版社，1979.

[18]　[宋]孙光宪. 北梦琐言[M]. 林艾园，校点. 上海：上海古籍出版社，1981.

[19]　[汉]司马迁. 史记[M]. 北京：中华书局，1959.

[20]　[清]沈起风. 谐铎[M]. 乔雨舟，校点. 北京：人民文学出版社，1999.

[21] [东晋]陶潜. 搜神后记[M]. 北京：商务印书馆，1922.

[22] [宋]委心子. 新编分门古今类事[M]. 金心，点校. 北京：中华书局，1987.

[23] [明]王世贞. 剑侠传[M]//马灿杰，等.《中国古代武侠小说集》本，北京：中国文史出版社，1998.

[24] [清]王韬. 淞隐漫录[M]. 王思宇，校点. 北京：人民文学出版社，1999.

[25] [清]王韬. 淞滨琐话[M]. 寇德江，标点. 重庆：重庆出版社，2005.

[26] [清]王士祯. 池北偶谈[M]. 北京：中华书局，1980.

[27] [清] 吴芗厈. 客窗闲话 客窗闲话续集[M]. 王宏钧，苑育新，校注. 北京：文化艺术出版社，1988.

[28] [清]无名氏. 守宫砂[M]. 孙再民.《中国古典孤本小说宝库》本，北京：中央民族大学出版社，2001.

[29] [清]宣鼎. 夜雨秋灯录（全二册）[M]. 上海：上海古籍出版社，1987.

[30] [清]徐珂. 清稗类钞（第六册）[M]，北京：中华书局，2003.

[31] [清]袁枚. 新齐谐 续新齐谐[M]. 沈习康，校点. 北京：人民文学出版社，1996.

[32] [汉]赵晔. 吴越春秋[M]. 北京：商务印书馆，1935-1937.

[33] [清]张潮. 虞初新志[M]. 上海开明书店，1932.

[34] [清]张潮. 幽梦影[M]. 孙宝瑞，注译. 郑州：中州古籍出版社，2005.

[35] [清]曾衍东. 小豆棚[M]. 台北新文丰出版公司，1978.

[36] [清]朱梅叔. 埋忧集[M]. 陈果，标点. 重庆出版社，2005.

[37] [清]郑官应. 续剑侠传[M]//马灿杰，等. 中国古代武侠小说集. 北京：中国文史出版社，1998.

[38] [清]邹弢. 浇愁集[M]. 王海洋，点校. 黄山：黄山书社，2009.

今人著作：

[1] 崔奉元. 中国古典短篇侠义小说研究[M]. 台北联经出版事业公司，1986.

[2] 陈建根. 中国文言小说经典[M]. 济南：山东大学出版社，1999.

[3] 陈平原. 千古文人侠客梦[M]. 北京：人民文学出版社，1992.

[4] 曹正文. 中国侠文化史[M]. 上海文艺出版社，1994.

[5] 胡文彬. 中国武侠小说辞典[M]. 石家庄：花山文艺出版社，1992.

[6] 韩云波. 中国侠文化：积淀与传承[M]. 重庆出版社，2004.

[7] 辜高美，黄霖. 明代小说面面观——明代小说国际学术研讨会论文集[M]. 上海学林出版社，2002.

[8] 鲁迅. 中国小说史略[M]. 上海古籍出版社，2004.
[9] 刘若愚. 中国之侠[M]. 周清霖，唐发铙，译本. 上海三联书店，1991.
[10] 罗立群. 中国武侠小说史[M]. 沈阳：辽宁人民出版社，1990.
[11] 马灿杰，等. 中国古代武侠小说集[M]. 北京：中国文史出版社，1998.
[12] 宁宗一. 中国武侠小说鉴赏辞典[M]. 北京国际文化出版公司，1992.
[13] 宁宗一. 中国小说学通论[M]. 合肥：安徽教育出版社，1990.
[14] 王海林. 中国武侠小说史略[M]. 太原：北岳文艺出版社，1988.
[15] 王涣鑣. 韩非子选[M]. 上海人民出版社，1974.
[16] 张友鹤. 聊斋志异会校会注会评本[M]. 上海古籍出版社，1978.
[17] 朱一玄. 明清小说资料选编[M]. 天津：南开大学出版社，2006.